Antje Friedrichs

Letztes Bad auf Norderney

Der Norderney Krimi

Onno Tjaden, der vielen Lesern schon bekannte sympathisch-menschliche Kriminalhauptkommissar aus Wittmund fährt zur Kur nach Norderney. Aber das Verbrechen holt ihn auch hier ein. Ausgerechnet in seiner Kurklinik passiert ein Mord: Eine attraktive und umschwärmte Krankenschwester wird leblos im Klinikpool aufgefunden.

Die Kommissare Remmers und Extra aus Norden führen die Ermittlungen auf Norderney und stoßen auf viele Verdächtige. Misstrauisch nehmen sie zur Kenntnis, dass ihr erfolgreicher Kollege Tjaden auch auf der Insel ist. Der aber denkt zunächst gar nicht daran, sich einzumischen und seinen Kurerfolg aufs Spiel zu setzen. Zwischen Speisesaal und Schlaflabor, zwischen Marienhöhe und Leuchtturm gerät er dann aber immer mehr in den Fall hinein. Schließlich nimmt er eine entscheidende Spur auf.

Mit spitzer Feder, Spannung und Humor begleitet Antje Friedrichs ihren Protagonisten Onno Tjaden durch seinen neuen Fall.

Die Autorin

Unter ihrem Krimi-Pseudonym Antje Friedrichs legt die Autorin hier ihren zweiten Inselkrimi vor. Aufgewachsen im Norden lebt sie heute mit Mann und vier Kindern in Paderborn. Unter ihrem Ehenamen schreibt sie Kurzgeschichten und Sachbücher und leitet Schreibworkshops. 1998 gehörte sie zu den Preisträgern beim Würth Literaturpreis, seit 2001 ist sie Mitglied der internationalen Krimi-Autorinnenvereinigung *Sisters in Crime*.

Antje Friedrichs

Letztes Bad auf Norderney

Ein Inselkrimi

Prolibris Verlag

Alle Personen in diesem Roman sind ebenso frei erfunden
wie der Ort der Handlung, die *Klinik Nord*.
Ähnlichkeiten mit lebenden oder bereits verstorbenen
Personen wären rein zufällig.

Originalausgabe 2003
2. Auflage April 2005

Tel.: 0561/6027071, Fax: 0561/66645
www.prolibris-verlag.de

Titelfoto: Claus Winderlich, Norderney
Druck: Thiele & Schwarz, Kassel
ISBN: 3-935263-17-1

Für Karl Heinrich,
ohne den nichts geworden wäre.

Prolog

Kurz vor Sonnenuntergang. Noch schwebte der glutrote Ball über dem Horizont, gleich würde er ins Meer tauchen. Sanddornsträucher und Heckenrosen warfen lange Schatten. Langsam zog die Dunkelheit herauf. Die Dünen leuchteten nicht mehr. Eine Möwe stieg schreiend in den Himmel, Kaninchen huschten zur Seite. Drei Jungen und ein Mädchen stapften durch den Sand, bahnten sich einen Weg durch Gesträuch, das an ihren nackten Beinen kratzte.

Sie stiegen in eine Senke hinunter. Der Große mit dem Piratentuch um den Kopf holte eine Schaufel unter dem Gebüsch hervor und drückte sie einem anderen wortlos in die Hand. Der fing an zu graben. Das Mädchen setzte sich ins Dünengras, zündete sich eine Zigarette an und warf das Streichholz achtlos weg. Nach ein paar Zügen hielt es dem Großen die Zigarette hin.

Er inhalierte tief. „Wahnsinn. Das hab' ich gebraucht. So, und jetzt noch..."

„Ruhe mal! Was ist denn da los?"

Sie duckten sich und horchten.

Da waren welche, ganz in ihrer Nähe. Ein Pärchen. Aber von Liebe war nicht die Rede, im Gegenteil, die stritten sich, dass die Fetzen flogen!

„Das wird dir noch Leid tun!", schrillte die Stimme einer jungen Frau.

„Nun hör doch mal zu, Silvia", versuchte der Mann sie zu beruhigen. „Das hast du total in die falsche Kehle gekriegt ..."

„Das läuft mit mir nicht. Mit mir nicht, kapiert?"

„Mensch, Silvia, irgendwo muss doch mal Schluss sein! Aber du kannst den Hals nicht voll kriegen, was?" Der Mann hatte Stress, das war unüberhörbar. Seine Stimme klang jetzt aggressiv und böse.

„Du hältst dich wohl für Superman persönlich!“, schrie sie ihn an. „Bild' dir bloß nichts ein. Das ist doch alles Fassade. Wenn ich das vorher gewusst hätte!“

„Nun rück' schon raus damit“, zischte der Mann. „Was willst du noch von mir?“

„Entweder machst du Schluss oder ...“

„Oder?“

„Oder du bist erledigt. Du weißt, was ich meine.“

„Blödsinn. Was denn?“

„Ein Wort von mir an die Behörden, und du bist weg vom Fenster.“

„Die Behörden? Jetzt drehst du total durch. Das bringst du doch nicht.“

„Wetten, dass?“

Plötzlich war es still. Beängstigend still.

Dann schrie die Frau: „Lass mich los! Du sollst loslassen, du Scheißkerl!“

Vorsichtig robbten die vier hinter einen Rosenbusch. Jetzt konnten sie die beiden sehen. Der Mann hatte die Frau an den Armen gepackt und schüttelte sie. Er schien außer sich vor Wut. Der tickte aus!

Sie sprangen auf.

Aber da hatte die Frau sich schon losgerissen und lief weg, tiefer in die Dünen hinein.

Der Mann vergrub die Hände in den Taschen seiner Jeans und stand regungslos da. Endlich drehte er sich um und ging in die entgegengesetzte Richtung davon, zum Strand hinunter.

„Voll der Psycho“, sagte der Pirat. „Los macht das Zeug klar! “

Die Sonne war verschwunden. Von Osten her breitete sich schwere Dunkelheit über der Insel aus. Die weißen Finger des Leuchtturms tasteten unablässig den Himmel ab.

Aus der Haut gefahren

Tjaden stand an Deck. Die *Frisia VIII* pflügte durchs Wattenmeer. Der Kapitän hatte den Passagieren eine angenehme Überfahrt gewünscht, im Kielwasser glänzte die Gischt. Die Möwen, die das Schiff begleiteten, schrien heiser.

Ein Mädchen warf ihnen Brocken seines Käsebrötchens zu. „Nich füttern!", rief eine Frau im knallroten Anorak. Die großen Vögel schienen in der Luft still zu stehen. Durch leichte Korrekturen ihres Flugs gelang es ihnen jedes Mal, mit ihren gelben Schnäbeln das Futter zu schnappen.

„Voll geil!", juchzte das Mädchen.

„Nun lass das doch sein!", schimpfte die Mutter. „Oder willste, dass dir die Biester auf den Kopf scheißen?"

Plötzlich kreischte das Mädchen los. Eine Möwe war auf seine Hand herabgestoßen und hatte ihm frech den ganzen Brötchenrest weggerissen. „Mein schönes Brötchen!"

„Sei froh, dass dich das Vieh nich gebissen hat", sagte die Mutter zufrieden und rückte ihr Stirnband zurecht.

„Bitte nicht die Möwen füttern, die haben eine besondere Art, sich zu bedanken!", tönte eine tiefe Stimme aus dem Bordlautsprecher. Das kam wohl direkt von der Brücke. Fast im gleichen Augenblick schrie das Mädchen schon wieder los. „Mein Top, mein bestes Top, so'ne Sauerei! Iii, so'n Scheißvieh!"

Über sein schwarzes knappes Oberteil - „Ganz schön scharf", dachte Tjaden, „wenn auch etwas unpassend für die Reise übers Meer." - zog sich eine eindeutige weiße Spur.

„Siehste, Denise", sagte die Mutter befriedigt, „was hab' ich dir gesagt!" So musste Kassandra sich gefühlt haben, als Troja endlich in Flammen aufging. „Aber nun bleib' doch mal sitzen, wir sind ja auch bald da."

Das Mädchen Denise starrte Tjaden an. Er hatte sich in die Sonne gesetzt, sein Schweizer Taschenmesser mit den achtzehn verschiedenen Werkzeugen - ein Weihnachtsgeschenk seiner Frau Maria - aufgeklappt und schälte sich einen Apfel.

„Was hat der denn an den Händen?", flüsterte Denise so laut ihrer Mutter zu, dass diese ebenso laut zurückzischte: „Nun kuck da nich so hin, das gehört sich nich!"

Sie wich Tjadens Blick aus.

Dafür lächelte die Frau, die Tjaden schräg gegenüber saß, ihn an. Sie hatte sehr blaue Augen und ihre Haut sah rosig und weich aus. Der sie umhüllende Poncho war so blau, als hätte Nolde ihn gemalt. In ihre gepflegte Frisur - kurzgelockt und getönt - griff der Seewind. Und sie war dick, ziemlich dick sogar, aber auf eine sympathische Art, so weich und einladend, darin zu versinken wie in einem hoch aufgetürmten Federbett.

Wie alt mochte die Frau sein? Die Vierzig hatte sie wohl längst überschritten. An den Händen trug sie zwei, nein, drei Brillantringe, dezent zwar, aber doch gut sichtbar. Die Ringe hatten sich in das rosige Fleisch der Finger eingegraben. Ihre Haut war makellos. Richtig proper wirkte die Dame, die sich da, ins Noldeblau gewickelt, dem Wind entgegenstemmte. Ihr Poncho sah exquisit aus, wie geschaffen für den Kuraufenthalt nicht auf irgendeiner Insel, sondern auf Norderney.

Onno Tjaden war auf Langeoog aufgewachsen. Inzwischen wohnte er auf dem Festland, in Wittmund. Langeoog blieb seine Heimatinsel, aber Norderney war „unterhaltlicher", wie schon Theodor Fontane bemerkt hatte. Die königlichen und kaiserlichen Herrschaften, die zur Erholung auf Norderney weilten, wussten schon, was sie wollten. Es war nicht allein die Strandpromenade, es gab auch einen Kurpark mit Kurkonzerten, ein Theater wie für eine königliche Sommerresidenz gebaut und sogar ein Spielcasino.

„Aber da sind Autos!", hörte Tjaden seine Mutter auftrumpfen. Langeoog dagegen war autofrei und behauptete, die bessere Luft zu haben. Seine Mutter ließ nichts auf ihr Langeoog kommen, und das war ihr gutes Recht. Irgendwo muss der Mensch zu Hause sein.

Dass ihn der Amtsarzt zur Kur nach Norderney geschickt hatte, war Tjaden gerade recht. Kur, das hieß ja auch, einmal ganz zu sich selbst zu kommen. Auf Norderney würde er nicht den lieben Sohn spielen müssen, der nachmittags zum Tee mit Sahne und Kluntjes den geballten Inselklatsch serviert bekam. Er würde sich nicht die Klagen seiner Mutter über ihre Zipperlein anhören und auch nicht selber ständig berichten müssen, was es denn „so Neues gab". Den Butterkuchen würde er sich selber kaufen und ihn so mampfen, wie er wollte, ohne dieses ewige „Nun erzähl doch mal!" und dann wieder „Red nicht mit vollem Mund!" Und während er auf Norderney war, würde er sich auch nicht ständig fragen lassen müssen, wann denn der kleine Onno ein Brüderchen oder Schwesterchen bekäme, weil es ja nun höchste Zeit werde. Ja, er musste wirklich einmal ganz zur Ruhe kommen.

„Sie sind wohl ganz schön dünnhäutig geworden, Tjaden. Sie fahren ja aus der Haut!", hatte sein Vorgesetzter, Kriminalrat Ebbo Geerken, gesagt. Tjadens Haut schälte und schuppte sich, an den Händen vor allem, aber auch an Füßen und Knien, was zum Glück nicht auffiel, weil es unter Hosenbeinen und Schuhen verborgen war, aber an den Händen war es unübersehbar. „Sie hinterlassen ja Tonnen von DNS-Material, da dürfen Sie aber nicht kriminell werden", hatte der Kriminalrat jovial gescherzt.

Tjadens Haut war eingerissen und blutete. Kein Wunder, dass Mädchen, die Denise, Tamara oder Chantal hießen, ganz ungeniert fragten: „Was hat der denn an den Händen?"

„Die Haut ist der Spiegel der Seele", hatte die Heilpraktikerin gesagt, zu der Maria ihn geschleppt hatte. Er müsse sich einlassen auf das, was mit ihm geschehen werde. Aber als diese dann begonnen hatte, aus allerlei Salben, Tinkturen und Kügelchen die für ihn richtige Medizin auszupendeln, war er gegangen. Sie hatte ihm auch geraten, er solle seine Seele erleichtern. Katholiken gingen zur Beichte, das war ihm ja nun nicht möglich. Immer häufiger war im Gespräch mit allen, die es gut mit ihm meinten, das Wort „Psychotherapie" gefallen. Er interessierte sich durchaus für Psychologie, sie war hilfreich bei Verhören. Auch Amtsarzt Dr. Boje hatte bei der Auswahl der Kurklinik darauf geachtet, dass dort „therapeutische Gespräche" angeboten wurden. Autogenes Training, Yoga und andere alternative Behandlungsmethoden sowieso, alles inklusive.

„Sie müssen auch mal an sich denken, Herr Tjaden", hatte der Amtsarzt gesagt. „Irgendwann muss der Akku wieder aufgeladen werden." Und während er ihn über seine halbe Brille hinweg prüfend anschaute, hatte er hinzugefügt. „Das Klimakterium virile kommt nämlich auch noch!"

Der spinnt wohl, hatte Tjaden gedacht.

Was die eigentliche Diagnose anging, hielt Dr. Boje sich ebenso bedeckt wie Tjadens Hausarzt Dr. Cassen, und auch der Facharzt hatte etwas von „untypisch" und „wahrscheinlich psychosomatisch bedingt" gemurmelt.

„Du bist viel zu dünnhäutig", sagte auch Maria immer. „Du bist ein komischer Polizist, du nimmst dir ja jeden Fall zu Herzen!" Und seine Mutter erinnerte sich, dass er immer schon eine empfindliche Haut hatte. „Mein Gott, hattest du Milchschorf!", sagte sie gern mit wehmütigem Behagen. „Über und über! Als Wilma von nebenan, du weißt doch, Wilma Goeken, in den Kinderwagen kuckte, da ist die richtig entsetzt zurückgeprallt. 'Wie sieht denn der Junge aus!', hat sie nur gerufen. So schockiert war die." Aber dafür, betonte seine Mutter immer, hatte er diese kleinen fuchsigen Löckchen auf dem Kopf, die machten ja vieles wett. Nur ziemlich spillerig war er immer geblieben. „Nun sieh doch mal zu, dass an den Jungen was drankommt", habe Wilma ihr immer in den Ohren gelegen. Doch allen Fütterungsversuchen zum Trotz war Onno mager geblieben. Wenigstens musste er jetzt nicht abnehmen, eine Sorge weniger. Dr. Cassen allerdings meinte, die Kur sollte auch dazu dienen, ihm ein „normales Essverhalten" beizubringen. Geregelte Mahlzeiten! Nicht nur ein Fischbrötchen zwischen zwei Verhören und schnell noch eine Cola vor dem nächsten Einsatz am Tatort, damit müsse nun Schluss sein. Richtig essen, kalorien- und nährstoffbewusst! Eine Ernährungsberaterin gebe es in der Klinik natürlich auch. Die Klinik genieße überhaupt einen ausgezeichneten Ruf, hatte Dr. Boje betont. Professor Schulte-Brosius sei als Koryphäe bekannt, ihm könne Tjaden sich guten Mutes anvertrauen.

Der Dampfer machte jetzt eine Kehre nach Osten und geriet, während er die Insel Juist im Westen liegen ließ, ins Schaukeln. Die Silhouette Norderneys rückte immer näher: unverkennbar mit einigen Hochhäusern und der Reihe stattlicher weißer Gebäude an der Promenade. Tjaden erkannte den Giebel der Villa Belvedere, wo einstmals hohe Politik betrieben worden war: Sommersitz des Reichskanzlers! Am Himmel standen bunte Flugdrachen. Auf der Promenade und am Strand gingen Menschen spazieren, einige schienen zu winken. Tjaden fühlte sich empfangen, als hätte man gerade ihn erwartet.

„Die Marienhöhe!" Das klang entzückt. Die Frau im blauen Poncho hob ein zierliches Fernglas vor die Augen. „Da hat Heinrich Heine gesessen und gedichtet!" Sie strahlte Tjaden an. „Und es soll dort einen phantastischen Ingwereisbecher geben!"

Das grüne achteckige Dach des weiß gestrichenen Pavillons auf der Düne leuchtete. Die *Frisia VIII* fuhr am Weststrand entlang und steuerte den Hafen an.

Norderney. Hier will ich sein.

Bevor man auf die Insel entlassen wurde, wurde man durch die Inselcard-Kontrolle geschleust. Die Inselcard war Fahrkarte und Kurkarte in einem. Praktisch, dieses Stückchen Plastik. Auf Tjadens Heimatinsel Langeoog hatte man sie inzwischen auch eingeführt. Die Kurdirektoren konnten zufrieden sein, endlich war das Problem mit der nicht „abgeführten" Kurtaxe gelöst. Tjaden grinste verstohlen, während er in seinem Portemonnaie nach seiner Karte angelte. Schon komisch, dass Geld gern mit der menschlichen Ausscheidung verbunden wurde, rein sprachlich natürlich. Der dukatenschieternde Esel aus dem Märchen „Tischlein deck dich" war ja auch ein Beispiel dafür. Und sollten nicht Menschen, die sich von ihrem Geld partout nicht trennen konnten, anal fixiert sein? Da fiel ihm Onno junior ein, der inzwischen schon recht willig aufs Töpfchen ging, aber gern stundenlang darauf herumhockte, ehe er seine erwartungsvoll zuschauenden Eltern mit seinem Produkt beglückte.

Verdammt, Tjaden hatte geschlafen. Schon war er am Kontrollpunkt gelandet, doch die Karte hatte er noch immer nicht gefunden. Der Posten ganz in Blau wartete höflich, aber bestimmt. Ohne Karte kein Einlass. Wo hatte er das Ding bloß hingesteckt?

„Warum geht's denn hier nicht weiter?", murrten sie hinter ihm, die Rentner und Pensionäre in ihren beigefarbenen Freizeitjacken und Sandalen, die Prinz-Heinrich-Mützen auf dem Kopf. Da hielt einer den Betrieb auf, den Kurbetrieb! Da nahm ihnen einer kostbare Sekunden ihres Inselurlaubs! Tjaden fühlte sich von Hitze übergossen. Lächerlich. Als Kriminalhauptkommissar war er schon mit ganz anderen Problemen fertig geworden. Von wegen Klimakterium virile. Und doch hatte er wieder die Stimme seiner Mutter im Ohr: „Lerne Ordnung, liebe sie!" Bei Fenna, seiner kleinen

Schwester, hörte sich das so an: „Manchmal checkste echt nicht richtig, was Sache ist!" Die Kur fing ja gut an. Er trat einen Schritt beiseite, ließ die Schlange weiterrücken und tastete systematisch alle Taschen seines Anoraks ab. Innen und außen und innen - nichts! Er schwitzte stärker. Also noch einmal ins Portemonnaie gucken, obwohl - tatsächlich, da war sie ja, genau da, wo sie auch hingehörte! So war es meistens. Er reichte sie dem blau Uniformierten, der sie in irgendeinen Schlitz steckte und ihm automatenartig das kalte Stück Plastik wieder in die Hand drückte. Dann ging's weiter.

Tjaden bewunderte diese Menschen, die so tätig waren, so praktisch, mitten im Leben. Herrgott, die sollten mal zwei Jahre bei der Mordkommission arbeiten, dann würden sie verstehen, was das heißt: *Mitten im Leben sind wir vom Tod umfangen...* Wie kam er denn jetzt darauf? An so was wollte er ja nun gar nicht denken, und im Dienst war er auch nicht. Jetzt erst warf er einen Blick auf die Karte, die ihn drei hoffentlich heilsame Wochen begleiten würde. *Norderney. Hier will ich sein,* stand darauf. Ein leerer blauweiß gestreifter Strandkorb lachte den Betrachter an.

Auf dem Vorplatz standen drei Busse, die einem *Peter Tjaden* gehörten. Sicher ein Verwandter, weitläufig natürlich. Auch ein paar Taxis warteten auf Kundschaft. „Da gibt es ja Autos!", hörte er wieder die verächtliche Stimme seiner Mutter. Was für ein Glück, dass es Autos gab, denn sein Koffer war verdammt schwer, und er hatte keine Lust, ihn kilometerweit über die Insel zu schleifen. Die Klinik lag ziemlich weit draußen am Ortsrand. An der Seeseite. Er würde jedenfalls nicht wie Theodor Fontane vor über hundert Jahren noch mit der Wattseite vorlieb nehmen müssen. Etwas anderes hatte sich der arme Kerl nicht leisten können. Dabei produzierte er doch Weltliteratur, während Kollege Friedrich Spielhagen, der viel Trivialeres verfasste, stolz in der Kaiserstraße mit Blick aufs Meer residieren durfte.

Die Septembersonne leuchtete. Ein paar Kumuluswolken türmten sich auf, doch der überwältigende Eindruck war Bläue und Wärme. Ein leichter Wind wehte. Schön!

Tjaden bugsierte seinen Koffer die Stufen des Bahnhofsvorplatzes hinunter und rollte ihn zum Bus hinüber, an dessen Windschutzscheibe das Schild *Klinik Nord* klebte. Vor ihm wogten der noldeblaue Poncho und im Farbton passende Flatterhosen. Der Fahrer verstaute das Gepäck. Mit Riemen verschnürte, voluminöse Koffer waren darunter. So viel Garderobe für drei Wochen Kur auf der „unterhaltlichen" Insel? Wer es auf einen Kurschatten abgesehen hatte, musste auch etwas zu bieten haben. „Wie du kommst gegangen, so wirst du empfangen ..." Tjaden hatte Maria nur zwei Paar Jeans und eine Cordhose einpacken lassen, dazu zwei Pullover für kühle Tage und ein paar Hemden. Aber Bücher hatte er mitgenommen. In der Kur, endlich einmal mit viel Zeit vor sich, wollte er das lesen, was er schon immer mal lesen wollte: ein paar Krimis von P. D. James, ein Buch über Traumdeutung, dazu Heines Gedichte und zum Wiederlesen Fontanes *Effi Briest*. Vielleicht hatte Maria ja Recht, vielleicht war er wirklich ein komischer Polizist.

Neben ihm nahm ein junger Bursche Platz, die Baseballkappe trug er mit dem Schirm nach vorn, das war wohl sein Zugeständnis an die bürgerliche Umgebung. Mit seinen Turnschuhen und dem dunkelblauen Jogginganzug hätte er gleich im Laufschritt die Kurklinik ansteuern können. Auf der Brust prangte der Spruch: „Abi macht sexy." Was mochte solch ein kräftiger junger Kerl in einer Kurklinik zu suchen haben? Vielleicht wollte er die Akne therapieren lassen, die auf seiner Stirn blühte. Die blondierten Haare trug er vorn kurz geschnitten, während sie sich im Nacken wellten. „Nackenspoiler sind mega-out", hatte Tjadens junger Kollege Harm Eversmeier, mit dem er sich auf dem Wittmunder Polizeirevier sein Zimmer teilte, neulich gesagt. „Heute trägt der Mann von Halbwelt Glatze." Eversmeier hielt ihn sprachlich auf jugendlichem Niveau, wofür er ihm dankbar war. Man musste sich ja demnächst mit den eigenen Kindern verständigen können. Bisher allerdings sagte Onno junior nicht viel mehr als „Da!", wenn er etwas haben wollte. Meistens bekam er dann auch, worauf er zeigte. Mit dem Sprechenlernen konnte er sich also getrost Zeit lassen.

Der Bus fuhr jetzt um den Ort herum, am Watt entlang. „Ganz schön weit draußen, woll?", bemerkte der junge Kerl neben ihm. Eindeutig Ruhrpott und kein Abiturient. Was er wohl von Beruf war? Vielleicht war er Kumpel, litt unter Asthma und sollte auf Norderney wieder arbeitsfähig gemacht werden. In seinem Alter war die Kur sicher nicht die letzte - unvermeidliche - Station vor der Verrentung. Auch für Tjaden kam diese natürlich noch gar nicht in Frage, doch dass Amtsarzt Dr. Boje dieses Unwort überhaupt gebrauchte, hatte ihn gehörig erschreckt.

Er schaute auf etliche Hinterköpfe, auf denen sich das Haar schon lichtete. Auch weibliche Betonfrisuren waren sichtbar. Für alle Fälle vor der Kur noch mal zum Friseur, da weiß man doch, was man hat, die Inselfriseure waren sicher teuer. Und einem potentiellen Kurschatten musste man sich wohlfrisiert präsentieren. Tjaden grinste unwillkürlich. Freiwillig würde er diesen künstlichen Gebilden - Beton oder Zuckerwatte - nicht nahe kommen.

In einer kleinen Bucht neben der Straße kurvten die Surfer. Und jetzt fuhr der Bus sogar an einem Wäldchen vorbei. Das gab es auf Norderney.

Endlich waren sie da. Die Klinik lag nahe am Meer, Fontane hätte seine helle Freude gehabt. Hier war man nicht bei der Kapitänswitwe Warnkes in der Marienstraße, in jenem bescheidenen Häuschen mit niedriger Decke und Plumpsklo auf dem Hof. Hier war man Gast in einem hellen, weitläufigen und vielstöckigen Komplex, den der Seewind umwehte. Hoch oben am Mast flatterte eine Fahne, blau mit einem weißen Emblem. War es das Familienwappen des Professors oder das Logo der Versicherungsanstalt, die ihm Patienten zuführte? Der gepflasterte Weg zum Eingang führte durch Dünensand. *Kurklinik Nord, Prof. Dr. Hartmut Schulte-Brosius* stand auf dem Schild, das in einem Rasenstück steckte. Rund um das Gebäude wuchsen üppig rote und weiße Heckenrosen. Tjaden atmete tief durch. Doch er fühlte sich nicht völlig entspannt, irgend etwas beunruhigte ihn. Aber er wusste nicht, was. Das hatte er manchmal. Du mit deinen Ahnungen, sagte Maria immer. Sein siebter oder achter Sinn. Hoffentlich würde er am Ende den verlangten Kurerfolg – auch so ein Horrorwort – vorweisen können.

Willkommen auf der Pickelranch

An der Tür standen mittelalte weiß gekleidete Frauen, sie lächelten freundlich und stumm. Es roch dezent nach Essen. Nach einer undefinierbaren Tagessuppe, fade mehlig, vielleicht nach Spargelsuppe aus der Tüte? Überlagert von irgendeinem Reinigungsmittel. War das der Duft von Limonen? Desinfektionsmittel lagen nicht in der Luft, schließlich gab es hier keine ansteckenden Krankheiten. Auf den hellen Fliesen des Empfangsflurs stand eine Bodenvase mit einem Arrangement aus Sanddorn und Strandhafer. Nett. Aber dass dies kein Hotel war und kein Ferienaufenthalt die neuen Gäste erwartete, wurde sogleich deutlich, denn es sollte zunächst die „Einweisung" erfolgen. „Bitte gehen Sie in den Speisesaal, der Klinikdirektor wird Sie einweisen", forderte eine der Damen des Empfangspersonals die neuen Patienten auf.

Der Speisesaal war wirklich ein Saal, weit und sonnendurchflutet öffnete er sich mit breiter Fensterfront der See.

Ach, Theodor, dachte Tjaden, diesen Blick hätte ich dir auch gegönnt. Vielleicht auch so eine Kur? Dann wärst du gestärkt gewesen für noch mehr Weltliteratur. Dann wäre Effi mit Major Crampas, ihrem Verführer, an den Nordseewellen hoch zu Ross entlanggesprengt, und in den Dünen Norderneys hätte sich das abgespielt, was bei dir zwischen den Zeilen geblieben ist. Ach, Theodor. Hier, zur Kur bei Professor Schulte-Brosius, hättest du glatt deinen Störtebekerroman vollendet, der nun auf ewig Fragment geblieben ist.

Der Saal war sehr dicht mit Tischen und Stühlen gefüllt, ein paar hundert Esser konnten hier Platz finden. Die neue Busladung verteilte sich locker an den Tischen, die zum Kaffee eingedeckt waren. Weißes handfestes Geschirr, gestärkte weiße Tischdecken mit scharfen Schrankfalten. Sauber und solide, das sah man sofort. Aber eben Klinik und ohne Tischdekoration, alles nüchtern. Die richtige Ernährung war eine ernsthafte Angelegenheit, „Tüdelkram", wie Tjadens Mutter immer sagte, brauchte man hier nicht. Also keine bunten Bänder über die Kaffeetafel gebreitet, keine Efeuranken und Streublümchen auf der Decke verteilt. Frauen in weißen Kittelschürzen schoben Servierwagen durch den Saal und verteilten Kaffeekannen auf den Tischen, wo Butter- und Streuselkuchen aufgeschichtet war. „Platenkuchen" sagte Maria dazu, die aus Westfalen stammte. Tjaden fühlte sich plötzlich in eine Beerdigungsgesellschaft versetzt, denn genau dieser Kuchen wurde immer aufgetragen, nachdem man den Toten zu Grabe getragen hatte und sich anschickte, „sein Fell zu versaufen". Ob in der Klinik auch welche starben?

Was für ein dummes Zeug, wie kam er bloß auf so was? Entschlossen biss er in ein Stück Streuselkuchen – auch nicht schlechter als der, den seine Mutter ihm zu servieren pflegte –, nahm genüsslich einen Schluck Kaffee und schaute aus dem Fenster. Auf der See fuhr ein Schiff mit schwarzem Bug, es fuhr von Osten nach Westen, Richtung Juist. Passagiere waren nicht zu erkennen, und ein Fischerboot war es offenbar auch nicht. Keine Möwe weit und breit. Auch dieser Pott noch. Ach Gott ... Was für ein Omen, wo sich doch alle hier erhofften, gesund zu werden.

Nun betrat ein Herr im grauen Anzug und mit dunkelrot-grau-gestreifter Krawatte den Saal, das war Klinikdirektor Pötting, welcher „die angenehme Pflicht" hatte, „auch im Namen von Professor Schulte-Brosius", allen neuen Gästen „einen herzlichen Willkommensgruß zu entbieten". Die Einweisung hatte begonnen.

Der Direktor sei fürs Geschäftliche zuständig, soviel gleich zu Beginn. Diese Kaffee- und Kuchentafel sei eine Ausnahme – Pötting knipste ein Lächeln an, das er ebenso unvermittelt wieder ausknipste –, die Patienten sollten erst einmal Kraft schöpfen nach der anstrengenden Anreise von weit her. Denn hier gehe es ja um gesundheitsbewusste Ernährung, sie alle sollten schließlich wieder arbeitsfähig gemacht werden. Das sei oberstes Gebot. Letztendlich! Bewusste Ernährung! Bei ihm selbst allerdings wölbte sich ein ansehnlicher Bauch über dem Gürtel, dessen Schnalle diesen als einen hochwertigen Markenartikel auswies. „Arbeitsfähig, letztendlich!" Lächeln an – Lächeln aus, ehe der Direktor dazu überging, den neuen Gästen „nunmehr" die Gepflogenheiten des Hauses und den organisatorischen Teil der Kur zu erläutern.

Tjadens Gedanken drifteten ab. Er würde schon früh genug merken, wie der Hase hier lief. Essenszeiten von dann bis dann, ärztliche Untersuchung noch heute Abend, „Speiseplan" und „Tagesterminkalender", solche Begriffe glitten an ihm vorbei in dem Strom der Worte und Sätze, die aus dem Mund des Klinikdirektors flossen. Tjaden hörte sie und hörte doch nicht zu, beobachtete dabei sein Gegenüber, einen offenbar früh ergrauten Menschen, der seinem Nachbarn, dem jungen Mann mit Nackenspoiler, gerade erklärte, dass er Bäcker sei, doch unter einer Mehlallergie leide, woraufhin jener, noch einen Bissen Butterkuchen im Munde, seine Nachbarin, eine stramme Mittdreißigerin, anstieß und fragte: „Hömma, wann müssen wa denn aams wieder hier sein? Wann machen die denn den Laden zu?" Die Hennarote murmelte etwas Unverständliches.

„Guten Kurerfolg", wünschte der Direktor noch, dann wurden alle Neuankömmlinge in alphabetischer Reihenfolge aufgerufen und bekamen ihre Zimmernummern zugeteilt. Tjaden war wie immer einer der Letzten. Er hätte bei der Heirat den Namen seiner Frau annehmen sollen, das hätte ihm viel Wartezeit, diese Vergeudung kostbarer Lebenszeit, erspart. *Abendroth, Onno Abendroth*, das wär's gewesen. Immer vorneweg. Aber auch dafür war es nun zu spät, auch dieses Boot war längst abgefahren.

Der Lift ruckte an und bewegte sich sanft schaukelnd aufwärts. Tjadens Zimmer lag ganz oben, im 5. Stock. Die Noldeblaue stand dicht neben ihm, sein Ellenbogen berührte ihr weiches Fleisch, das sich angenehm warm anfühlte, so lebendig. Aber plötzlich war ihm das peinlich. Er hasste es, zwischen lauter Fremden eingekeilt zu stehen, auf engstem Raum. Und dann noch diese Gerüche! Er roch ein Aftershave, das ihm bekannt vorkam. *ALDI-einfach*? Wohl eher *Old Spice*, mit Schweiß versetzt. Kein Wunder, es war ziemlich stickig hier im Lift.

Tjaden blickte seinem Vordermann notgedrungen genau in den Kragen. Spärlicher Haarkranz. Schweißgeruch, jetzt verstärkt. Aha, hier war er an der Quelle. Der Herr trug ein beige-dunkelbraun-grün-gewürfeltes Jackett mit beigefarbenem Rollkragenpulli. Gekleidet wie ein Englischlehrer. Studienrat oder Oberstudienrat? Vielleicht sogar schon Studiendirektor? Sein Schwager Bernhard, selbst im Schuldienst, wurde nicht müde, ihm das immer wieder zu erklären: Die sind alle mit schulischen Sonderaufgaben bedacht, zuständig zum Beispiel für den Medienpark der Lehranstalt. Videos verwalten, hieß das im Klartext. Da ruckte der Lift ein letztes Mal und hielt an, die Tür öffnete sich: Station 5. Vor ihnen lag ein dunkler enger Flur, von dem rechts und links Türen über Türen abgingen. Wo war seine Nummer? 512! Er schloss auf.

Da war es wieder: das Meer! Überwältigend! Es lag im gleißenden Nachmittagssonnenlicht. Am Horizont im Dunst der Ferne die hohen Silhouetten von zwei Containerschiffen. Der Himmel jetzt fast wolkenlos. Steinerne Buhnen ragten schwarz und entschieden ins Meer. Die Ebbe hatte eingesetzt, das Wasser zog sich vom Strand zurück. Die Sonne spiegelte sich in den zurückbleibenden Wasserlachen und Rinnen. Sogar ein Stück Strandpromenade war von hier oben zu erkennen, auf dem hellgekleidete Menschen flanierten.

Die Seeseite der Klinik war offenbar den Privatpatienten vorbehalten. Der Jogginganzug mit Nackenspoiler war auf der anderen Flurseite, schräg gegenüber, verschwunden, während der blaue Poncho und das Studienratsjackett auf Tjadens Seite eingezogen waren.

Die gesamte Fensterfront war von einem Schreibtisch verstellt. Ein bequemer Ledersessel, eine Lampe mit gelbem Schirm, daneben ein ansehnlicher Fernsehapparat sollten dem Kurpatienten den Aufenthalt gemütlich machen. Das Bett war weiß bezogen, die kleine Tür zum Bad nur angelehnt. Die späte Nachmittagssonne blendete. Und es war stickig im Zimmer. Vergeblich versuchte Tjaden, einen Fensterflügel zu öffnen, nur ein mickriges Oberlicht ließ sich aufklappen. Kein Ort für Fensterstürze, und wer sich umbringen wollte, musste sich eine bessere Gelegenheit suchen. Oder wollte man verhindern, dass sich Insassen, die es nachts nach Toresschluss zu ihrem Kurschatten trieb, an zusammengeknoteten Bettlaken aus dem Fenster abseilten? Aus dem fünften Stock? Wohl kaum. Ein solches Unternehmen hätte natürlich den Kurerfolg gefährdet. Dem war im wahrsten Sinne des Wortes ein Riegel vorzuschieben.

Als Tjaden gerade seinen Koffer geöffnet und angefangen hatte, seine von Maria liebevoll gefalteten Oberhemden, die Boxershorts und den eigens für die Kur angeschafften grauen Jogginganzug – die bunten waren ja entsetzlich geschmacklos – in den Schrank zu räumen, erklang die Melodie seines Handys: *Amazing Grace* ...

„Tjaden hier."

„Hallo, Onno!" Die Stimme klang, als wäre der Sprecher hinterm Horizont, auf der anderen Seite der Erde. „Hier ist Bernhard!"

Bernhard? Sein Schwager! „Wo steckst du denn?"

„Maria hat mir deine Nummer gegeben." Bernhard räusperte sich. „Ich bin auf Norderney. Du doch auch, oder?"

Tjaden erinnerte sich dunkel, dass Maria ihm irgendetwas von Bernhard und einem Landschulheim erzählt hatte, aber er hatte nur mit einem Ohr zugehört, weil er sich gerade damit abgemüht hatte, den Reißverschluss seines Koffers zuzuzerren.

„Ich bin mit der Schule hier, mit einer zehnten Klasse. Ein ziemlich wilder Haufen, sag' ich dir. Wir könnten uns doch mal treffen."

„Klar." Die Aussicht auf ein Bier mit Bernhard, mit Blick auf die See, vielleicht von der Marienhöhe aus, war angenehm. Trotzdem gab er zu bedenken, dass er noch nicht wüsste, wie der Hase in der Klinik laufe, man werde sicher tüchtig rangenommen, aber Bernhard ließ nicht locker. Übermorgen um vier würden sie sich am Klinikeingang treffen.

„Vor der Pickelranch", hatte Bernhard gesagt. „So heißt die bei unseren Schülern."

Pickelranch? Ganz schön krass. Aber Jugend ist ja gnadenlos. Tjaden grinste.

„Übrigens ...", Bernhard stockte, druckste herum. Was war los mit ihm? Normalerweise redete er ziemlich ungehemmt, so dass Doris, Marias stille Schwester, immer Mühe hatte, den Redefluss ihres Mannes zu stoppen, um auch einmal ihr Wort zu machen. „Übrigens ...“, Bernhard räusperte sich, „also hier gibt's ein paar Probleme, über die ich mit dir gern reden würde. Du bist doch Experte ...“

Tjaden seufzte so laut, dass sein Schwager es eigentlich hätte hören müssen. Und schon war es ihm wieder peinlich. Konnte man ihm denn nicht einmal seine Ruhe lassen? Dass er beruflich bei der Kripo war, regte alle möglichen Leute an, ihn zu behelligen und um Rat zu fragen, wenn ihnen Verbrechen und Unmoral begegneten. Es ging ihm so ähnlich wie einem Arzt, der sich sogar im Urlaub anhören muss, dass die Leute um ihn herum Sodbrennen oder Rheuma haben. Oder wie einem Rechtsanwalt, der immer wieder angesprochen wird, wenn seine Bekannten unfairerweise geblitzt wurden. Eigentlich müsste er sich endlich einmal stur stellen, endlich einmal „Nein“ sagen und Bernhard – Familie oder nicht – darauf hinweisen, dass es schließlich einen Polizeiposten auf Norderney gebe. Ein entspannendes Pils auf der Marienhöhe oder im Inselhotel König, jederzeit. Aber bitte ohne Gerede über kriminalistische Probleme. *„Nein sagen heißt Ich sagen“*, hatte er das nicht schon einmal gehört? Doch wie immer brachte er kein „Nein“ heraus, sondern entgegnete freundlich fragend: „Worum geht es denn?“ Prompt kribbelten ihm die Hände. Und es juckte ihm auf dem Rücken. Da hatte er's. *„Nein sagen heißt Ich sagen.“* Wer nicht „Nein“ sagen kann, der muss sich nicht wundern, wenn seine Haut verrückt spielt. Er seufzte ergeben und wiederholte: „Worum geht's denn?“

„Das kann ich am Telefon nicht sagen“, murmelte Bernhard verschwörerisch. „Bin hier auf der Etage – rundherum Schüler.“

Im Hintergrund hörte Tjaden jugendliche Stimmen. Sie sangen nicht lauthals, sie grölten. „Wo die Nordseewellen trecken an den Strand ...“

Bernhard murmelte nur noch: „Tschüss dann, bis morgen“, und legte auf.

Der Nächste, bitte!

Auf dem Schreibtisch lag ein sauber aufgeschichteter Stapel Papier: ein Klinikprospekt, der Inselleitfaden der Kurverwaltung und der Speiseplan für die kommende Woche. Tjaden warf einen flüchtigen Blick darauf. *Normalmenü* oder *Diätmenü* – das war hier die Frage! Immer diese Entscheidungen. Wie sollte er sich dabei erholen? *Sauerbraten mit Backpflaume und Knödeln* oder *Gedünsteter Schellfisch an Safranreis* – ihm war herzlich egal, was man ihm demnächst auftischen würde. Doch da lag auch noch ein Schreiben an den „Sehr geehrten Patienten", worin dieser aufgefordert wurde, sich am Ankunftstag um 17 Uhr 30 zur Eingangsuntersuchung beim Stationsarzt einzufinden. Bei Dr. Johannsen, Zimmer 509. 509? Wie praktisch. Genau vor Tjadens Haustür, sozusagen. Er blickte auf die Uhr. 17 Uhr 25. Schon ging es los mit dem Stress.

Ganz hinten, am Ende des dämmerigen Flurs, schob eine Frau in hellblauer Kittelschürze einen Wagen vor sich her, der mit allerlei Putzutensilien und einem überquellenden Wäschekorb beladen war. Gegenüber Tjadens Zimmer waren einige Plastikschalen an der Wand angebracht. Wie überdimensionale schwarze Seepocken klebten sie da. Man konnte sie aufklappen und darauf sitzen, wenn man auf den Stationsarzt oder die Stationsschwester wartete. *Schwester Silvia* stand auf einem Schild. Am nächsten Morgen sollte man bei ihr, noch vor dem Frühstück, zum Wiegen und Blutdruckmessen erscheinen. Auch das war an der Tür zu lesen. Großdruck, damit die Herrschaften, die es anging, notfalls auch ohne Brille entziffern konnten, was hier am Ort ihre Pflicht war.

Neben Dr. Johannsens Tür wartete ein älterer Mann auf dem Plastikschalensitz, Fett und Fleisch quollen, in lila-grüne Synthetik gehüllt, über den Rand. Jetzt kam eine Frau in grellrotem Outfit aus dem Sprechzimmer, und eine Männerstimme rief, bemüht jovial und doch autoritär „Auf Wiederschauen!“ Der Lilagrüne erhob sich schnaufend und verschwand hinter der Tür. Tjaden blieb im Halbdunkel des schlauchartigen Flurs zurück. Ein paar Schritte von ihm entfernt war ein großer Thermosbehälter mit heißem Wasser aufgestellt. „Heißes Wasser nur für Patienten und Personal, und nur zur Teebereitung!“, las man über sorgfältig aufgereihten Kräuterteebeuteln. Aus den Tiefen seiner Jackentasche fingerte Tjaden zwei angeschmuddelte Beutel mit Ostfriesentee hervor – „Büdel“, wie seine Mutter immer abschätzig sagte – und hängte sie in eine Einwegtasse aus braunem Plastik. Das Wasser war nur lauwarm. Aus der Jackentasche meldete sich nun sein Handy. *Amazing Grace ...*

„Maria? Ja, alles in Ordnung. Warte auf die erste Untersuchung.“ Und als seine Frau gerade angefangen hatte, ihm von den neuesten Fortschritten zu berichten, die Onno junior mit dem Töpfchen gemacht hatte, hallte es schon wieder streng „Auf Wiederschauen!“ über den Flur. Der Lilagrüne kam heraus, ein verklärtes Lächeln auf dem Gesicht. Ein Gott in Weiß hatte ihm ganz offenbar Gnade zuteil werden lassen.

„Der Nächste, bitte!“, rief es ungeduldig auf den Flur hinaus. „Tschüss, Maria, ich bin dran!“ Wohin jetzt mit der Plastiktasse? Er stellte sie auf dem Resopalfußboden ab – hoffentlich würde niemand im Halbdunkel drüber stolpern – und trat ein.

Der Mann, der sich hinter dem Schreibtisch erhob, kam Tjaden nicht entgegen, sondern streckte nur seine Hand aus. Sein Händedruck war so betont forsch, als wollte er jeden Patienten erst einmal in die Knie zwingen. „Dr. Johannsen. Guten Tag.“ . Was an Körpergröße fehlte, sollte der Händedruck wettmachen ... Der Arzt war Mitte dreißig, schmal, im weißen Kittel über Jeans, an den Füßen trug er weiße Birkenstöcker. Unter dem Rollkragen seines weißen Pullis wölbte sich sein Adamsapfel, und um den Hals baumelte das Standeszeichen des Medizinmanns, ein Stethoskop an rotem Schlauch. Tjaden wunderte sich. Die jungen Ärzte hatten doch den weißen Kittel als Ausdruck ihrer Standeswürde gar nicht mehr nötig. Hier, wo normalerweise kein Blut floss und keine sterile Sauberkeit nötig war, hätte man erwarten können, dass der Doktor ein blütenweißes T-Shirt trug. Vielleicht mit der Flagge Norderneys darauf oder dem Logo der Versicherungsanstalt, in deren Diensten er war. Oder mit einer flotten Aufschrift, „Medizinmann" oder so. Doch Dr. Johannsen legte offenbar Wert auf sichtbare Würde. Das sollte ja öfter vorkommen bei kleinen Menschen, Tjaden kannte sich aus, er war selber nur knapp 1,75. Bei ihm allerdings wirkte das umgekehrt. Er war froh, dass er nicht in Uniform herumlaufen musste und nicht wie amerikanische Polizisten im Fernsehen eine großkalibrige Waffe im Lederhalfter auf seinem verschwitzten Hemd trug. Dr. Johannsens schütteres blondes Haar war exakt gescheitelt und wich an Schläfen und Stirn schon zurück, was einen intellektuellen Eindruck machte. Er wirkte so akademisch, dass Tjaden unwillkürlich nach einem Schmiss suchte, der sich über die Wange zog. Der Arzt trug jedoch nur eine goldgeränderte Brille und im linken Ohrläppchen einen goldenen Ohrring. Um bei den jüngeren Patienten Sympathie zu wecken? Er öffnete einen grünen Schnellhefter, blätterte und las eine Weile. Vor dem Fenster schrie durchdringend eine Möwe.

Dr. Johannsen blickte auf. „Herr Onno Tjaden aus Wittmund. Sie sind Kriminalbeamter – und der zuständige Amtsarzt hat Sie hergeschickt wegen ...", er blätterte in seinen Papieren, „wegen Hautbeschwerden und allgemeiner Erschöpfung."

Tjaden sagte gar nichts und wartete. Männer mit Ohrringen konnte er nicht ausstehen.

„Wegen der Haut werden Sie einen Termin bei unserer Oberärztin Frau Dr. Pustell bekommen. Ich rate Ihnen aber schon zu häufigem Baden in der See. Und gehen Sie in die Sonne. Sonne und Salz, Sie kennen ja die heilsame Wirkung, nicht wahr. Sie werden auf jeden Fall auch Bestrahlungen bekommen. Und nun mal auf die Waage, bitte!"

Tjaden zog die Schuhe aus und legte die Kleidung bis auf die Unterwäsche ab. Er trug ein Paar der neuen Boxershorts, die Maria ihm in den Koffer gepackt hatte. Ja, sie kaufte ihm sogar die Unterhosen. Diese waren blau-gelb kariert, er fühlte sich wie in einer IKEA-Reklame. Jedenfalls brachten sie einen fröhlichen Farbtupfer in dieses so trübselig sterile Klinikzimmer. Auf dem Schreibtisch kein persönliches Foto. Keine junge Frau, keine Kinder? Für den Doktor zählte offenbar nur sein Beruf. Ein stattlicher Äskulapstab in Bronze ragte neben dem Telefon auf.

„Leichtes Untergewicht", konstatierte der Arzt. „Unsere Oecotrophologin Frau Kunze wird Sie informieren, wie wir das angehen. Meistens haben wir es ja hier mit dem Gegenteil zu tun." In seinen Mundwinkeln zeigte sich flüchtig ein dünnes Lächeln und verschwand wieder, als wäre es anstößig. Die makellos glatt rasierte Wangenpartie erstarrte.

„So, nun legen wir uns mal dorthin, ich werde Sie untersuchen." Der Zeigefinger mit dem sorgfältig manikürten Nagel wies hinüber zur Liege am Fenster, deren grüne Plastikauflage am Fußende von leicht verknittertem Papier überzogen war. „Nein, auf den Rücken bitte!" Tjaden starrte an die gekalkte Decke, während der Arzt seinen Bauch abtastete, ihn bat, sich aufzusetzen und ihm sorgfältig mit dem Stethoskop Brust und Rücken abhorchte, ihn husten ließ, abklopfte und lauschte.

„Skoliose links, ich empfehle Rückenschwimmen in unserem Pool. Auch Wassergymnastik wird Ihnen gut tun. Und haben Sie's schon einmal mit Autogenem Training versucht? Oder mit anderen Entspannungsmethoden?"

Ehe Tjaden noch sagen konnte, dass er noch nichts dergleichen probiert habe, es sich aber durchaus vorstellen könne, ließ der Arzt ihn den Mund weit aufmachen und, während er ihm die Zunge mit einem Spatel herunterdrückte, wie ein Kind „Aaaaa" sagen. Seine Mutter hatte immer einen Löffelstiel genommen. Wo sollte er hinschauen? Diese unerträgliche Nähe, schlimmer als im Fahrstuhl. Tjaden überwand sich und nahm sein Gegenüber fest in den Blick. Genau hinzusehen durfte ihm nicht peinlich sein, das machte er in seinem Beruf doch ständig. Also wich er diesen Medizineraugen nicht aus und studierte die braun-grün gesprenkelte Iris. Augendiagnose.

„Rachenmandeln leicht vergrößert", stellte Dr. Johannsen fest. „Haben Sie Probleme mit gehäuften Anginen?"

Tjaden schüttelte den Kopf. Sprechen konnte er noch immer nicht, weil dieses verdammte hölzerne Ding immer noch seine Zunge herunterdrückte, sich sogar weiter Richtung Kehle schob, so dass er gegen Brechreiz kämpfen musste. Dass man sich als Patient so ohnmächtig fühlen musste, wehrlos ausgeliefert diesem Weißbekittelten, der ja eigentlich ..., nein, sein Sohn konnte er nun doch nicht sein, aber beinahe.

„Leiden Sie unter Schlafstörungen? Einschlafschwierigkeiten? Aufwachen in der Nacht?" Der Arzt hatte sich wieder hinter seinem Schreibtisch verschanzt und Tjaden mit einer Handbewegung beschieden, sich anzukleiden.

Während er mit dem linken Bein in seine Cordhose fuhr und dabei auf die Socke stieß, die noch im Hosenbein steckte, antwortete er: „Na ja, das kann man so sagen", woraufhin die nächste Frage wie aus der Pistole geschossen kam: „Schnarchen Sie?"

Spontan sagte Tjaden „Ja!" Er hatte sich nicht klargemacht, worauf er sich da einließ, gab es doch in dieser Klinik, wie er dem Prospekt entnommen hatte, ein Schlaflabor. Ja, er schnarchte, manchmal jedenfalls. Maria beklagte sich zunehmend darüber, und er hatte ihr schon zu Ohropax geraten, damit sie beide nicht zu früh in getrennten Schlafzimmern landeten.

Befriedigt machte der Arzt ein weiteres Kreuzchen auf seinem Papier. Wieder ein potentielles Opfer fürs Schlaflabor gekeilt. Schlaflabor? Ein schreckliches Wort, was mochte sich dahinter verbergen? Sicher nicht das, was er sich am meisten wünschte: mit hochgelegten Beinen im Strandkorb zu ruhen, unter einer milden Sonne, die Zeitung aus der Hand fallen zu lassen und bei dem geheimnisvollen Rauschen des Meeres nicht zu wissen, ob er wach war oder schlief ... Schlaflabor! Unterm Schlaflabor liegt der Strand!

„Wir werden in einer Nacht abtesten, ob Sie unter Apnoe leiden", erläuterte Dr. Johannsen. „Falls ja, werden wir Sie in unser Schlaflabor überweisen". Er nahm die Brille ab und sah Tjaden ausdruckslos an. Oder durch ihn hindurch.

„Psoriasis oder Neurodermitis oder atypische Ekzeme. Sie wissen ja, dass psychosomatische Ursachen vorliegen können. Ich empfehle Ihnen daher ein Gespräch mit unserem Klinikpsychologen." Er räusperte sich. „Mit Herrn Freund."

Tjaden hatte Mühe, ein Grinsen zu unterdrücken. Wenn das kleine „n" nicht wäre, könnte sich der Herr glatt als Urenkel des Meisters ausgeben.

„Diplompsychologe Siegmar Freund" - der Doktor verzog keine Miene - „ist ein sehr fähiger Diagnostiker und Therapeut."

Nun grinste Tjaden wirklich. Was hatten sich wohl die Eltern des kleinen Siegmar gedacht, als sie ihm diesen Namen gaben, haarscharf an dem berühmten Namen vorbei? Ob er deshalb hatte Psychologe werden müssen, um dem Übervater der Psychozunft nachzueifern und zu beweisen, dass er eigentlich den richtigen Namen verdient hatte?

Draußen schwoll das Möwengeschrei an, wahrscheinlich stritten sich die Viecher um irgendein fettes Stück Küchenabfall. Dr. Johannsen sagte noch einmal, diesmal betont beiläufig, während er weitere Kreuzchen kritzelte: „Sie sind also bei der Kriminalpolizei. Mit was für Fällen haben Sie denn so zu tun?"

Nanu, das war offenbar keine Standardfrage. Oder war es üblich, auch solch ein scheinbar ganz privates Interesse zu zeigen, weil sich der überraschte Patient geistig-seelisch entblößen sollte? Das kam Tjaden bekannt vor, auf der Polizeischule hatte er Ähnliches gelernt, als das Thema Verhörtechnik dran war. Vielleicht sollte auch seine Körpersprache beobachtet werden. Also lehnte er sich - Gelassenheit demonstrierend - ganz entspannt zurück. „Ach, wissen Sie, bisher war da nicht viel Sensationelles. Kleinkram, Ladendiebstahl, Einbruch, Drogenhandel, Körperverletzung - immer dasselbe. Bei Ihnen ist es sicher auch nicht anders. Immer wieder Apnoe oder Psoriasis?"

Dr. Johannsen wich seinem Blick aus und starrte den Äskulapstab an. Gedankenverloren. So schien es.

„Vor zwei Jahren allerdings", fuhr Tjaden fort, „hatte ich einen Mord aufzuklären. Ziemlich spektakulär. Der Kritiker Bogatzki auf Langeoog. Sie erinnern sich vielleicht."

„Selbstverständlich." Das klang forsch, aber Tjaden hatte dennoch das Gefühl, dass sein Gegenüber nicht die Wahrheit sagte. Dass er in Wirklichkeit überrascht war.

„Seit einem Jahr bin ich fest bei der Mordkommission. Das ist natürlich schon was anderes."

„Kann ich mir vorstellen. Das geht unter die Haut", sagte Dr. Johannsen. „Also, ich kann die psychische Schiene gar nicht genug empfehlen. Autogenes Training, Selbsterfahrungsgruppe, Einzelgespräch und, und, und - bis hin zum Urschrei." Da könne er dann mal richtig aus der Haut fahren. Tjaden nickte ergeben. Dann, ganz unvermittelt, stand der Arzt auf und wies zur Tür: „Auf Wiederschauen!" Wieder halb jovial, halb herrisch. Hier sprach die Autorität. Kein Händedruck. Tjaden war es recht.

Die Domina

Im Speisesaal schob sich schon eine lange Schlange dem Büfett entgegen, als sich Tjaden Punkt halb sieben zum Abendessen einfand. Er suchte seinen Tisch. Am Fenster stand er nicht, denn dort saßen die gewichtigen Herrschaften, wie er bei einer flüchtigen Überschau feststellte. In dieser Region wurde Diät serviert, Kalorien wurden gezählt, man darbte. Seinen Namen fand er endlich am Tisch Nummer 13 auf einer Serviettentasche, ordentlich mit Schreibmaschine beschriftet. Zum Glück ohne Dienstrang. Über diesen Tisch schien die Grenze zwischen Dick und Dünn zu verlaufen. Eine einsame Gestalt saß schon da, und die war recht korpulent. Der Mann erhob sich und streckte Tjaden die Hand entgegen: „Wichter. Guten Abend!" Sein Händedruck war so lasch, als drifte da jemand, von aller Energie verlassen, unaufhaltsam der Verrentung oder Frühpensionierung entgegen. Er war der Mann mit dem Studienratsjackett, das er heute Abend jedoch gegen einen schlichten marineblauen Pullover ausgetauscht hatte, aus dessen rundem Ausschnitt ein blauweiß gestreifter Hemdkragen ragte. Studienrat im Urlaubsdress, unverkennbar. Auf Herrn Wichters Teller häuften sich verschiedene Salate und mehrere Brotscheiben. Als Getränk stand eine Kanne Kräutertee auf dem Tisch. In der Schlange vorm Büfett entdeckte Tjaden auch die blaue Dame von der Fähre, die jetzt großflächig geblümte Flatterhosen und eine lockere maigrüne Bluse trug. Das Ziel der Schlange hatte sie fest im Blick.

Wer wohl neben ihm sitzen würde? Tjaden schielte nach der Serviettentasche. *Karla Buxbaum* stand da. Inzwischen war ein weiterer Tischnachbar eingetroffen, ein überaus magerer Mensch, Mitte vierzig, aber schon mit tief eingeprägten Falten in den Mundwinkeln. Der Mann hatte einen schwachen Magen, das sah man sofort. Und er war sicher hier, um etwas zuzulegen. Die zwei nackten Vollkornscheiben auf seinem Teller, neben denen drei Radieschen und eine Scheibe magersten Nuss-Schinkens lagen, waren aber wohl kaum genug, um ihm ein paar Pfunde auf die Rippen zu bringen. Das Büfett war flankiert von mehreren offiziell, geradezu amtlich aussehenden Damen in weißen Schürzen. Die meisten halfen beim Servieren und legten nach, wenn etwas fehlte. Eine der Frauen, groß gewachsen und schlank, etwa Mitte dreißig, trug einen weißen Kittel und das Haar sehr kurz geschnitten. Schwarz mit roten Strähnchen. Ein herber Typ. War sie Ärztin? Das Namensschild an ihrem Kittel war aus der Entfernung nicht zu entziffern.

„Guten Abend!", strahlte ihn die jetzt Maigrüne an.

Er stand auf. „Tjaden."

„Buxbaum – mit x!" Ihr Händedruck war unerwartet fest und zugleich einladend weich, eine bemerkenswerte Mischung. Und was für ein Name: Buxbaum. Tjadens Lieblingspflanze: immergrün und kugelig geschnitten, zart duftend in der Sommersonne. Frau Buxbaum, die ihm gegenüber saß, aß mit sichtbarem Genuss – rosa Lachsscheiben, Nudelsalat, Melone ... Und redete und redete dabei, sie floss geradezu über. Karla Buxbaum gehörte eindeutig zu den Menschen, die alles von sich geben müssen, was sie denken und wissen und fühlen, zugleich aber auch – sozusagen als Ausgleich – sich alles einverleiben, geistig und ganz konkret. Karla Buxbaum wollte alles wissen von ihren Tischnachbarn, und so fand sie in kürzester Zeit heraus, dass der magenschwache Herr Niederhuber Stationspfleger war in einer geschlossenen Abteilung der Psychiatrischen Klinik in Straubing, und Herr Wichter Studienrat an einer über 600 Jahre alten Lehranstalt, dem *Artland-Gymnasium* zu Quakenbrück.

Tjaden versuchte, sich bedeckt zu halten, da konnte Frau Buxbaum noch so reizend versuchen, ihn auszuhorchen. Er sei Beamter, sagte er, aber sie hakte sofort nach: „Bei der

Kripo?“ Rätselhaft, wie sie darauf gekommen war, und als er ihr das sagte, antwortete sie nur lächelnd: „Menschenkenntnis, Herr Kommissar!“ und ließ ein rotes Radieschen zwischen den ebenso leuchtend rot geschminkten vollen Lippen verschwinden. Die Lippen gaben beim Lächeln überraschend zierliche Zähne frei. Mäusezähnchen! Apothekerin sei sie, hatte sie schon ins Gespräch einfließen lassen, und dass sie unter einer leichten Diabetes leide. Abnehmen solle und müsse sie natürlich auch. „So, und jetzt hole ich mir noch einen Nachschlag!“, verkündete sie und segelte wiederum zum Büfett hinüber. Tjaden sah, wie die strenge Dame in Weiß, als habe sie nur auf so eine wie Karla Buxbaum gelauert, einen Schritt auf sie zu machte und auf sie einredete. Scheinbar unbeirrt bepackte Frau Buxbaum weiter ihren Teller, als sie allerdings wieder am Tisch eintraf, waren ihre Wangen hochrot gefärbt.

„Diese Person!“ Sie rang nach Luft. „Diese Person! Die sagt doch tatsächlich, ich dürfe keine Butter essen! Keine Butter! Ich kenne doch meine Werte, ich weiß doch Bescheid! Ich verbiete Ihnen, Butter zu essen. Sagt die. Wörtlich! Zu mir! Was bildet die sich denn ein!“ Ihre Empörung hinderte Frau Buxbaum nicht daran, die beiden Butterröllchen, die sie sich gegen den massiven Einspruch der Diätwache erobert hatte, hastig auf ihre Scheibe Ostfriesenvollkornbrot zu streichen und eine dicke rosa Scheibe Lachs darüber auszubreiten. „Ich liebe Lachs“, seufzte sie. „Da könnt' ich mich reinsetzen! Dafür lasse ich jetzt das Obst hier weg, das Umrechnen ist ja kein Problem.“

Die Oecotrophologin – hieß sie nicht Kunze? – ließ unterdessen den Tisch Nummer 13 nicht aus den Augen, als hätte sie alle vier auf dem Kieker.

„Die führt sich ja auf wie Frau Dr. Oecotroph persönlich“, giftete Frau Buxbaum. „Die kann mir höchstens etwas nahe legen, aber nichts verbieten! Ich bin Privatpatientin und für mich selbst verantwortlich!“

Der mündige Patient. Recht hat sie, dachte Tjaden. Herr Wichter, der eigentlich schon mit seinem Abendbrot fertig war, hatte sich inzwischen klammheimlich, im Schatten der heftig Wind machenden Frau Buxbaum, zwei dicke Brötchen geschmiert, eins mit Schinken, eins mit altem Gouda belegt. Tjaden wunderte sich. Sollte der nicht auch abnehmen? Zu seinem Kalorienfahrplan passte das bestimmt nicht. Da steuerte auch schon die herbe weiße Dame ihren Tisch an. Sehr nah trat sie an den Studienrat heran und fragte, mit Blick auf die beiden Brötchen, streng: „Und was haben wir denn da?"

Herr Wichter lief rot an. „Die nehme ich mir mit", entgegnete er knapp. Und schob, gewollt forsch, nach: „Der Abend ist noch lang."

„Erstens sind Sie auf Diät! Und zweitens sollten Sie schon wissen, dass es strengstens untersagt ist, Lebensmittel aus dem Speisesaal mit hinauszunehmen." Aus ihrer Kitteltasche ragte ein Pieper, wie ihn Ärzte tragen, die jeden Augenblick darauf gefasst sein müssen, zu einer Notoperation gerufen zu werden. Frau Kunze schien eine ganz besonders wichtige Person zu sein. Gab es auch solch akute Notfälle in Ernährungssachen? „Haben Sie den Anschlag an der Tür nicht gelesen?!"

Der Studienrat hielt ihrem Blick stand. Wortlos griff er nach dem ersten Brötchen, zwischen dessen beiden Hälften breit der Schinken herausflappte, und biss hinein. Er kaute wie ein störrischer Esel die Handvoll Heu, die ihm ins Maul gestopft wird, so heftig und beharrlich, dass Frau Dr. Oecotroph zunächst sprachlos zuschaute, sich dann aber brüsk umdrehte und wieder am Büfett Posten bezog.

Hatte Tjaden den Studienrat nicht schon auf der Fähre gesehen? Jetzt erinnerte er sich wieder, dass dieser in der Nähe der möwenfütternden Denise gestanden hatte. War das vielleicht seine Tochter? Nein, bestimmt nicht. Studienratskinder hießen nicht Denise, sondern Cosima oder mindestens

Anna-Lena. Ob der seine Familie privat untergebracht hatte und beim gemeinsamen Abendspaziergang am Strand mit kräftigenden Klinikbrötchen verpflegen wollte? Doch wohl kaum.

Herr Wichter kaute und schluckte immer noch, war schon zur Käsesemmel übergegangen. Er verzehrte nur, was ihm auch zustand. Doch seine kleinen kurzsichtigen Augen hinter den dicken Brillengläsern blickten düster, ja hasserfüllt. Und dass ihm die dunklen Augenbrauen über der Nasenwurzel zusammengewachsen waren, ließ ihn auch nicht gerade vertrauenerweckend aussehen. Als Kriminalbeamter wusste Tjaden, dass das nicht auf einen verbrecherischen Charakter schließen ließ. Aber der Mann war ausgeehrt worden, bloßgestellt. Sehr unangenehm, dieser Auftritt. Dass der Mann sich so etwas bieten ließ!

In diesem Moment erschien die Oecotrophologin wieder am Tisch Nummer 13, offenbar war sie noch nicht fertig mit dem Studienrat. „Wir wissen sehr genau", blaffte sie ihn an, „dass unsere Patienten bergeweise Lebensmittel nach draußen schleppen, um ihre Angehörigen mitzuversorgen." Herr Wichter sah durch sie hindurch, tupfte sich mit der Serviette sorgfältig den Mund ab und ging, scheinbar ohne Hast, aus dem Saal.

Die beiden Dünnen am Tisch Nummer 13, der Kommissar und der Pfleger von der Geschlossenen, waren für diesmal von Frau Dr. Oecotroph unbehelligt geblieben. Sie hatte wohl nur die Dicken auf dem Kieker. Vielleicht war ihre hagere Figur das Ergebnis ständiger Selbstkasteiung, und weshalb sollten andere es besser haben als sie? Vielleicht aber würde sie sich morgen auch die Dünnen vorknöpfen und dem armen Niederhuber ungebeten eine satte Ladung Sahnequark auf den Teller klatschen oder seinen Bauernsalat in einer Kelle öligen Dressings ertränken? Plötzlich tauchten vor Tjadens innerem Auge Folterszenen auf. Schläuche in Mund und Nase, durch die ein sämiger hochkalorienhaltiger Brei eingefüllt wurde, und Frau Dr. Oecotroph stand dabei und füllte nach, füllte nach, ohne Gnade. Statt ihres Piepers sah Tjaden den Stiel einer Reitpeitsche aus ihrer Kitteltasche ragen. Aber so ein Ding hätte da wohl nicht hineingepasst. Realistischer war schon, sich auszumalen, wie über ihrem bescheidenen Busen die roten Schläuche eines silbern glänzenden Stethoskops herabhingen.

„Schönen Abend noch!", verabschiedete sich Herr Niederhuber verlegen. Karla Buxbaum schien das alles erstaunlicherweise weniger zu berühren. Sie wollte Tjaden unbedingt noch erläutern, wie viele Kalorien in einer reifen Birne und wie viele Broteinheiten in einem trockenen Brötchen steckten und was das eine mit dem anderen zu tun habe. Endlich gelang es ihm, sich zu befreien. Er wolle doch mal nach Herrn Wichter schauen, sagte er.

Im letzten Abendscheine

Das Meer erglänzte weit hinaus / im letzten Abendscheine ... Die Norderneyer Strandpromenade war wirklich etwas ganz Besonderes. Hochauf ragten zur Linken die weißen hochherrschaftlichen Hotelfassaden aus Kaisers Zeiten, während zur Rechten die Flut heranrollte und den weiten Strand überspülte. Viele Gestalten, meist in Beige oder Bleu, wandelten auf der Promenade und hielten die Gesichter in die Abendsonne, die allerdings schon bald hinter einer hartnäckig über dem Horizont lagernden dunklen Wolkenbank verschwand. Zu früh, der Abend war noch nicht zu Ende, es war erst kurz nach acht.

Tjaden musste sich unbedingt noch bewegen. Er hielt es mit den Philosophen im alten Griechenland, da sollte es welche gegeben haben, die nur im Gehen denken konnten. So ging es ihm auch. Allerdings befand er sich jetzt in einem Dilemma: Hier in der Kur sollte er nun gerade nicht soviel denken, sondern sich vor allem entspannen ... Aber bewegen sollte er sich doch auch. Er fröstelte, und ein Schatten legte sich auf seine Stimmung. Schwimmen, fiel ihm ein. In der Klinik gab es doch auch einen Pool, Sole und gewärmt, das war ideal, den könnte er vorm Schlafengehen noch genießen.

Der Pool lag im Erdgeschoss, fast schon im Souterrain. Unten war es sehr leer. Und ruhig. Friedhofsruhe. Wie kam er bloß darauf? Schwimmen, dachte er, Schwimmen half immer.

In der Badeabteilung roch es intensiv nach einem Saunaaufguss, Fichtennadeln und mehr, aber kein Mensch war zu sehen. In einer Kabine zog Tjaden sich aus, stieg in die neue, extra für die Kur angeschaffte Badehose. Draußen rauschte sehr laut Wasser. Aus einem Lautsprecher erklang leise Musik. Volksmusik! *Herzilein* ... Bloß das nicht. Und dann, das Handtuch um die Schultern, sah er den Pool. Glatt, spiegelglatt, blau gekachelt. Sehr einladend. Endlich konnte er sich den Schweiß und die Anstrengung der Reise abspülen, sich schwimmend entspannen. Er duschte sich nach Vorschrift („Vor der Benutzung des Solebeckens ist zur Körperreinigung ein gründliches Duschbad vorzunehmen!") und tauchte schon den großen Zeh in das lauwarme Blau, als jemand laut rief: „Feierabend! Schwimmen iss nich mehr!" Das hörte sich fast schadenfroh an, so als wollte der noch sagen: „Das haste dir woll so gedacht, was?"

Ein Hüne mit rotblonder Mähne und Vollbart, in weißer Bademeisterkluft, spritzte mit einem Schlauch die Fliesen um den Pool herum ab. Der kräftige eiskalte Strahl kam Tjaden immer näher. „Aber Sie machen doch erst um neun Uhr Schluss", wandte er verdutzt ein.

„'ne halbe Stunde vorher müssen alle aus dem Wasser", rief ihm der Hüne zu. Widerrede zwecklos. Und überhaupt musste einem das doch erst gesagt werden.

Die Uhr hoch oben an der blaugekachelten Wand zeigte halb neun. Tjaden hätte schwören können, dass es auf seiner Armbanduhr noch nicht so spät gewesen war. Aber die lag in der Kabine, nachprüfen konnte er also nichts. Nicht auf der Stelle. Schlechte Beweislage, ärgerlich.

Aus seiner Badehose tropfte es, zu seinen Füßen bildete sich eine Pfütze, Tjaden fröstelte. Der Hüne lenkte den Wasserstrahl jetzt eindeutig so, als wollte er den lästigen Eindringling von den Fliesen wegspritzen. „Und tschüss!", rief er ihm zu.

Was bildete sich der Kerl denn ein? Als Tjaden in der Kabine bibbernd seine Uhr wieder um sein nasses Handgelenk nestelte, war ihm klar: Der hatte tatsächlich die Wanduhr so verstellt, dass er eine satte Viertelstunde vorher Feierabend machen konnte. Unverschämtheit. Ob das der Klinikdirektor wusste?

Tjaden schlief. Erschöpft von dieses langen Tages Reise in die Kliniknacht, träumte er, wie ein rotblonder Hüne ihn ins Wasser schubste, seinen nackten Fuß, der in grellroten Badelatschen steckte und schaufelartige, schwarzlackierte Zehennägel hatte, triumphierend ihm auf die Brust setzte, als plötzlich mit Donnergetöse die Uhr von der Wand stürzte und das gewaltige Zifferblatt über ihm zusammenbrach. Der große Zeiger hatte den Hünen aufgespießt, doch der Druck auf Tjadens Brust hatte nicht nachgelassen. Er wachte auf, sein Herz jagte. Draußen auf dem Flur war jetzt alles still. Woher war der Lärm gekommen? Es war kein Zufall, dass er davon geträumt hatte. Wie spät war es? Punkt zehn. Dann hörte er es wieder und war hellwach. Etwas rumpelte durchs Haus, direkt nebenan. Es quietschte und ächzte, ebbte ab. Der Fahrstuhl! Er brachte wohl die Nachtschwärmer unter den Patienten zurück in ihre Zimmer. Wo konnte man denn auf Norderney die Nacht schwärmend verbringen? Damit kannte er sich noch nicht aus. In der Klinik war um zehn Uhr Zapfenstreich. Wer dann nicht da war, musste in irgendeinem Strandkorb nächtigen. Schlecht für den Kurerfolg. Und wieder fuhr der Fahrstuhl dem schlaftrunkenen Tjaden rumpelnd und quietschend durch Mark und Bein, dann war endlich Stille. Oder nicht? „Und tschüss!", glaubte er wieder die Stimme des Hünen vom Pool zu hören. Auftrumpfend. Die Stimme kam näher und näher, Tjaden machte die Augen fest zu. Dieser Kerl sollte ihm nicht noch einmal im Traum begegnen, der nicht!

Morgenurin und mehr

Der Tag begann mit einer Urinprobe. „Morgenurin abgeben!", hieß es auf dem Zettel, der Tjadens Fahrplan durch den Tag sein sollte. Statt Morgenluft, Morgensonne, Morgenstern ... Morgenurin - grässlich! Der Morgenstern allerdings war nicht nur die Venus, vor Sonnenaufgang gesehen, nicht nur der Stern, der am Morgen anzeigt, dass alle Ängste der Nacht vorbei sind und Helligkeit wieder ins Gemüt einziehen soll. Warum fiel ihm jetzt ein, dass Morgenstern auch jenes Mordinstrument hieß, das vor langer Zeit Blut und Tränen brachte? Eine Art Keule, die an ihrem klobigen Ende mit eisernen Spitzen versehen war. Gott sei Dank waren diese Zeiten vorbei, sonst wäre es dem Bademeister gestern Abend vielleicht anders ergangen. Das war der Morgenstern, aber was war der „Mittelstrahl", ein Wort, das Tjaden erst im Bad auf seinem Laufzettel entzifferte. „Der Mittelstrahl ist im anliegenden Plastikgefäß aufzufangen." Einen Mittelweg, den kannte er. *(Im Augenblicke höchster Not / bringt der Mittelweg den Tod ...)* Den „ersten Urinstrahl" sollte man in die Toilette „verfallen" lassen, alles weitere dann auffangen. *Verfallen.* Ganz schön morbid, und das auf nüchternen Magen. Eine Gedichtzeile fiel ihm ein. *Versunkner Gärten kranke Düfte / umkosen leise den Verfall,* murmelte er vor sich hin. Tjaden liebte Gedichte, lernte sie regelmäßig auswendig und zitierte sie gern, um sich aufzumuntern, behauptete aber immer, dass er das nur tat, um sein Gedächtnis zu trainieren. Auf den Rechner im Kopf müsse Verlass sein.

Sein Fahrplan versprach Termine über Termine bis zum späten Nachmittag. Schade. Draußen stand die Morgensonne strahlend am wolkenlos blauen Himmel. Es war Flut, ideales Badewetter. Ein paar Frühschwimmer ließen sich schon von den Wellen wiegen. Sanft sahen diese Wellen aus, fast gemütlich. Jedenfalls heute früh. Der eigentliche Badestrand sollte ja an der Weißen Düne sein, ein paar Kilometer entfernt. Hier, von Buhnen eingegrenzt und gezähmt, lud das Meer auch die Kurpatienten zum Bad.

Leider war sofort der erste Termin zu absolvieren, noch vor dem Frühstück. Wiegen und Blutdruckmessen bei Schwester Silvia! Tjaden legte die Patientenuniform an: Er stieg in den Jogginganzug, trat in die Badelatschen und schlappte zum Zimmer schräg gegenüber. Besetzt, die Seepockensitze an der Wand auch. Er musste im Stehen warten.

Schwester Silvia war eine zierliche blonde Person, deren dunkle Kulleraugen nur auf den ersten Blick naiv wirkten. Diese Sorte glaubte er zu kennen, also Vorsicht! Auf dem Lockenkopf dieser hübschen, etwas puppenhaften Erscheinung saß ein weißes Nichts wie ein Sahnehäubchen, ganz dekorativ. Ihr Schwesternkittel behinderte die Sicht auf ihre wohlgeformten Beine kaum. Demnächst würden ja wohl auch die Schwestern Bauch zeigen, und den Patienten, die wie jetzt Tjaden etwas beklommen dasaßen und sich die Blutdruckmanschette um den Oberarm legen ließen, würde sich der Blick auf einen gepiercten Bauchnabel bieten. Mit Brilli! Einen glitzernden Nasensticker trug Silvia schon. Sie war stark geschminkt, die Puderschicht erstaunlich kräftig. Ihre Hand griff überraschend fest zu. Die Fingernägel brannten in starkem Rot. Sie hatte sich die Stöpsel des Stethoskops in die zarten Ohren gesteckt, die sich unter Lockengekringel verbargen, und verkündete „120 zu 80!" – so emotionslos, als wäre man beim TÜV und nicht in einer Klinik. Sie kritzelte etwas in Tjadens Akte und wies wortlos zur Waage hinüber. Tjaden stieg aus seiner Jogginghose. Jetzt genierte es ihn, dass er diese schwarzgelben Boxershorts trug, die fatal an die Biene Maja erinnerten. Das war ein Fehlgriff am frühen Morgen gewesen. Dieser Schwester, die sich offenbar bemühte, Mondänität in die Klinik zu bringen, die sie gewiss für spießig hielt, hätte er jetzt gern etwas bieten mögen, den Herrenslip mit modellierendem Einsatz, zum Beispiel. Auf der Höhe der Zeit bleiben! Auch Balletttänzer steckten sich keine Hasenpfoten mehr an diese Stelle. Andererseits gab es Schlimmeres als die Biene Maja.

„Bisschen wenig, Herr Tjaden", murmelte Silvia – und nach einer Pause: „Aber da kann man was dran tun."

Tjaden war klar, dass er diese Frau nicht ausstehen konnte. Plötzlich sah er sie als Mordopfer auf dem Tisch des Pathologen ausgestreckt. Doch die Empfindung von Schrecken und Mitleid, die ihn bei allen ungeklärten Todesfällen übermannt hatte, mit denen er beruflich befasst gewesen war, blieb aus.

Sie blätterte in ihrem Ordner und fragte dann unvermittelt: „Von der Kripo sind Sie?"

Interessant. Die erste persönliche Frage. Ansonsten schien er ihr herzlich gleichgültig zu sein.

„*Bei* der Kripo", verbesserte er sie, „nicht *von*. Zur Zeit jedenfalls nicht."

Zum ersten Mal sah ihm die Frau direkt in die Augen. „Was issen da der Unterschied?"

Tjaden verkniff sich einen Seufzer. „Ich bin nicht im Dienst hier", sagte er ergeben, „ich bin Patient. Keine Ermittlungen, verstehen Sie?"

Als sie ihn immer noch verständnislos ansah, schob er nach: „Hoffe ich jedenfalls."

„Interessanter Beruf, oder?"

Da schwang Spott mit, unüberhörbar. Und trotzdem wirkte es auch kokett. Ein Kriminalhauptkommissar in den mittleren Jahren, der halbnackt und unrasiert in seine bollerige Jogginghose steigt, ist kein besonders eindrucksvoller Anblick. (Die sollte ihn mal bei einem handfesten Verhör erleben! Da würde sie sich umgucken. Von wegen Nasensticker und bauchfrei. Das zog nicht, nicht bei ihm!) Außerdem stand sein rotblondes Haar wieder einmal zu Berge, er hatte es noch nicht bändigen können. Klassischer *bad hair day*, ein Tag, an dem von Anfang an alles schief ging, und es ärgerte ihn, wie dieses pseudomondäne Schwesternpüppchen, diese Behelfsbarbie – ach was, dafür waren ihre Beine viel zu kurz – wie die ihn von oben herab bei seinen Anziehbemühungen fixierte.

Einen lauen Lenz hatte die Dame. Richtig Kranke gab's doch gar nicht auf der Station. Das bisschen Blutdruckmessen, Salben- und Pillenverteilen ... Die war doch bloß so etwas wie eine gelangweilte Empfangsdame. In jedem Hotel müsste sie sich schon bemühen, ein bisschen freundlicher zu sein, sonst wäre sie schneller gefeuert, als sie hier auch nur bei einem einzigen Patienten den Blutdruck messen konnte.

Noch war er nicht entlassen, eine Frage stand noch auf ihrer Check-Liste. „Wünschen Sie Chefbehandlung?"

Chefbehandlung? Es dauerte einen Moment, bis Tjaden begriffen hatte (doch Klimakterium virile?), was das hieß. Natürlich meinte die Schwester den Klinikchef, Professor Schulte-Brosius.

„Und was hätte das für Konsequenzen?", erkundigte er sich.

„Dann würden alle Maßnahmen hier in der Klinik privat abgerechnet", gab die Schwester in monotonem Tonfall Auskunft. Sie hörte sich an wie ein Automat, ein dick gepuderter, leiernder, allerdings kniefreier Automat.

„Jede Massage? Jede Fangopackung? Jede Bestrahlung? Zum doppelten, dreifachen Preis?", fragte Tjaden entsetzt zurück.

„Allerdings."

Da würde sich also die vierstellige Summe, die er ohnehin bei dieser Kur zuzahlte, noch anständig erhöhen. Sein Dienstherr würde den Deubel tun, ihm per Beihilfe auch noch den Herrn Professor zu finanzieren. Er würde auf ihn verzichten müssen.

Obwohl er den Herrn gern kennen gelernt hätte.

Beim Frühstück bearbeitete Frau Buxbaum gerade mit dem Messer einen Würfel Hartkäse, den sie sich unter dem tadelnden Blick der Frau Dr. Oecotroph vom Büfett besorgt hatte. Der uralte Gouda war so hart, dass er sich der Klinge widersetzte, vom Teller sprang und auf dem Fußboden landete. Frau Buxbaum lachte, Tjaden grinste, nur Herr Niederhuber wälzte weiter griesgrämig seinen Bissen Dinkelvollkornbrot mit Kürbiskernen im Mund herum und verzog keine Miene. Der Studienrat hatte offenbar verschlafen und fehlte am Tisch.

„Apropos hart", prustete Frau Buxbaum. „Wussten Sie, dass unser Chef hier in der Klinik einen Vater hatte, der allen seinen Söhnen Namen gab, die mit *Hart* beginnen?" Sie holte tief Luft und zählte auf: „Hartmut nach ihm selbst, und dann Hartmann, Hartwig, Hartlieb ... der Name war Programm!"

„Hatte der Mann auch Töchter?", erkundigte sich Tjaden, während er mit beherztem Messerhieb sein Frühstücksei köpfte.

„Zwei. Wiebke und Frauke.“

Weibchen und Frauchen, wie passend. In dieser Familie waren die Rollen jedenfalls klar verteilt.

„Ist denn nun der Chef auch ein echt harter Kerl geworden?“

„Ach was“, lästerte Karla Buxbaum, die irgendeinen geheimen Draht zu ihm zu haben schien. „Hart gegen andere, weich gegen sich selbst.“

Jedenfalls fuhr er einen dicken Schlitten, einen weißen 7er BMW, den man draußen auf dem Parkplatz sehen konnte. Manchmal auch nicht.

Nach dem Frühstück schwärmten alle Neuzugänge aus, um im Klinikkeller Tests über sich ergehen zu lassen. Blutgasanalyse, Allergietests, Lungenvolumentests ... Seinen Laufzettel in der Hand, arbeitete Tjaden sich von Station zu Station. In den künstlich erhellten Kellerfluren hieß es wieder Schlangestehen. Ohrläppchen wurden gestochen, Allergiepiekser verpflastert, es musste in irgendwelche Röhren und Mundstücke kräftig geblasen werden. Immer mehr Gestalten schlurften vorbei, die alle ihr Heftpflästerchen am Ohrläppchen trugen. Wie ein Brandzeichen, das sagte: Wir sind die Kurherde.

Und dann standen auch schon die ersten Therapiemaßnahmen an. „11 Uhr 15: Inhalieren“, hieß es auf Tjadens Plan. Er suchte den Weg durch das Labyrinth von Gängen und Türen. Bis er endlich um die richtige Ecke bog und eine weitere Warteschlange sah, die zu einem Tresen führte, wo eine stramme Blondine das Kommando hatte. Nahezu ununterbrochen und ohne sich auch nur einmal zu verheddern, rief sie Namen auf: „Herr Treitschke, Frau Telgenbüscher, Herr Weber, Frau Pötzsch-Storp ...“ Die Betreffenden sprangen heran, eilten nach vorn und hinter den Tresen, aufatmend – um etwa zehn Minuten später am anderen Ende des Tresens wieder aufzutauchen.

Tjaden meldete sich an und wartete. Die weiß bekittelte Blondine trug ein Namensschild an ihrem Busen: „Gaby Mogena". Eine temperamentvolle, patente Person, die alles im Griff hatte. Leider schreckte er persönlich vor diesem Frauentyp zurück, er hatte sie lieber sanfter.

Endlich. Sein Name! In dem Raum hinter dem Tresen, Gaby Mogenas Herrschaftsbereich, waren an zwei Wänden entlang die Inhaliergeräte angebracht. Tjaden suchte sich einen Platz, der Sitz war vom Vorgänger noch warm, ein unangenehmes Gefühl, das er rasch verdrängen musste. Er schaute schnell aus dem Fenster. Schöne Aussicht! Man blickte Richtung Osten. Weit erstreckten sich Strand und Wasser, bis in den spätsommerlichen Dunst, und irgendwo da draußen jenseits des Nordbads spielte Schwager Bernhard jetzt mit seinen Schülern Beachball. Aber für lange Fensterblicke war keine Zeit, denn schon eilte Frau Mogena herbei, um ihm mit wohlgeübten, höchst rationellen Handgriffen zu erklären, was er zu tun hatte: Erst Inhalation durch die Nase, dann durch den Mund. Zeit durch Knopfdruck einstellen, exakt acht Minuten, alles elektronisch geregelt. Neueste Technologie, zack, zack! Frau Mogena blieb kurz hinter ihm stehen, beugte sich dann zu ihm hinunter. Sie roch herb nach Fichtennadel und etwas anderem, Undefinierbarem, wie ein etwas anderer Saunaaufguss. „Alles klar?", jubelte sie ihm ins Ohr und war schon zum nächsten geeilt, einem grauhaarigen Herrn, bei dem sicher die Verrentung anstand und der sich – wie Tjaden aus den Augenwinkeln nicht ohne Schadenfreude bemerkte – noch ungeschickter anstellte als er selbst.

„Herr Böhle, nun werfen Sie mir bloß nichts um", ermahnte ihn Frau Mogena, „und machen Sie mir bitte nicht wieder alles kaputt, Herr Böhle!"

Hoffentlich ließ man hier die geforderte Hygiene walten, dachte Tjaden, als er seine Nasenlöcher dem irgendwie obszön geformten, hautfarbenen Plastikstück mit den zwei

Öffnungen näherte, aus dem die angeblich heilsamen Dämpfe in sein System strömen sollten. Sehr gesund rochen die und fast so streng wie Gaby Mogena selbst, deren kräftiger, blonder Pferdeschwanz sicher schon wieder draußen am Tresen wippte, was Tjaden aber nur vermuten konnte, weil er auf die elektronische Zeitanzeige starrte und verfolgte, wie eine Sekunde nach der anderen ablief, verfiel ... Wohin? Nicht in die Toilettenschüssel, wie der Anfangsstrahl seines Morgenurins, sondern in die ewige Leere. Und nun Wechsel von Nase zu Mund! Als er durch den Mund atmete, sammelte sich dort etwas, herb und bitter, er musste ausspucken. Immer wieder. Irgendwas machte er wohl falsch. Aber sich bloß nicht melden, bloß nicht wieder den blonden Dragoner im Rücken haben! Womöglich würde sie dann auch ihn zurechtweisen wie diesen Herrn Böhle. Wieder spuckte er in das Becken vor sich. Sah ihn auch niemand? Das wäre ihm peinlich gewesen. Und wenn nun das, was da verdampfte, alles andere als gesund, alles andere als heilsam war? Nämlich giftig? Hochgiftig sogar? Man konnte hier doch nur blind vertrauen, man wusste nichts. Auch eine Möglichkeit, jemanden zu Tode zu bringen, dachte Tjaden, sogar unter Gaby Mogenas forschem Auge.

Ihm war unbehaglich zumute. Geradezu übel wurde ihm.

Berufskrankheit, kritisierte er sich selbst. Typische Phantasie eines Kriminalbeamten, auch die war zu verdrängen. Pathologisch! Verdrängen! Wahrscheinlich kamen seine Hautbeschwerden von dieser ewigen Verdrängerei. Er würde mit dem Psychologen darüber reden.

Wie lang doch acht Minuten sein konnten.

Endlich war seine Zeit abgelaufen. Den widerwärtigen Plastikaufsatz stellte er folgsam auf einem Tisch ab, wo schon etliche andere dieser Dinger mit den geleerten Inhaliergefäßen warteten. Sie wurden hoffentlich desinfiziert, um wieder einsatzbereit zu sein. Ein ewiger Kreislauf!

„Frau Hülsenbeck, Frau Schröder-Hals, Herr Gocke, Herr Real, Herr Tukötter, Herr Schmitt-Rüdiger, Frau Wolkenröder, Herr Ekel ...“, verfolgte ihn Gaby Mogenas Stimme noch, als er schon beim Fahrstuhl war, der ihn wieder nach oben befördern sollte. Zum nächsten Termin, es wurde Zeit.

Herr Ekel? *„Nomen est omen!“*, dachte er.

Die Fließband-Therapie. Man wurde weiter und weiter transportiert und trat doch auf der Stelle. Und überall die gleichen Gestalten mit ihren ausgebeulten Beinkleidern und den schmuddeligen Pflästerchen am Ohrläppchen, alle auf demselben Band ... Ob sich bei dem Termin mit Dr. Wera Pustell etwas Neues ergeben würde? Sie war eine schmale Frau, Ende dreißig, und sah wirklich nicht aus, wie man sich eine Fachärztin für Dermatologie, Oberärztin sogar, vorstellte. Sie trug keinen weißen Kittel, sondern einen altrosa Pullover aus zarter Wolle. Darunter zeichneten sich ihre mädchenhaften Brüste ab. Sie wirkte hochgeschlossen und doch irgendwie kuschelig. Dr. Pustell warf einen Blick auf Tjadens Stirn, wo die Haut ungesund blühte, betrachtete auch seine schrundigen Handinnenflächen, als wollte sie ihm aus der Hand lesen, und stellte fest: „Atypische Ekzeme, hyperinfiziert. Psoriasis. Wir fangen sofort mit Bestrahlungen an. Und dann verwenden Sie bitte folgende Salben ...“

Nichts Neues also. Sie reichte ihm das Rezept. Ihre Schrift, steif, eng und winklig, würde er genüsslich und in Ruhe auf seinem Zimmer deuten. Vielleicht hätte er ja seiner graphologischen Neigung folgen und vereidigter Schriftsachverständiger werden sollen, anstatt zur Mordkommission zu gehen. Dann wäre ihm möglicherweise einiges erspart geblieben, vielleicht sogar die Schuppenflechte. Die Schrift wirkte pedantisch, geradezu männlich. Wie passte denn das zu der süßen Brust? Und so gut lesbar, diese Schrift, überhaupt keine Medizinerklaue.

Tjaden schielte nach dem Foto, das in einem überbreiten, etwas neckischen grünen Rahmen, auf dem ein Silberkrönchen thronte, auf ihrem Schreibtisch stand. Es zeigte eine Frau mit zwei Kindern. Ihre Schwester? Oder eine besonders gute Freundin?

„Kaufen Sie sich Plastikfolie", riet Frau Dr. Pustell ihm noch so engagiert, als habe sie eine sensationelle Weltneuheit zu vertreten, „so Frischhaltefolien, wie man sie für den Kühlschrank benutzt, und in die wickeln Sie über Nacht Ihre Füße ein!"

Ein alter Hut. Auch das hatte er schon monatelang ausprobiert. Maria konnte ein Lied davon singen, wie ihr Mann mit Knitterfüßen sich neben ihr wälzte und sie kein Auge zutun konnte. Ein bisschen hatte es wohl geholfen, aber nicht sehr. Und schon gar nicht endgültig. Ein bisschen gesund, ein bisschen krank, das würde er wohl bleiben. In seinem dienstlichen Leben gab es das nicht. Ganz oder gar nicht hieß die Devise. Lebendig - oder tot. Schuldig - oder nicht.

Frau Dr. Pustell hatte als Einzige keine Bemerkung zu seinem Beruf gemacht.

Das Geheimnis der Backpflaume

Tjaden säbelte schon an seinem Schmorbraten herum - diese Klinikmesser, elend stumpf, das war ja wie im Knast - als Karla Buxbaum auftauchte, ihr Gesicht hochrot. Sie sollte ihren Blutdruck beobachten lassen, das sah gar nicht gut aus. Kaum hatte sie die Serviette auf ihrem üppigen Schoß entfaltet, als sich Dr. Oecotroph wie ein weißes Ausrufezeichen neben ihr aufbaute.

„Sie haben Menü I gewählt", verkündete sie mit streng gerecktem Kinn - so laut, dass sich schon Köpfe am Nachbartisch zu ihr umdrehten. „Zu diesem Gericht gehört eine Backpflaume. Die dürfen Sie nicht essen, da sie Ihrem Diätplan widerspricht." Die Domina straffte sich. „Sie müssen heute auf die Schonkost, Menü II, den gedünsteten Kabeljau, ausweichen!"

Schon erschien ein Teller, von einer unterwürfigen Hilfskraft vom Servierwagen gereicht, vor Frau Buxbaum, die das blässliche Fischgewebe darauf angewidert betrachtete und trotzig ausrief: „Ich mag keinen Kochfisch. Ich mag auch keine Senftunke. Ich will den Schmorbraten!"

Aber Frau Kunze, die Diätherrin, schüttelte nur wortlos den Kopf.

„Ihre komische Backpflaume kann ich doch übrig lassen", zeigte sich nun die Patientin kompromissbereit, und Tjaden signalisierte mit einem aufgeschlossenen Lächeln Zustimmung.

Aber Dr. Oecotroph ließ sich nicht erweichen. Sie blieb so zäh wie ihr Schmorbraten, den sie dieser Patientin verweigerte, drehte sich um und ging zurück zum Büfett. Der Fall war für sie erledigt.

„Ich bin Privatpatientin", ächzte Frau Buxbaum. „Und ich weiß schon, was für mich gut ist. Was glaubt die denn, wer sie ist?! Die hält sich doch für wer weiß was!" Das klang schwer gekränkt. Geradezu hasserfüllt. Sie schien unter ihrer Übergewichtigkeit doch schwer zu leiden. Den anämischen Kabeljau, der von ein wenig hellgelber Sauce bekleckert war, schob sie von sich. „Sagen Sie's aber bitte nicht weiter, dass ich auch Medizin studiert habe. Sonst wollen alle nur noch über ihre Krankheiten mit mir reden." Sie zwinkerte Tjaden zu. „Mal sehn, was der Schulte-Brosius dazu sagt, wenn ich ihm von dieser Sache erzähle. Und wissen Sie was? Jetzt geh' ich ins *Neptun*! Anständigen Fisch essen. Kommen Sie mit?"

Tjaden verschluckte sich beinahe. Er hatte Mühe, sein Menü zu bewältigen, und seine Mutter hatte immer darüber geklagt, dass er ein so schlechter Esser sei. Nein, jetzt noch mal essen, die üppige Spezialfischplatte etwa, in fettglänzender Pfanne serviert, schon bei dem Gedanken daran bekam er Schmerzen in der Nabelgegend. „Jetzt lieber nicht", murmelte er. „Aber gern ein andermal."

„Schade, dann muss ich eben allein sündigen", sagte Frau Buxbaum betont munter, doch ihr Gesicht verriet, dass ihr dieser Auftritt schwer zugesetzt hatte. Sie schien zu allem entschlossen. Aus Protest würde sie jetzt in Kalorien schwelgen ... knusprige, fetttriefende, fangfrische Kutterscholle obduzieren, einen guten Chardonnay nachgießen, in Butter gewälzte Kräuterkartöffelchen mit der Zunge zerdrücken, und zum Nachtisch würden sich Backpflaumen über Backpflaumen vor ihr türmen.

„Bis später! Gesegnete Mahlzeit!" Tjaden meinte, ein Rauschen zu hören, als Frau Buxbaum in ihren weiten Hüllen an ihm vorbeizog. Am Nebentisch wurde leise gelacht. Der Nackenspoiler kam dem hennaroten Stoppelkopf nahe. Was raunte der ihr ins Ohr? Sie kicherte ungeniert, und das hörte nicht auf, bis die üppige Flattergestalt die Tür des Speisesaals hinter sich geschlossen hatte.

Der Studienrat aus Quakenbrück hielt sich an diesem Mittagstisch auffällig zurück. Er schaute weder rechts noch links, zerlegte stumm seinen Kabeljau und schaufelte sich wie ein Automat Reiskörner in den Mund. Dann allerdings wandte er sich doch an Tjaden und bemerkte: „Eigentlich wollte ich meine Kur abbrechen. Was die mir da gestern geboten hat ..." Er wies mit dem Kinn hinüber zu der dürren Herrin der Speisen. „Aber ich habe mit meiner Frau gesprochen. Wegen der Frühpensionierung muss ich durchhalten. Aber so was – diese Person!" In seinem Blick lag Hass. „Früher wäre die bei der Gestapo gewesen. Solche Typen kennt man doch! Wir sind hier doch nicht im KZ."

„Und im GULAG auch nicht“, ergänzte überraschenderweise Herr Niederhuber, der sonst sprachlich ebenso wenig von sich gab, wie er sich körperlich einverleibte, stand auf, schob seinen Stuhl sorgfältig an den Tisch zurück und folgte Frau Buxbaum.

Hinter ihm schloss sich sehr langsam die Glastür.

Schön, wenn es einem Mittvierziger noch vergönnt ist, Premieren zu erleben. Das erste Mal! Das hielt jung. So gesehen, war diese Kur der reinste Jungbrunnen. Die erste Bestrahlung im Keller, die erste Massage bei dem Hünen vom Pool, die erste Wassergymnastik, den ersten Vortrag einer Oecotrophologin – alles erlebte Tjaden in den nächsten Tagen zum ersten Mal.

Er wurde durch die Klinik geschoben, stationsweise hielt man ihn an, arbeitete an seinem Körper, dort wurde eingecremt und gesalbt, dort bestrahlt, dort im Wasser bewegt ... Immer auf Trab! Dabei sehnte er sich nur danach, an die Seeluft zu kommen und nichts zu tun. Ruhe zu haben, nichts als Ruhe. Sich in die Dünen legen. Lesen. Dösen. Gar nichts tun. *Was hat man dir, mein Norderney, getan!* Aber er war ja zur Kur.

Nach dem Mittagessen waren diese Prozeduren besonders ärgerlich. Im Vortragssaal unten im Keller war es warm und dunkel. Ideal für den Mittagsschlaf. Eindringlich dozierte die Diplom-Oecotrophologin über richtige Ernährung. „Hüten Sie sich vor verstecktem Fett!“ Man musste den Vortrag absitzen und sich dies am Ende testieren lassen.

Noch arbeitete Frau Kunze mit einem Overhead Projector, demnächst aber, wie sie anmerkte, selbstverständlich mit Beamer und Power Point. Noch professioneller ging's nicht. An ihr war wirklich eine Professorin oder zumindest eine Doktorin verlorengegangen. Ihr Brillengestell, randlos, der makellos gestärkte weiße Kittel mit Stehkrägelchen nach neuestem Chic.

Einmal klingelte während ihres Vortrags ihr Handy. Sie griff danach, ihr Gesicht, das bis dahin von akademischer Strenge geprägt gewesen war, wurde weich, sie drehte sich weg und murmelte etwas. Tjaden, der in der Nähe saß, glaubte gehört zu haben: „Ich ruf dich an, bis später!" Aha. Da schien es doch einen zu geben, bei dem diese Eisstange ins Schmelzen geriet. Einer oder eine?

Zu spät hatte Tjaden gemerkt, dass er sich als Privatpatient um diese Veranstaltung hätte drücken können. Doch es war ihm zu dumm, wieder aufzustehen. Und wer weiß, es gab immer etwas zu lernen. Die Sache mit dem Wohlfühlgewicht zum Beispiel. Davon hielt die Referentin gar nichts. *Mutatis mutandis*, galt immer noch der Body Mass Index, also Körpergewicht geteilt durch das Quadrat der Körpergröße, wobei Werte über 30 Fettsucht signalisierten. Noch Fragen, bitte? Sie ließ einen kleinen Lichtpfeil behend über Tabellen und Diagramme tanzen.

Der breite Rücken direkt vor Tjaden gehörte dem Bäcker mit der Mehlallergie. Dieser Mensch sackte immer mehr in sich zusammen. Jetzt gab er ein sachtes Schnorcheln von sich, das sich steigerte ... Der Mann hatte sich geoutet: Ein todsicherer Kandidat fürs Schlaflabor!

Aber Frau Kunze ließ sich nicht beirren, sie hörte nicht oder wollte nicht hören. Als sich jedoch der Nackenspoiler und der hennarote Bürstenkopf im Dunkel der allerletzten Reihe allzu nahe kamen und laut miteinander flüsterten, sogar kicherten, unterbrach sie ihren Vortrag, sah streng zu den beiden hinüber und ermahnte sie schneidend: „Ich darf doch wohl um Aufmerksamkeit bitten! Sie wollen doch alle Ihre Testate, oder?"

Und dann flogen wieder die Fachausdrücke und Fremdwörter den Zuhörern um die Ohren. Letzt- und schlussendlich kam es darauf an, als Esser diszipliniert zu sein und nicht den Anfechtungen zu erliegen, von denen wir in der modernen Wohlstandsgesellschaft umgeben sind: Zucker, Fertigprodukte, Fast Food ... „Ballaststoffe!", stellte Frau Dr. Oecotroph beschwörend in den Raum. „Die Ballaststoffe sind das A und O gesunder Ernährung!" In Tjaden wallte pubertärer Trotz auf. Er konnte solche präpotenten Weiber nicht ertragen. Die zwangen ihn dazu, das Gegenteil von dem zu tun, was sie ihm predigten. Wenn Karla Buxbaum ihn jetzt gefragt hätte, er wäre mitgegangen ... Als Frau Kunze gerade total unleserlich, sozusagen mit imitierter Arztklaue, die Testate abzeichnete, klingelte wieder ihr Handy.

„Ja? ... Ich komme sofort!" Der weiße Kittel verschwand in merkwürdiger Hast. Ein akuter Ernährungsnotfall? Wo sie da wohl so eilig gebraucht wurde? Vielleicht hatte eine der Frauen vom Küchenpersonal Frau Buxbaum gestellt, wie sie mit fettglänzenden Lippen und dem schuldbewussten und doch seligen Gesichtsausdruck der satten Sünderin vom *Neptun* wieder in der Klinik eingelaufen war.

Es lächelt der Pool, er ladet zum Bade

Noch war es still an diesem Morgen.

Sandra Wolff schob ihr Fahrrad den Weg zum Klinikeingang hinunter. Die Strandpromenade hinter ihr lag wie ausgestorben. Drei, vier Kaninchen, die in der Morgensonne auf dem Rasen vor der Klinik gespielt hatten, stoben auseinander und verschwanden im Buschwerk.

Sandra war spät dran, sie hätte schon um halb sechs mit dem Putzen der Badeabteilung beginnen müssen. Aber Tom hatte über Nacht bleiben können. Er hatte ein paar Tage Urlaub gehabt, jetzt musste er mit der ersten Fähre zurück ans Festland und weiter nach Aurich, um als Zivi im Seniorenheim „Heilandsfrieden“ das Mittagessen zu servieren. Sie selbst würde noch bis zum Herbst auf der Insel jobben, dann wollte sie in Berlin eine Ausbildung beginnen. Sandra wollte mehr von der Welt sehen als das enge Aurich, die weiten Wiesen Ostfrieslands und die Inseln. Tom war so anhänglich. „Du klammerst!“, hatte sie ihm heute früh gesagt, als er sie gar nicht mehr loslassen wollte. In Berlin würde sie ...

Sandra sah auf ihre Armbanduhr. Verdammt. Schon Viertel vor sechs. Bloß gut, dass der Klinikdirektor nicht da war, der Pötting. Sein schwarzer Passat stand jedenfalls nicht in der Parkbucht. Der Boss hatte am liebsten alles im Visier, von der Putzfrau bis zum letzten Patienten, dem entging nichts. Mit dem Hausmeister würde sie schon fertig werden. Aber auch Anna war noch nirgends zu sehen. Da war sicher wieder eines ihrer Kinder krank. Ehe sie selbst mit Kindern anfing, würde sie sich das hundertmal überlegen. Tom war's egal.

Hatte der Hausmeister verschlafen? Die Gardinen vor den Fenstern seiner Wohnung im Seitentrakt hingen reglos. Durch die riesigen Glasscheiben im Erdgeschoss leuchtete die Wasserfläche des Pools. Sie schloss auf, griff sich Putzeimer und Schrubber und lief die Treppe zum Pool hinunter.

Das Wasser lag so glatt über den himmelblauen Kacheln wie an jedem Morgen. Die Fläche wie Seide. Glatt und wunderbar unberührt. Himmlisches Wasser. Jetzt dort eintauchen können, ganz nackt und frei – wie im Paradies. Aber nicht allein, allein machte das keinen Spaß.

Was war das denn? Da lag etwas auf dem Boden, ganz hinten, wo der Pool am tiefsten war. Etwas Helles, Unförmiges. Ein Bündel Kleider? Eine Puppe?

Sandra schrie auf. Ihr Putzeimer polterte auf die Fliesen. Eine Frau, die sich nicht mehr rührte.

Auf dem Grund breitete sich ihr üppiger nasser Schopf wie ein Fächer aus. Die hatte nicht gebadet, die trug Jeans und irgendwas Rotes. Die Augen der Toten waren weit geöffnet.

„Diskretion, meine Herrschaften, ich bitte vor allem um Diskretion! Im Interesse unserer Patienten darf der Kurbetrieb nicht in Mitleidenschaft gezogen werden. Und denken Sie doch bitte auch an den Ruf unseres Hauses! Wir tragen hier alle eine schwere Verantwortung." Klinikdirektor Pötting sah aus, als wäre der anrückende Krankenwagen für ihn bestellt worden. Blaulicht zuckte, die Sirene jaulte noch. Man hatte sie alle in Marsch gesetzt: den Rettungsdienst in neonroten Jacken, Badearzt Dr. Kreienhoop, ungekämmt und mit Bartstoppeln, ihn hatte man offenbar aus dem Bett geholt, sogar die Feuerwehr war mit einem Wagen erschienen. Und natürlich die Polizei, zwei Mann. Die Wache war nicht weit, Onnen-Visser-Platz, gleich um die Ecke.

Schon stauten sich vor dem rotweißen Band, mit dem der Zugang zur Klinik in aller Eile abgesperrt worden war, neugierige Frühschwimmer. Von der Strandpromenade strömten sie heran, um zu erfahren, was passiert war, und nicht zu versäumen, was noch passieren würde. Und unten rollte ungerührt die Flut an den Strand.

Trotzdem blieb es ein strahlender Morgen. Angesichts des tragischen Geschehens, das die Klinik Nord heimgesucht hatte, hätte das Wetter nicht unpassender sein können.

Der Hausmeister, der Sandras Schreie gehört hatte, war im Bademantel an den Pool gekommen und hatte, auf Sandras Drängen, den Mantel abgeworfen, war im Schlafanzug ins Wasser gewatet, hatte sich tief hineingebeugt, die Frau unter den Achseln gepackt und sie an den Rand geschleppt.

„Los, weiter, nun tun Sie doch was!", hatte Sandra ihn angebrüllt.

„Ja, was denn?! Die ist doch sowieso hinüber!"

Während er telefonieren ging, hatte Sandra hektisch versucht, das Wasser aus den Lungen der Frau, deren Kopf mit dem Gesicht nach unten über den Beckenrand hing, herauszubringen und rhythmisch ihren Rücken gepresst. Die Rettungssanitäter hatten sich nochmals bemüht, sie wiederzubeleben, ohne Erfolg. „Tod durch Ertrinken“, stellte Dr. Kreienhoop, über die Tote gebeugt, fest, die nun, die Augen noch immer weit aufgerissen, mit offenem Mund, rücklings auf den hellblauen Fliesen lag. Der Arzt richtete sich auf und nahm resigniert die Stöpsel des Stethoskops aus den Ohren. Tod durch Ertrinken.

„Wer so jung ist, kann doch schwimmen. Wie tief ist das Becken eigentlich? Ihr müsst auf jeden Fall feststellen lassen, ob sie was im Blut hat“, sagte er zu den Polizisten.

Auch die Patienten der Klinik waren rechtzeitig abzufangen. „Die Badeabteilung bleibt bis auf weiteres geschlossen“, stand auf einem Schild, das der Klinikdirektor in fliegender Hast selbst geschrieben und an die Tür geklebt hatte. Die ersten Patienten in Bademänteln und Schlappen standen ratlos davor. Empörte Stimmen wurden laut.

„Ich muss täglich schwimmen!“, rief eine beleibte Frau im rosa Frotteezelt und baute sich kämpferisch vor der Barriere auf. „Das ist ärztlich verordnet! Die See ist zu kalt, das ist Gift für mein Rheuma. Was ist denn das für eine Wirtschaft hier! Ich bin Privatpatientin!“

„Können Sie nicht lesen? Heute kein Frühschwimmen!“, herrschte der rotblonde Hüne sie an, der Tjaden am ersten Tag vorzeitig aus dem Pool gewiesen hatte. Er prangte ganz in Weiß, an seiner breiten Brust steckte ein Schild: „Edo Rass, Masseur“. Die roten Härchen auf seinen sommersprossen übersäten Unterarmen hatten sich aufgestellt wie kleine Stacheln.

„Wer ist die Tote?“, fragte Polizeihauptkommissar Pauly. Er hatte sein Notizbuch gezückt und nur einen Wunsch: diesen Fall, der alles andere als Routine für ihn war, so schnell wie möglich abzuschließen, was für ihn hieß, ihn an die richtige Stelle zu delegieren. Also rüber ans Festland mit ihr, nach Norden, ab in die Pathologie.

„Es ist – sie ist", stammelte Direktor Pötting, „sie war – eine unserer Schwestern. Simone, äh, Silvia. Silvia Inzinger, Station 5."

„Aha", nickte Pauly. „Silvia mit i oder y?"

Hilflos sah Pötting den Bademeister an. Der sah weg. „Mit i, glaube ich", antwortete Pötting zögernd.

„Wohnhaft?"

„Hier in der Klinik. Das heißt, im Personaltrakt drüben. Einige unserer Schwestern wohnen in dem Anbau."

„Angehörige?"

„Ja ... ich ... ich nehme an."

„Die sind zu benachrichtigen. Machen Sie das?"

Der Direktor nickte. Und schob nach: „Darf ich nochmals um Diskretion bitten. Und ganz besonders beim Abtransport der Leiche. Wir wollen doch nicht den Kurerfolg unserer Patienten gefährden. Der Kurerfolg, das ist es doch, worum es hier letztendlich geht!" Pötting dirigierte die Leute über Schleichwege durch den Keller zum Hinterausgang. Die Tür des Krankenwagens schlug zu, der Motor sprang ratternd an, der Direktor atmete auf.

„Die Todesursache wird der Pathologe überprüfen", stellte Polizeihauptkommissar Pauly fest, als er Pötting später in dessen Büro gegenübersaß.

„Es war aber doch ... ein Unfall, oder sehen Sie das etwa anders?"

„Wir stehen mit den Ermittlungen ja noch ganz am Anfang. Aber zunächst einmal gibt es keine Anzeichen für einen Sturz oder Fremdgewalt. Höchstwahrscheinlich Suizid, darauf deutet alles hin."

„Na, Gott sei Dank. Dass man uns neulich am helllichten Tag Computer und Hightech aus dem Schlaflabor geholt hat, das hat mir gerade gereicht. Aber Mord und Totschlag in unserem Haus? Unvorstellbar. Sind Sie denn in der Diebstahlsache schon weiter?"

„Nun mal langsam. Da machen Sie sich jetzt mal keine Gedanken. Das läuft parallel weiter. Das schieben wir nicht auf die lange Bank, weil solches Zeug sofort in Russland oder auf dem Balkan verschwindet. Aber nun noch mal zu der Toten.“ Nachdenklich sah Pauly den Mann vor sich an. Der war offenbar bemüht, diese ganze unliebsame Sache so schnell wie möglich loszuwerden.

„Wahrscheinlich Suizid, wie gesagt. Aber bei einem unnatürlichen Tod wird man immer obduzieren. Alles Routine“, fügte er beruhigend hinzu. „Wissen Sie, ob die Tote persönliche Probleme hatte? Können Sie sich irgendeinen Grund für eine Selbsttötung vorstellen?“

Pötting schüttelte den Kopf. „Die persönlichen Verhältnisse meiner Angestellten kenne ich natürlich nicht.“ Die Antwort kam etwas zu prompt, wie vorbereitet. War der Mann wirklich ganz ehrlich?

„Wissen Sie, wir sind ... *ein* Team“, stieß Pötting heiser hervor. Seine Hände zitterten, als er in einer Kartei neben seinem Schreibtisch blätterte. Der schien ja echt betroffen vom Schicksal seiner Angestellten, der zeigte richtig Nerven! Oder war da noch was anderes?

„War die Tote verheiratet?“

„So weit ich weiß, nicht.“

„Verlobt?“

Der Klinikdirektor lächelte dünn. „Wer verlobt sich denn heute noch von den jungen Leuten?“

An der rechten Hand des Klinikdirektors glänzte ein fetter Ehering, wie Pauly nicht ohne Neid feststellte. Pauly war schon vierzig, und er suchte noch. Corinna, seine letzte Freundin, hatte ihn vor sechs Wochen verlassen. Von der Insel war sie begeistert gewesen. *„Norderney, hier will ich sein!“*, hatte sie getönt, das Kleinod der Nordsee hatte es ihr angetan. Und im Frisiersalon in der Moltkestraße hatte sie genug zu tun. Manchmal kamen sogar Prominente. Im Schaufenster hing noch ein Ausschnitt aus der „Ostfriesen-Zeitung“ mit einem Foto des Fußballtrainers, dem eine Haarprobe zum Schicksal wurde. Einige Wochen vorher war er noch in diesem Salon gewesen, und Corinna hatte ihm eine flotte Kurzhaarfrisur schneiden dürfen. Es war nicht dieser Haarschnitt gewesen, der Folgen für ihr Privatleben gehabt hatte, sondern der, den sie einem Brauereibesitzer aus Delmenhorst gemacht hatte. Der konnte ihr mehr bieten als ein einfacher Polizeihauptkommissar. Pauly riss sich zusammen. Er hatte eine Vernehmung zu führen, anstatt seiner Freundin hinterherzuweinen. „Und einen Lebensgefährten, hatte sie so was?"

„Da bin ich überfragt, da wenden Sie sich besser an die Dame im Sekretariat oder an die Putzfrauen, die wissen ja auch immer bestens Bescheid", sagte Pötting und fügte hinzu: „Letztendlich."

„Hatte sie denn eine Freundin hier in der Klinik?"

Pötting erbleichte und riss die Augen auf. „Ich? Wieso? Das tut hier doch wohl nichts zur Sache."

„Nein, ich meine, ob die in Frage stehende Person eine Freundin hatte."

„Ach so, ja." Pötting schien sich zu entspannen und gab sich konsequent ignorant.

Hauptkommissar Pauly klappte sein Notizbuch zu und verstaute den blauweißen Norderney-Kuli in der Tasche seiner Uniformjacke. „Sie hören von uns!" Im Türrahmen erschien sein Kollege Lüders. Sie gingen.

Auf dem Flur strömte man zum Frühstück in den Speisesaal. Informiert worden waren sie inzwischen alle über diesen „bedauerlichen Unfall", doch der Appetit schien niemandem vergangen zu sein.

Alles Routine, einen solchen Zwischenfall konnte man händeln, so etwas kam auch in den besten Kurkliniken vor, höchst bedauerlich, aber alles Routine. Der Kurbetrieb musste weitergehen. Letztendlich, nicht wahr?

Unterdessen inspizierten Pauly und Lüders das Zimmer der Toten. Es lag zu ebener Erde und sah beklemmend unbewohnt und schon verlassen aus, obwohl ein auberginefarbener Morgenmantel über einer Stuhllehne hing. Ein leeres, benutztes Weinglas stand auf dem Couchtisch, eine leere Flasche Dornfelder auf dem skandinavischen Flickenteppich. Aus dem Papierkorb ragte eine leere Flasche Wodka Marke „Gorbatschow". Offenbar hatte die Frau einiges vertragen können. Auch eine leere Tablettenschachtel fischte Pauly aus dem Papierkorb. Rohypnol! Als Krankenschwester konnte sie leicht an dieses Teufelszeug kommen, sie brauchte sich noch nicht einmal ein Rezept zu erschleichen. Offenbar war sie total zugedröhnt gewesen. Und dann ab in den Pool! Eine todsichere Sache.

Das Zimmer wirkte sehr weiblich und dennoch merkwürdig unpersönlich. Die Schlagzeilen der Frauenzeitschriften auf dem Couchtisch - *Sex mit dem Ex* oder *Das Geheimnis der Trennkost. 9 Pfund weniger in 5 Tagen* - schienen jetzt besonders abgeschmackt. Im Bad stand eine Batterie von Flaschen, Tuben, Spraydosen, alles Kosmetikkram. Der Kleiderschrank war voll. Weiße Kittel, superkurz, weiße Ärztesandalen. Eine noch ungeöffnete Packung Haarfärbemittel - kastanienrot - lag im Bücherregal.

„Auch so'n Teufelszeug", sagte Pauly. „Soll das Erbgut schädigen, hab' ich gerade in 'ner Illustrierten gelesen."

„Ihr wird's nicht mehr schaden", meinte sein Kollege trocken.

Pauly grinste. Pietätlos, aber so war das eben. Man stumpfte ab in diesem Job.

Keine privaten Fotos, keine Briefe. Die Bewohnerin hatte kurz vor ihrem Ende zwar nicht klar Schiff gemacht, aber alles wirklich Persönliche beseitigt. Pauly nahm sich den Papierkorb noch einmal vor. Ganz unten auf dem Boden klebten auf einem Joghurtrest ein paar Papierschnitzel. Deshalb waren sie beim Ausleeren hängen geblieben.

„Du hast doch als Kind immer so gern gepuzzelt, Enno", sagte er zu Lüders. „Jetzt zeig mal, was du kannst!"

Lüders fing brav an, die klebrigen Schnipsel auf dem Couchtisch zu sortieren. „Anscheinend hat sie einen Brief schreiben wollen."

Beide beugten sich über die Schnipsel. Mit Kuli hingekritzelt und wieder durchgestrichen, wie auf Probe, stand da:

So mache ich nicht noch bereuen dass du weiter

Das war alles. Ohne Punkt und Komma. Keine Anrede, nichts.

„Ein Abschiedsbrief war das ja wohl nicht", sagte Lüders.

„Wieso denn nicht? Hier, guck mal." Pauly legte zwei Schnipsel um. *„So mache ich nicht weiter. Du noch bereuen dass.* So mache ich nicht weiter, du wirst noch bereuen, dass du mich so mies behandelt hast. Selbstmord als letzte Rache. Na?"

„Kann sein. Kann aber auch ganz anders sein. So mache ich nicht weiter, du wirst noch bereuen, dass du die Kohle nicht hast rüberwachsen lassen. Erpressung. Wie wär' das denn?"

„Komm, lass das nach, Enno. Das ist nicht unser Bier."

In dem Bücherregal fanden sie dann doch noch ein Fotoalbum; Pauly blätterte darin. Urlaubsfotos von einem anderen himmelblauen Pool. Schwester Silvia im Bikini.

Lüders guckte ihm über die Schulter. „Gute Figur, aber etwas püppchenhaft, wenn du mich fragst. Damals war ihr Haar noch knallrot. Wo war denn das wohl? DomRep oder Mallorca, diese Hotelanlagen sehen überall gleich aus."

„Aber hier, das ist schon interessanter. Sieht nach Betriebsausflug aus."

„Das hältst du ja im Kopf nicht aus. Die waren auf Helgoland. Genau wie die Touristen." Ein Gruppenfoto auf der *Funny Girl*. Man war eng zusammengerückt, Ärzte und

Schwestern, damit auch alle aufs Bild kamen. Das war doch der Klinikdirektor, der den Arm um diese Silvia gelegt hatte! Auf Betriebsausflügen kommt man sich nahe, manchmal zu nahe. Auf einem anderen Foto, beim Ausbooten vor Helgoland, strahlte Silvia in die Kamera, nun dicht an einen jüngeren Mann mit Geheimratsecken gedrängt. An seinem Ohr konnte man einen in der Sonne glitzernden Ohrring erkennen.

„Und in den Booten geht's ja auch immer eng zu. Und auf der Rückfahrt erst, wenn man dann schon mal das zollfreie Zeug probiert, das man sich auf der Insel besorgt."

„Gut fürs Betriebsklima."

Oder auch nicht. Das Klima konnte so heilsam wohl nicht gewesen sein, wenn diese junge Frau, ein kleines Rad im Getriebe der Klinik, ins Wasser gegangen war. Irgendwie altmodisch.

„Warum hat die das gemacht?" Pauly stellte das Fotoalbum ins weißlackierte Regal zurück. „Früher ging frau ins Wasser, wenn sie sich vom Falschen hatte schwängern lassen, aber ..."

„Na klar, unverheiratet, Gretchen und so."

Pauly staunte. Dass sein junger Kollege klassisch gebildet war, war ihm ganz neu.„Aber heutzutage? Ich hab' gerade in der Zeitung gelesen, dass in Schweden schon mehr Kinder unehelich geboren werden als ehelich. Und bei uns? Die Tochter meiner Cousine geht auf 'ne Nonnenschule, sogar in Paderborn, und da gibt es regelmäßig Jahrgangsstufenkinder, hat sie mir neulich erzählt. Die jungen Mütter werden gehegt und gepflegt. Da geht keine mehr in die Pader!"

„Aber wir wissen doch gar nicht, ob die Tote überhaupt schwanger war", warf Lüders ein. Der Pauly redete ihm einfach zuviel von Kinderkriegen, Ehestand und Nestbau. Ihn selber schreckte das gewaltig.

„Vielleicht war Eifersucht im Spiel? Das kennt man doch aus diesen Ärzteromanen. Alle Schwestern reißen sich um den Mann im weißen Kittel. Weißer Kittel macht sexy!"

Eifersucht! Keine Krankheit, wie die Experten seit Jahrzehnten verbreiten, sondern ein Trieb, der in den Genen steckt. Dieses Wissen hatte Pauly von seinem Besuch beim Inselzahnarzt mitgebracht. Der konnte seinen Doziertrieb nicht im Zaum halten, wenn er einen zur Antwort unfähigen Patienten auf dem Rücken liegend vor sich hatte. „Eifersucht ist ein Urtrieb, der teuflisch aggressiv machen kann. Selbstmörder richten die Aggression gegen sich selbst."

„Du meinst Selbstmord aus Eifersucht? Das wär' ja gediegen. Ich könnte mir eher vorstellen, dass jemand, eine Kollegin oder so, auf die flotte Silvia eifersüchtig war, oder ... Die hat's offenbar mit vielen gehabt. Aber jetzt fangen wir echt an zu spinnen. Das ist nun wirklich nicht unser Bier." Klauereien im Landschulheim, Parksünden am Flugplatz oder die Raserei von Autofahrern, die Richtung Golfplatz oder zur Weißen Düne unterwegs waren, das war ihr Bier.

Die beiden sahen einträchtig aus dem Fenster, unter ihnen blühten rote und weiße Heckenrosen, richtig idyllisch.

Egal. Sie waren soweit fertig. Selbst wenn weitere Ermittlungen nötig sein würden, dafür müsste jemand von der Kripo aus Norden kommen.

Die Tote wurde vermutlich gerade in neutraler Verpackung übers Wattenmeer transportiert.

Über den Weg, der zum Zuckerpad hinaufführte, hoch zu den Dünen und hinunter an den Strand, liefen einige Patienten in Bademänteln, die Handtücher über den Schultern. Badezeit!

Punta Araba

Es klopfte an Tjadens Tür. Die Putzfrau kam herein, einen Eimer in der Hand. Sie sah nett aus, nett altmodisch mit ihrem langen Zopf. Aber ihre Augen waren verweint.

„Entschuldigen ...“, stotterte sie, „ich, ich muss Zimmer putzen. Aber ... Ich kann warten.“

„Bitte, lassen Sie sich nicht stören“, sagte Tjaden aufmunternd. „Ich geh' sowieso gleich.“

Die junge Frau blieb in der Tür stehen. Sie war totenbleich, als ob sie ein Gespenst gesehen hätte.

„Ist Ihnen nicht gut? Setzen Sie sich, Sie fallen ja gleich um!“

Die Frau wehrte ab und fing an zu schluchzen, und ihr Schluchzen vermischte sich mit Worten. Sie hatte einen russischen Akzent, der Tjaden vertraut war.

„Es ist ... Wegen Schwester. Hier auf Station. Gestern hab' ich sie noch gesehen. Da war doch noch gar nichts. Hat gelacht. Und hatte sich gerade noch neuen Kittel bestellt, ganz kurz, der kam mit Post. Hat sie mir noch gezeigt. Sollte ich auch mal anziehen, hat sie gesagt. Und gelacht.“ Sie schaute an ihrem Rock herunter, der ihr bis weit übers Knie ging. „Die Silvia war modern! Und sah so gut aus. Was nur passiert? Ich kann nicht glauben, dass Schwester tot ist!“

Tjaden nickte ihr aufmunternd zu.

„Sie wollte auch noch verreisen. Nach Ibiza. Hat sich darauf gefreut. Flugkarte hat sie gezeigt. Flieg doch auch mal, hat sie gesagt. Urlaub im Club wollte sie machen.“

„*Punta Araba*?“, fragte Tjaden.

Genau, der sei es gewesen. Sie selbst sei ja noch nie wo gewesen, aber die Schwester, die hatte sich sehr darauf gefreut. Und nun – die Frau schluchzte laut auf – nun war sie tot. So schnell! Über Nacht!

Tjaden nahm ihr behutsam den Eimer aus der Hand, und sie setzte sich nun doch auf den Schreibtischsessel. Vorsichtig auf den Rand. Auch ein Papiertaschentuch kramte er hervor. Sie putzte sich die Nase. Dann schauten beide stumm aus dem Fenster auf das Meer hinaus, das sich im Dunst mit dem Himmel vereinte.

Poolnudeln mit Chopin

Endlich war die Spurensicherung abgeschlossen, die Badeabteilung freigegeben, und schon lud der Pool wieder, blau und verführerisch, zum Bade. Tjaden nahm an der Wassergymnastik teil, die von Gina Franzke, einer etwa 30jährigen Physiotherapeutin, geleitet wurde. Vor dem offiziellen Beginn tollten manche juchzend durchs Wasser, Tjaden schüttelte innerlich den Kopf. Das brachte er nun nicht fertig. Aber: *The Kur must go on.* Die Damen mit rüschenbesetzten turbanähnlichen Gummigebilden auf dem Kopf, die Herren mit glatten Minibadekappen, denn Kopfbedeckung war Vorschrift. Die Wasserleiche war ohne Kopfbedeckung gewesen, doch niemand in der munteren Runde hatte ihr Haar auf dem blauen Grund sich ausbreiten sehen.

Frau Buxbaum nahm auch teil. Passend zu ihrem Namen trug sie eine maigrüne Nylonkappe, aus deren unterem Teil Plastiklaub quoll.

„Arme ausstrecken! Und auf und nieder, und auf und nieder!“, kommandierte Gina. Man pflügte und ackerte durchs Wasser. „Und jetzt zu zweit!“

Man tat sich paarweise zusammen, wobei Tjaden für kurze Zeit die weichen Schultern Karla Buxbaums berühren musste oder durfte, er war sich selbst nicht sicher. Irgendetwas regte sich in ihm, eine undefinierbare Empfindung. Erinnerte sie ihn an das weiße Fleisch seiner Mutter, als sie ihn gestillt hatte? Oder an seine erste Liebe, damals auf Langeoog, deren Brust er zum ersten Mal sehr scheu berührt hatte ... Wie hieß das Mädchen denn noch mal? Aber schon tauchte Karla Buxbaum mit einem blubbernden Geräusch unter.

„Alles okay?", rief er, als sie wieder auftauchte, und Gina Franzke streckte ihr eine hilfreiche Hand entgegen. Schwer atmend klammerte sich die Buxbaum am Beckenrand fest.

Gina Franzke stand auf kräftigen kurzen Beinen, deren schlegelförmige Waden schwarz behaart waren, am Beckenrand. Sie gab sich auffällig munter, eine so muntere Therapeutin hatte Tjaden überhaupt noch nicht erlebt. Sie sang und tirilierte ihre Kommandos, als wollte sie unbedingt diese mittelalterlichen Herrschaften dazu animieren, wie ausgelassene Zicklein durchs Wasser zu springen. Oder wollte sie nur jeden Gedanken an die Tote verdrängen, die hier gelegen hatte? Nun warf Gina ihnen Plastikteile in grellen Neonfarben zu. „Jeder bekommt eine Poolnudel!", rief sie den erwartungsvoll zu ihr empor gerichteten Gesichtern zu. Poolnudel, ein denglisches Ding.

Tjaden klemmte sich eine neonrote unter die Achseln, legte sich gehorsam auf den Rücken und bewegte froschartig die Beine, während die Musikanlage dröhnte: *Wo die Nordseewellen trecken an den Strand ...*

„Und nun spielen wir *Toter Mann*!", kommandierte Gina.

„Die Frauen abber *Tote Frau*, woll?", sagte wasserschnaubend der Nackenspoiler. Leute gab's!

Tote Frau? Tjaden lief ein kalter Schauer über den Rücken, obwohl das Wasser fast so lau war wie im Wittmunder Babyschwimmbecken.

Jemand kreischte. Schon wieder die Frau Buxbaum! Hatte sie gehört, was der Nackenspoiler da von sich gegeben hatte?

Wie makaber das war! Nein, Karla Buxbaum war nur abgerutscht von ihrer giftgrünen Nudel, hatte Wasser geschluckt und Herzjagen bekommen. Gina winkte sie an den Rand, wo sie sich prustend an die Stange klammerte, eine gestrandete Robbe ohne Schnurrbart, mit einem Büschel Reklame für die Grünen auf dem Kopf.

Aber endlich schaukelten alle ganz entspannt auf ihren Poolnudeln, aus dem Lautsprecher perlte jetzt Klassisches, Klaviermusik chopinartig, „Entspannen Sie sich, lassen Sie alles locker, ganz locker lassen!", und während auch Tjaden ganz entspannt im Hier und Jetzt sich wiegte, hörte er plötzlich wieder die Stimme der jungen Putzfrau mit dem rollenden *R*: „Dann fahr' ich endlich nach Ibiza, hat sie gesagt, hab' Stress hier satt, lass' ich hinter mir alles, hat sie gesagt – hat sich so gefreut!"

Ist eine lebensmüde, die gerade ihren Traumurlaub gebucht hat? Die schönsten Wochen des Jahres, *Punta Araba* alles inklusive? Hier war etwas faul. Er rutschte von dem albernen Plastikteil und warf es Gina Franzke vor die Füße.

Total verspannt

Elf Uhr: Massage. Tjaden wanderte hinunter in die Badeabteilung, wurde eingewiesen, erst rechts und dann vierte Abteilung links – und dann schlugen Fichtennadelduft und erstickende Wärme ihm entgegen. Wenn er hier bloß nicht diesem rothaarigen Ostfriesenmonster ausgeliefert war ... Ganz abgesehen davon, dass er es nicht ausstehen konnte, von fremden Händen beknetet und betatscht zu werden. Er hatte gerade sein Laken über das dunkle Plastik der Pritsche gebreitet, die mitten in dem engen Abteil mit kahlen Wänden wie in einer Gefängniszelle stand, als der rotblonde Riese eintrat.

„Moin!“, sagte er knapp. Und das hörte sich gar nicht gemütlich an. „Legen Sie sich hin! Auf den Bauch!“ Irgendetwas Kaltklebriges wurde über ihm ausgegossen. Dann gruben sich feste starke Finger in sein Fleisch. Er schloss die Augen.

Dieser Edo Rass hatte Kraft, das musste man ihm lassen. Aber war bei einer Massage Kraft alles? Er knetete und walkte, dass Tjaden am liebsten in diesem Plastikmöbel versunken wäre. Tief, immer tiefer gruben sich die Finger ein, und immer tiefer wäre Tjaden ihnen gern ausgewichen – um wo zu landen? Für einen Augenblick sah er sich in Gaby Mogenas Inhalierabteilung, aber nein, das war ein Irrtum, die lag weiter oben, und auch im Keller würde er nicht ankommen, da war er ja schon, unter diesem Keller lag nur noch der Sand Norderneys.

Jetzt griffen ihm Riesenklauen zwischen die Schulterblätter. Er unterdrückte einen Schrei, verdammt, das tat weh, aber sich nur keine Blöße geben! Nicht gegenüber diesem Kerl!

„Total verspannt“, stellte sein Folterknecht fest. Seine Fingerkuppen drückten beharrlich auf immer denselben Stellen herum, bis Tjaden wirklich einen Schmerzenslaut von sich gab.

„Da iss noch ‘ne Menge Arbeit zu tun bei Ihnen, Herr Kommissar!“

Wieso kannte der seinen Beruf?

„Hat sich wohl ‘rumgesprochen?“, fragte Tjaden in das Laken hinein, das unter seinem Mund lag.

Dabei konnte er die Zwangsvorstellung nicht loswerden, von diesen kräftigen rotbehaarten Händen unter Wasser gedrückt zu werden.

„Das kann man wohl sagen.“ Rass räusperte sich. Und dann fragte er, was er wahrscheinlich schon längst hatte fragen wollen: „Und was meinen Sie zu dem Fall – hier in der Klinik?"

Da wollte wohl einer auf den Busch klopfen, sieh mal an.

„Ich kann dazu gar nichts sagen. Selbstmord, oder ein Unfall, soviel ich gehört habe."

Der Riese verstummte. Die Fingerkuppen zogen einen Schlussstrich. Tjaden krümmte sich ein letztes Mal, dann setzte er sich gehorsam auf und ließ die Schultern hängen. Jetzt war es vorbei.

Edo Rass drehte sich um, ging zur Tür und rief: „Und tschüss!"

Erleichtert schwenkte Tjaden die Beine von der Liege herunter und angelte nach seinen Klamotten. Im Hinausgehen sah er die weit aufgerissenen Augen von Karla Buxbaum, die vor der Tür wartete.

„Zu dem will ich nicht", raunte sie ihm zu, „zu dem nicht! Was mach' ich denn jetzt? Ich hab' doch freie Wahl, ich bin doch Privatpatientin!"

Aber der Hüne drängte sie schon in die Kabine. Wortlos. Ein Blick genügte – und Karla gehorchte.

Bei uns in Loppersum!

Auf der Polizeistation Norden schnurrte das Faxgerät. Blatt um Blatt schob sich der Bericht der Pathologie auf Kriminalhauptkommissar Carsten Remmers' Schreibtisch. Der Kommissar las stirnrunzelnd und nickend alles sorgfältig durch, während sein junger Kollege, Kommissar Ubbo Extra, ihn gespannt anstarrte.

„Selbstmord?", fragte Extra.

Remmers reichte ihm die Blätter. „Lesen Sie selber!"

„Mann, die muss ja total besoffen gewesen sein", entrüstete sich sein Kollege sofort. „Diese jungen Frauen, die trinken ja mittlerweile die Männer unter den Tisch!"

Sein Chef sah ihn über die halbe Brille auf der Nasenspitze hinweg an.

„Ehrlich", beteuerte Extra, „ich seh' das doch immer bei uns in Loppersum auf'm Schützenfest, was die Frauen da im Festzelt abschlucken! Und dann geht aber die Post ab!"

Remmers schüttelte den Kopf. Der junge Kollege schweifte ab. „Ihr Loppersum in allen Ehren, aber verallgemeinern können Sie das doch nicht. Und jetzt gucken Sie erst mal, wie's weitergeht."

Extra nahm einen großen Schluck aus dem Pott Kaffee, der auf seinem Schreibtisch stand. „Ach, die hatte ja auch noch was anderes im Blut. Flu-ni-tra-ze-pam. Das ist ein Ben-zo-dia-ze-pin. Steht ja alles da. Ich tippe auf Rohypnol. Und Wasser in der Lunge. Also Selbstmord. Klarer Fall, Chef!"

„Langsam", dämpfte Remmers den jungen Kollegen. „Lesen sollen Sie, hab' ich gesagt!"

Extra widmete sich wieder dem Fax.

„Na, das ist 'n Hammer! Faustgroßes Hämatom in der Nierengegend. Oder ist die vielleicht gestürzt? Im Vollrausch doch gut möglich, oder?"

„Wie denn! Erst nach hinten auf den Rücken und dann nach vorn ins Becken? Und wo kommen die beiden Druckstellen an den Oberarmen her?"

„Schon irgendwie komisch, gebe ich zu. Sie meinen Fremdeinwirkung? Dass da jemand nachgeholfen hat?", rief Extra entgeistert. „Das hieße ja ... ein Mord auf Norderney! Das hält man ja im Kopf nicht aus! So was gibt's doch gar nicht!"

„Tja!", sagte Remmers und schwenkte die Akte. „Die können wir leider nicht zuklappen. Da bleiben wir dran."

Aufsichtspflicht

Der Pavillon der Kurkapelle war leer. Gähnend leer. Davor leere Stühle. Es lag schon Herbst in der Luft, obwohl es warm war, eine sanfte Septemberwärme. Tjaden saß mit seinem Schwager Bernhard am Kurpark, jeder ein Bier vor sich. Die weite gepflegte Rasenfläche leuchtete noch immer in sattem Grün, Dahlien blühten in den Beeten. Es roch nicht mehr nach Reseden und Levkojen wie zu Fontanes Zeiten, auch nicht nach Kartoffelpuffern, mit der seinerzeit die Masse der Kurgäste gefüttert wurde. Heute schien ein Hauch von Pommes frites in der Luft zu liegen, wenn man durch die Poststraße ging, und der chinesische Imbiss lockte mit dem Duft von Süßsaurem. Norderneys Gastronomie konnte jeden Wunsch erfüllen. Aber Tjaden liebte Seefisch, sogar den Geruch.

Bernhard war noch ganz der Alte, ein bemühter Pädagoge.

„Bei uns im Heim ist der Teufel los", seufzte er. „Da wird geklaut, frag nicht wie! Ich wollte dich mal fragen, was man da machen kann. Du hast doch deine Erfahrungen."

„Irgendwelche Verdächtigen?"

„Alle. Oder keiner. Es könnte jeder sein. Die Schüler haben Geld in ihren Schränken, Safes gibt's nicht, abschließen kann man die Zimmer auch nicht - na ja, und wenn sie vom Strand zurückkommen, fehlen schon wieder ein paar Scheine. Die fallen schon übereinander her, weil sie sich gegenseitig verdächtigen. Vielleicht ist wirklich einer von ihnen der Dieb. Es müssen ja nicht die Putzfrau oder der Zivi sein."

„Habt ihr der Polizei Bescheid gesagt?"

„Klar. Die waren sogar schon da, zwei auf einmal. Das war wie im Film, sag ich dir. Die haben den Schülern vorgemacht, sie würden jetzt Geld präparieren und den Dieb an den Fingerabdrücken erkennen. Und wenn der Täter sich binnen 24 Stunden meldet, kriegt der noch seine Chance. Natürlich Fehlanzeige. So ein Blödsinn – glaubt doch sowieso keiner, viel zuviel Aufwand."

Bernhard bestellte noch ein Jever-Pils für beide. „Und dann ..."

„Ist noch was?", fragte Tjaden. In einer Lücke seines Tagesplans hatte er sich eine Radtour zum Leuchtturm erlaubt, bei Gegenwind hin, und mit dem Wind im Rücken über den Grohdepolderdeich zurück. Der Wind hatte ihn wie eine große Hand sanft gefasst. Links hatte das Wattenmeer geglänzt und geflimmert, die Pferde in den Wiesen schienen den wie schwerelos dahinsausenden Radler nicht wahrzunehmen. Dieser Ausbruchsversuch mit dem Fahrrad hatte ihm gut getan. Von Polizeikram wollte er jetzt eigentlich nichts wissen.

„Ja also, entschuldige", sagte Bernhard. „Aber ein paar meiner Jungs, Mädchen auch, hängen mir zuviel bei eurer Klinik rum. Übrigens, was war denn da los? Es gehen ja die tollsten Gerüchte um."

„Ich halt' mich da bewusst raus, ich weiß sicher nicht mehr als du. Irgendjemand ist im Pool ertrunken."

„Na, ist auch egal. Was da genau läuft, weiß ich nicht. Jedenfalls will ich meine Leute da nicht haben. Vielleicht sind es ja auch nur die Schwesternschülerinnen und Zivis, die euren Kasten so attraktiv machen. Aber man weiß ja nie. Ich habe meine Leute schon verwarnt – streng genommen dürfen die das Gelände des Landschulheims ohne Lehrkraft nicht verlassen. Wir haben ja durchgehend Aufsichtspflicht! Aber die ziehen trotzdem los. Dann wird natürlich geraucht und getrunken und so weiter und so fort. Die sind ja mal gerade 16. Was weiß ich, was die da sonst noch so treiben. Das fehlte mir gerade noch, wenn sich nachher herausstellt, dass eine auf Norderney schwanger geworden ist. Verletzung der Aufsichtspflicht! Den Studiendirektor und den Fachleiter kann ich dann vergessen."

Tjaden hatte gar nicht gewusst, dass Bernhard so auf Beförderung aus war. Sich Oberstudienrat zu nennen, war ja heutzutage schon fast lächerlich. *Oberstudienrat Bröselmeier* von der Witzseite. Kriminalhauptkommissar, das war schon etwas anderes.

„'ne schwangere Schülerin? Immerhin besser, du bringst einen mehr mit nach Hause als einen zu wenig, meinst du nicht?"

Bernhard grinste säuerlich.

Aber Tjaden beneidete ihn wirklich nicht. Pubertierende Jugendliche zu hüten, war offenbar eine ziemlich schwere Aufgabe. Die waren doch von Versuchungen umstellt. Safer Sex war ja immerhin nicht gesundheitsschädlich. Aber Alkohol, Nikotin, Drogen – gut, dass Onno junior noch so klein war. Allerdings wusste er auch schon, wie er sich Süßigkeiten ertrotzen konnte. Wenn Maria mit ihm einkaufen ging und die an der Kasse aufgebaute *Impulsware* ihm ins Auge stach, forderte er lautstark seine Schokolade ein. Tjaden hatte Maria beschworen, auf jeden Fall hart zu bleiben. Sein Sohn sollte früh solchen Versuchungen zu widerstehen lernen. Mit Schokolade fing das nämlich an, und mit Hasch hörte es noch lange nicht auf.

Bernhard war kinderlos, der musste sich an fremden Kindern abarbeiten. Er blickte nervös auf die Uhr. Die Aufsichtspflicht rief.

In der Wäschekammer

„Die Kripo ist schon wieder da!"

„Wegen der ...?"

„Natürlich! Weshalb denn sonst! Ich wusste, da ist was faul. Die hätte so was nie gemacht!"

„Wenn Sie das so genau wissen, können Sie das ja gleich der Kripo sagen. Wenn Sie wollen, dass unsere Klinik in ein schlechtes Licht gerät. Für die Medien ist so was doch ein gefundenes Fressen!"

„Der Kommissar, mit Assistent. Sieht aus wie einer von der Stadtverwaltung. Gar nicht wie im Fernsehen."

„Meinste, die finden was raus?"

„Die war doch nicht lebensmüde, das weiß doch jeder!"

„Die wollen hier vor Ort verhören. Wo stecken wir die denn hin?"

„Der Klinikbetrieb darf auf gar keinen Fall gestört werden. Und bitte: Diskretion! Kein Aufheben! Wir wollen doch nicht, dass uns die Privatpatienten wegbleiben. Ich muss Diskretion verlangen!"

Schnell wie ein Feuer, das sich an einem brütend heißen Sommertag durch knochentrockenes Dünengras frisst, sprach es sich in der Klinik herum, dass die Kripo aus Norden – ein leibhaftiger Kriminalhauptkommissar! – den Fall Silvia übernommen hatte. Es waren sogar zwei Beamte, die, mit der ersten Morgenfähre angereist, genötigt worden waren, sich in einer Wäschekammer im fünften Stock niederzulassen. „Sonst ist nichts frei, wir sind total ausgebucht, meine Herren! Und bitte, kein Aufsehen!" Nicht dass die Anwesenheit der Mordkommission zu einer Massenflucht führte; dem war ein Riegel vorzuschieben. Auf dem Tisch, auf dem sonst die Wäsche sortiert und gefaltet wurde, breiteten sich jetzt die Akten aus. Außen an der Tür klebte ein Zettel: „Zutritt nur nach Aufforderung!“ Das Fenster zeigte nach Südosten, hinaus auf Wasserturm und Kap.

„Die Mordkommission in der Wäschekammer“, bemerkte Ubbo Extra süffisant. „Das ist doch mal was Neues.“

Carsten Remmers richtete seine diversen Schreibgeräte auf dem Tisch so aus, dass sie parallel zueinander lagen. Übersichtlich musste alles sein, sonst brauchte er gar nicht erst anzufangen. „Erst besinnt's und dann beginnt's“, wie er es von seinem Vater gelernt hatte, und der war Tischler in Upgant-Schott gewesen und ein sehr penibler Mensch. „Ordnung und immer feste!“

Remmers sah sich um. Waschmaschine und Trockner gähnten ihn mit offenen Türen an. Der Plastikbehälter in der Ecke quoll von schmutziger Bettwäsche über, und im Regal an der Wand stapelten sich Toilettenpapierrollen, eine rote Gummiglocke mit Stiel, Waschpulverpakete, Wäscheklammern, Scheuerlappen ... „Kein Wunder, dass Boris Becker nichts Gescheites eingefallen ist.“

„Hoffentlich gibt's hier wenigstens einen ordentlichen Kaffee aus der Klinikküche - wenn man schon nicht rauchen darf.“

„Extra, Sie waren wohl noch nie in einer Klinik, sonst wüssten Sie, dass das ein Ding der Unmöglichkeit ist.“

Es klopfte. „Herein.“

Eine verhuschte Gestalt im blauen Nylonkittel öffnete vorsichtig die Tür. Ein dicker dunkler Zopf hing ihr über den Rücken. „Entschuldigen. Ich möchte nur Wäsche.“

„Kommen Sie doch herein!“ Der Kommissar gab sich heute morgen jovial. „Nehmen Sie Platz. Bitte sehr. Wir können genauso gut gleich mit Ihnen anfangen.“

Er schob der Verschreckten den Hocker zu, der in der Ecke stand. Sie ließ sich auf dem äußersten Rand nieder und wich Remmers' Blick aus.

„Wie heißen wir denn?"

„Anna Friesen." Das rollende *R* war unüberhörbar.

„Und wie alt sind Sie?"

„Vierundzwanzig", flüsterte das scheue Geschöpf.

„Ledig?"

Anna schüttelte den Kopf. Und schaute sehnsüchtig zu dem hellblauen Plastikcontainer hinüber, in dem sich die gebrauchten Bettlaken türmten. Den jetzt nehmen und verschwinden und weitermachen, als wenn nichts gewesen wäre.

„Woher stammen Sie, Frau Friesen?"

„Aus Kasachstan."

„Und welchen Beruf haben Sie?"

„Ich putze Station."

„Sie wissen, weshalb wir hier sind?"

Stummes Nicken.

„Haben Sie Schwester Silvia - die Tote", der Kommissar räusperte sich, „gekannt?"

Anna nickte wieder.

„Soweit ich gehört habe, war sie hier für diese Station zuständig?"

Nicken.

„Hatte sie Freunde? Oder Freundinnen? Mit wem haben Sie sie denn immer so gesehen?"

„Ich putze Station", wiederholte Anna.

„Ja, gerade darum! Jemand wie Sie bekommt doch einiges mit!"

„Ich weiß nicht", murmelte die junge Frau. Ihre schweren kräftigen Hände strichen nervös den Kittel glatt.

„Haben Sie denn am Donnerstagabend irgendetwas Besonderes bemerkt?"

„Nein. War Feierabend gewesen um fünf, und dann ich bin nach Hause."

„Und wo wohnen Sie genau?"

„Lippestraße." Anna ließ den Wäschebehälter nicht aus den Augen.

„Sie wohnen da mit Ihrer Familie?"

„Mit Familie", wiederholte sie. Es klang erleichtert, als habe sie, eben noch mit den Wogen kämpfend, mit letzter Kraft den Strand erreicht.

Doch Remmers ließ nicht locker. „Und nun sagen Sie mir doch einmal, wo Sie in der Nacht von Donnerstag auf Freitag waren. Genauer gesagt, zwischen Mitternacht und drei Uhr morgens."

„Zu Hause! Im Bett!" Das klang wie ein Hilfeschrei.

„Und wer kann das bezeugen?"

„Kinder."

„Und Ihr Mann?"

„Mann ist auf Montage. In Osnabrück."

Remmers seufzte. „Sie können gehen. Wir haben keine weiteren Fragen an Sie - zur Zeit", fügte er hinzu. Obwohl das durchaus drohend geklungen haben mochte, presste Anna sich aufatmend den Wäschekorb vor den Bauch, öffnete mit dem Ellenbogen die Tür und war verschwunden.

Remmers schüttelte den Kopf. „Wenn alle so gesprächig sind wie diese Dame aus Rrrrussland, wird das hier eine zähe Geschichte. Da können wir uns auf was gefasst machen."

„Kasachstan ist nicht Rrrussland, Chef!", warf Extra ein.

„Nun geben Sie mal nicht so an, Extra. Konzentrieren Sie sich lieber auf das Wesentliche. Diese Putzfrau, die wirkt wie ein verschrecktes Reh, aber haben Sie die Pranken gesehen? Von der möchte ich keinen mit der Nudelrolle. Aber jetzt brauch' ich erst mal 'n Kaffee. Holen Sie mir mal 'n Pott, sonst streik' ich hier."

Extra schaute aus dem Fenster. Der dunkle Backstein des Wasserturms glänzte unter einer weißen Gewittersonne. Überm Festland bauten sich düstere Kumuluswolken auf.

Immer ich, dachte Extra.

„Wir nehmen uns jetzt erst mal die Kleine vor, die die Leiche gefunden hat, und dann den Arzt von der Station, auf der diese Silvia gearbeitet hat. Den Chefarzt dann morgen als nächstes, und der Klinikdirektor – wie heißt der, Pöttering oder so – der kommt auch noch, aber den lassen wir noch etwas schmoren. Der Pauly hier von Norderney liegt mir dauernd in den Ohren, der wär's gewesen, der hätte sich bei der ersten Befragung mehr als seltsam benommen. Und wenn wir die erledigt haben, dann machen Sie mir mal eine vollständige Liste von allen, die dann noch bei uns antanzen müssen."

Die Liste würde lang werden, sehr lang. Da waren die Kolleginnen, also die Schwestern. Und alle anderen MitarbeiterInnen – Extra grinste und zeichnete mit dem Zeigefinger ein großes *I* in die Luft, er wusste, Remmers, stockkonservativ, wie er war, hasste diese Schreibweise – , die Physio- und ErgotherapeutInnen, die GesprächspsychologInnen, die ServiererInnen ... Nicht zu vergessen die übrigen Ärzt(e)Innen. Wie schrieb man das denn?

„Und dann stellen Sie fest, mit wem die Tote eng befreundet war. Mit wem hatte sie intime Beziehungen? Alle mit auf die Liste! Diese Leute bräuchten wir eigentlich gleich, aber da werden Sie erst mal recherchieren müssen. So, und wo bleibt mein Kaffee?"

Extra war schon an der Tür. „Ach übrigens, Chef – dieser rote Riese, der für den Pool zuständig ist, wollen Sie den nicht auch möglichst bald haben?"

„Hat Zeit", sagte Remmers. „Nun gehen Sie schon!"

Der Wasserturm hatte sich verdunkelt. Erste schwere Tropfen schlugen gegen die Scheibe.

Sandra Wolff, die nächste auf dem Hocker, gab sich zwar erheblich kesser als Anna aus Kasachstan, aber Neues hatte auch sie nicht zu bieten. Nein, sie hatte Silvia nicht näher gekannt.

Aber einen Eindruck von ihr habe sie doch gehabt, ob sie den denn mal bitte schildern könne?

Sandra streckte ihre langen Beine so weit von sich, dass ihre Markenturnschuhe die soliden schwarzen Herrenschuhe des vor ihr sitzenden Hauptkommissars berührten. Der murmelte spontan eine Entschuldigung, was ihn ebenso spontan ärgerte. Aber immerhin bequemte sich dieses junge Ding nun wohl doch, den Mund aufzumachen.

Na gut, cool sei die gewesen, die Silvia. Nein, vielleicht nicht cool. Aber echt flott. Schon allein die Frisur. Die hätte sogar noch aus dem Schwesternhäubchen ein geiles Hütchen gemacht.

„Bei der saß immer alles." Es klang fast neidisch. „Die war echt perfekt!" Sandras ungebärdiges Stoppelhaar hätte schon längst wieder einen Schnitt nötig gehabt, und die Norderneyer Friseure hatten's drauf, aber sie musste sparen. Auch klamottenmäßig war die Silvia top! Gewesen. Sandra zog eine Grimasse.

„Minirock im Dienst, sowieso. Konnte die sich auch leisten bei ihren Beinen. Und außer Dienst sofort bauchfrei. Im Nabel ein Mordsbrilli. Der muss 'ne Kleinigkeit gekostet haben." Ja klar, man hatte sich schon ab und zu in der Disco getroffen, *Pasadena* oder *Inselkeller* und so.

Mit wem die Silvia denn da gewesen sei? Verschieden. Patienten kämen da natürlich auch hin. Aber das dürfe man wirklich nicht so eng sehen. Da ging man doch hauptsächlich zum Abtanzen hin.

„Abtanzen?“, erkundigte sich Remmers. „Was verstehen Sie darunter?“ Ihm war nur noch der Abtanz als Schlussball aus seiner Tanzstundenzeit geläufig.

Sandra lächelte mitleidig. Wieder so einer aus der Steinzeit, der es nicht checkte.

„Abtanzen“, stellte sie sachlich fest. „Sich austoben. Die Sau rauslassen. Den ganzen Frust ablassen. Die Kerle sind dabei gar nicht so wichtig.“ Und sie fügte noch hinzu, extra für diesen alten Geier, der sie da lauernd beäugte: „Nicht so wichtig, wie die immer denken!“

Und dabei habe Silvia auch mitgemacht. Ganz normal eben. „Für unser Alter“, betonte Sandra. Remmers hatte verstanden. Ob sie sich vorstellen könnte, weshalb diese Silvia, die doch offenbar recht lebenslustig gewesen sei, sich umgebracht habe?

„Sie meinen, wo die doch immer so gut drauf war?“ Sandra schüttelte den Kopf. Nein, vorstellen könne sie sich das überhaupt nicht. Keine Ahnung! Die Kripo sei doch wohl auch nicht zufällig hier. Da scheine doch Verdacht zu sein, dass es gar kein Selbstmord oder Unfall war, oder?

„Reine Routine“, erklärte Remmers steif. „So was muss immer abgeklärt werden. Und es gibt noch ein paar Unklarheiten.“

Beide schwiegen. Vor dem Fenster schrien klagend die Möwen. Auf dem Flur fing ein Staubsauger an zu röhren.

Sandra wäre gern aufgestanden, das Schweigen war ihr unbehaglich, da fragte Remmers plötzlich überraschend forsch: „Wer war denn Schwester Silvias letzter Liebhaber?“

„Ich weiß überhaupt nicht, ob die 'n Lover hatte. Wie soll ich wissen, mit wem die ins Bett gegangen ist. Die muss ja mit den Typen nichts gehabt haben. Jedenfalls nichts Festes. Fragen Sie doch mal bei denen nach, mit denen sie zusammen gewohnt hat. Drüben, im Personaltrakt. Ich wohn' da nicht, ich hab' ein Zimmer im Zentrum, am Damenpfad. Gleich hinter der Marienhöhe.“

„Aha." Remmers rückte an seinen Bleistiften herum, obwohl die immer noch akkurat nebeneinander lagen wie die berühmten drei Kammmacher in ein und demselben Bett. Remmers brauchte Ordnung auf seinem Schreibtisch, um Ordnung in seinem Kopf zu schaffen. Das eine bedingte das andere.

„Wie lange arbeiten Sie hier schon?"

„Seit drei Monaten. Ich hab' Abi gemacht, jetzt jobbe ich. Dann geh' ich nach Berlin. Ich möchte gern Events mit Promis managen und so."

„Soso, nach Berlin wollen Sie. Und diese Silvia – wollte die denn auf der Insel bleiben?"

„Sie hat immer gesagt, versauern würde sie hier nicht. Sie hat auf ihre Chance gewartet. Das war übrigens genau vor einer Woche, da waren wir zum letzten Mal im Keller, und sie war ziemlich gut drauf, muss ich schon sagen. Sogar mit Tommy – das ist mein Freund" – die Kleine wurde tatsächlich ein bisschen rot, was sie auf einmal richtig kindlich aussehen ließ – „also mit Tommy machte sie so rum, das passte mir nicht, und als sie merkte, dass ich echt sauer wurde, hat sie gesagt, ich sollte mich bloß nicht aufregen, sie hätte ganz andere Kerle am Start, auf so 'ne Lusche von Zivi wär' sie gar nicht scharf, den könnte ich behalten, vielen Dank auch. Und das war schon ziemlich krass."

Remmers sah sie nachdenklich an. So cool war Sandra also gar nicht. Da war durchaus Eifersucht im Spiel. Und diese Silvia hatte offenbar nichts anbrennen lassen. Die betreffenden Kerle musste Extra ihm liefern, die würde er sich genauer anschauen.

„Eine Frage noch: Ihr Freund – wo war der denn in der Nacht von Donnerstag auf Freitag?"

„Bei mir natürlich! Glauben Sie, der kommt extra aus Aurich angereist, um mich zu verarschen, ich meine, um mit 'ner andern ins Bett zu steigen?" Sie sprang auf. „Jetzt reicht's mir! Was soll das überhaupt hier?"

In dem Augenblick kam Extra herein, ein Tablett mit zwei Tassen Kaffee balancierend.

„Mensch, Chef, stellen Sie sich vor, wen ich gerade gesehen habe!", rief er aufgeregt. Der Kaffee schwappte über.

Remmers winkte Sandra ungeduldig aus dem Zimmer.

„Sie könnten ruhig ein bisschen höflicher sein. Bei dem Stil haben Sie von mir nicht mehr viel zu erwarten." Hinter ihr knallte die Tür zu.

„Na wen denn? Nun rücken Sie schon raus damit!" Ungeduldig hob Remmers die Kaffeetasse und bekleckerte sich prompt den Schlips.

„Tjaden ist hier", sagte Extra, griente und warf seinem Vorgesetzten ein Papiertaschentuch zu, das dieser sorgfältig auf seiner Untertasse ausbreitete, wo es sich kaffeebraun färbte.

„Sauerei! ... Onno Tjaden? Der schräge Kollege aus Wittmund?"

„Genau der."

„Aber ... das ist doch gar nicht sein Zuständigkeitsbereich! Was macht der denn hier, Extra?"

Der Chef war nicht nur erstaunt, er war geradezu empört. Dass ihm da jemand in die Quere kam, der hier nicht hingehörte! Wieder fingerte er an seinen Schreibgeräten herum, legte den blauweiß gestreiften Bleistift von der Kurverwaltung nach vorn, den grünen Kuli der Auricher Verkehrsbetriebe nach hinten und den neutralen Tintenkiller in die Mitte.

„Der ist Patient hier", sagte Extra. „Nehme ich jedenfalls an. Der ist mir hier oben auf der Station gerade übern Weg gelaufen. Kam aus einem der Zimmer und holte sich was zu trinken aus diesem Ding mit dem heißen Wasser auf'm Flur. Sah übrigens ziemlich kaputt aus, gut drauf war der nicht."

Onno Tjaden als Patient? Dann konnte er ihm jedenfalls keine Konkurrenz machen. Das war immerhin schon etwas.

„Na, wer weiß, was der hat."

„Hoffentlich nichts Ernstes. Es gibt ja Sachen, die wünscht man seinem schlimmsten Feind nicht."

Der Kaffee war stark. Ohne eine anständige Portion Koffein lief bei Remmers gar nichts.

Wenn Tölpel brüten

„So, jetzt schicken Sie mir mal den Stationsarzt", verlangte Remmers.

„Wenn er abkömmlich ist, gerne."

„Und wenn nicht, dann machen Sie ihn mir abkömmlich. Den brauch' ich jetzt. Die beiden waren doch ein Team, die haben jeden Tag stundenlang Hand in Hand gearbeitet. Wenn einer was weiß, dann der. Und möglicherweise haben sie auch was miteinander gehabt. Soll ja häufiger vorkommen, Krankenschwester und Arzt."

Dr. Johannsen gab sich endlich gesprächsbereit. „Der Doktor lässt bestellen, der Herr Kommissar möge doch die Güte haben, die paar Schritte zu ihm in sein Dienstzimmer zu kommen. Dann sei er für seine Patienten noch greifbar. Anders als für den Polizisten, sagt er, seien für den Arzt die Lebenden wichtiger als die Toten."

„Was fällt dem denn ein? Was für eine Show will der denn abziehen? Na, da wollen wir doch mal sehen!"

Und dann nahm Remmers im Stationszimmer Platz. Derselbe Blick wie aus der Wäschekammer. Der Stapel von Patientenakten signalisierte: Viel, viel Arbeit!

„Sie sind Dr. Johannsen und Stationsarzt hier. Richtig?"

„So ist es."

„Darf ich Sie fragen, wie alt Sie sind?"

„Wie bitte? Dann darf *ich* Sie zunächst einmal fragen, was denn mein Alter mit diesem Selbstmord zu tun hat."

„Reine Routine", sagte Remmers. „Das verstehen Sie doch sicher."

„Ich verstehe gar nichts."

Remmers setzte seine Amtsmiene auf. „Dann muss ich Sie darauf aufmerksam machen, dass Sie gesetzlich verpflichtet sind, mir auch diese Frage genauestens zu beantworten."

„Geboren am 17. März 1969. Ist das genau genug, oder brauchen Sie auch noch die Uhrzeit?"

„Na, na", sagte Remmers und nahm den Schreibtisch in Augenschein. Kein privates Foto. Keine Frau, kein Kind. Der genoss noch sein Leben.

„Herr Dr. Johannsen, ich komme gleich zum Wesentlichen. Ich ..."

„Ich bitte sehr darum!", sagte Dr. Johannsen. „Gleich fängt meine Sprechstunde an. Sie haben ja gesehen, draußen sitzen meine Patienten."

Am übernächsten Tag war für einen Teil der Kurpatienten Abreise. Die mussten sich noch einmal vorstellen beim Stationsarzt. Und der gab ihnen alle Stempel, die sie brauchten: für den Arbeitgeber, die Kasse oder sonst wem, er bescheinigte ihnen, dass sie brav an allen therapeutischen Maßnahmen teilgenommen hatten, und schrieb sie arbeitsfähig.

„Herr Dr. Johannsen, Sie wissen, dass ich den Tod von Frau Silvia Inzinger aufzuklären mich bemühe."

Der Arzt schaute den Kommissar perplex an. Wahrscheinlich verblüffte es ihn, dass dieser Nichtakademiker jene komplizierte Satzkonstruktion, ohne Schiffbruch zu erleiden, an Land gebracht hatte.

„In welcher Beziehung standen Sie zu Frau Inzinger?"

Jetzt allerdings schien der Arzt, seinem Blick auszuweichen und wie zufällig aus dem Fenster zu schauen. Ging ihm die Sache noch zu nahe? Remmers ließ ihm Zeit. Schließlich räusperte sich Dr. Johannsen. „Ich ... wir machten beide hier unsere Arbeit. Dabei war ich ihr Vorgesetzter und sie meine Untergebene."

Remmers machte eine ausgedehnte Kunstpause. „Es war also ein reines Arbeitsverhältnis?"

Die Antwort kam prompt: „Also ich will nicht leugnen, dass ich ... äh, Frau Inzinger menschlich und ... äh, durchaus auch als Frau sehr ... äh, geschätzt habe, aber eine Liebesbeziehung hatten wir nicht, falls Sie darauf abzielen."

Ach ja, die Liebe. „Whatever love means", hatte Prinz Charles am Tage seiner Verlobung mit Lady Di einem Reporter geantwortet. Soviel Englisch konnte Remmers. Eigentlich hatte er nur wissen wollen, ob der Arzt mit Silvia auch mal das Bett geteilt hatte. Es hatte ja nicht unbedingt ein Bett und auch nicht unbedingt auf der Station sein müssen. Auch in dem feinen Sand der weitläufigen Dünen Norderneys hätte sich Gelegenheit genug geboten, einander näher zu kommen.

Remmers tastete nach dem Foto vom Ausbooten vor Helgoland, das er sich aus dem Album, das Pauly ihm übergeben hatte, herausgesucht hatte. Er schob es über den Schreibtisch. „Der Mann da neben Silvia - sind Sie das?"

Ihm entging nicht, dass der Adamsapfel eine kleine hektische Bewegung machte.

Aber der Doktor sagte nur: „Na und? Muss ich Ihnen das Bild erläutern?" Er sah es flüchtig an und legte es zur Seite. „Ach, wissen Sie ..." Er schichtete seine Akten zum dritten oder vierten Mal um, nahm den Stapel hochkant, stauchte ihn auf und legte ihn wieder hin, wobei er ihn mit den Armen umrahmte. „Solche Fotos, was sagen die schon aus! Und Betriebsausflüge sind mir zuwider. Aber man muss ja mitmachen, sonst meinen die anderen, man hält sich für was Besseres. Nur weil man der Doktor ist. Dabei gehört der Doktortitel in unserer Zunft unbedingt dazu. Ein Mediziner, der nicht promoviert ist – da meinen doch viele immer noch, dass der nicht viel taugen kann."

„Betriebsausflüge, sagen Sie, sind Ihnen zuwider. Aber Schwester Silvia war es offenbar nicht."

„Das sagte ich ja wohl schon, dass ich sie menschlich und als Frau durchaus geschätzt habe."

Dr. Johannsen nahm nun doch das Foto in die Hand, rückte seine Brille zurecht und betrachtete es. „Sie sollten sich noch ein paar andere Gestalten hier ansehen", sagte er und zeigte auf den Mann, der an Silvias anderer Seite saß. Er war sehr groß und rothaarig. Silvia würdigte ihn jedoch keines Blickes, sondern hatte nur Augen für den Doktor.

„Bei einem Betriebsausflug kommt man sich eben näher. Das ist schließlich Sinn der Sache. Da kann alles mögliche passieren."

Remmers sah ihn stumm an. Was war's denn wohl, was dem Herrn Doktor passiert war?

„Na ja, Sie wissen doch, wie das ist. Auf der Hinfahrt mit der *Funny Girl* kreist schon die Flasche. Aus Angst vor dem Ausbooten müssen manche sich schon Mut antrinken. Und dann beginnt der Zug durch den Ort, von einem Duty-Free-Shop zum nächsten. Alles, was ich von der Langen Anna behalten habe, ist, dass sie zum Umfallen nach Vogelkot stinkt. Die reinste Narkose! All diese Tölpel – das sind doch alles Tölpel, oder?"

„Nicht nur", sagte Remmers. „Da sind auch eine Menge Möwen dabei."

„Jedenfalls diese Viecher, die da in den Felsen brüten und zusammen mit ihren Jungen alles mit diesem stinkenden Weiß überziehen. Hemmungslos und absolut unhygienisch! Da kann einem wirklich alles vergehen!" Dr. Johannsen schaute demonstrativ auf die Uhr an der Wand gegenüber. „Tut mir Leid, Herr Kommissar, aber ich muss jetzt Schluss machen. Ich kann meine Patienten nicht noch länger warten lassen. Also entschuldigen Sie mich jetzt bitte. Sollten Sie noch Fragen haben, stehe ich Ihnen später gern zur Verfügung."

Der will sich erst mal alles in Ruhe überlegen, dachte Remmers. „Ja okay, aber sagen Sie mir schnell noch, wo Sie in der Nacht von Donnerstag auf Freitag waren. Zwischen Mitternacht und drei Uhr morgens."

„Im Bett. In meinem Apartment natürlich. In der Moltkestraße."

„Und könnte das jemand bezeugen?"

„Ich wohne allein, also ..."

„Nun gut. Lassen wir's dabei."

Sehr ergiebig war das ja nicht gewesen. Aber immerhin, kein hieb- und stichfestes Alibi. Das hatte die brave Anna allerdings auch nicht.

Die Wäschekammer nebenan hatte Remmers wieder. Eins stehe fest, sagte er zu Extra. Heirat und Familie seien für diesen Mann der Horror. Wie der sich ausgelassen habe über unhygienische Zeugungslust und zügelloses Brutgeschäft! Scheinbar habe er nur von den Vögeln auf Helgoland geredet, aber die Botschaft dahinter sei doch klar. Ganz schön kurios. Und das hätte ja gepasst: Diese Silvia wollte ihn unbedingt heiraten, der Mann fürs Leben und so, und dann diese Enttäuschung. Jede Menge Tabletten und Alkohol und in den Pool. Aber wegen der Druckstellen an den Armen und des Hämatoms konnten sie das vergessen.

„Wir müssen wissen, mit wem sie an ihrem letzten Abend zusammen war und wer sie zuletzt lebend gesehen hat. Sonst kommen wir nicht weiter."

„Es sei denn", sagte Extra, „es zieht Sie nicht so sehr nach Hause, dann können wir's auch anders aufziehen."

„Jetzt hören Sie aber auf!", blaffte Remmers. Dabei war doch sein Lieblingsspruch: „Wie schön es auf der Arbeit ist, weiß ich erst, seit ich verheiratet bin."

„Die Klinikküche ist doch gar nicht so schlecht", stichelte Extra. „Auf jeden Fall besser als die Polizeikantine."

Etwas klapperte vor der Tür. Dann klopfte es. „Guten Morgen“, rief eine schüchterne Stimme.

„Ich bin gleich weg“, rief Tjaden. „Kommen Sie ruhig herein.“

Die junge Frau im hellblauen Kittel stand mit ihrem Putzwagen vor der Tür. „Lassen Sie man“, sagte sie. „Ich mache erst mal Bad.“

„Viel Arbeit, was?“, erkundigte sich Tjaden. Er war froh, ein paar Worte mit jemandem zu sprechen, der weder Patient noch Arzt war.

Keine Antwort. Die Klospülung rauschte.

Dann kam die Frau heraus und griff nach dem Papierkorb neben dem Schreibtischsessel. Und sah das Familienfoto, das Tjaden aufgestellt hatte.

„Ihr Sohn? Schönes Kind“, sagte sie.

„Und Sie? Haben Sie auch Kinder?“

Anna Friesen nickte. Dann sah sie auf seine Hände. „Problem mit Haut?“, fragte sie. „Immer Sonne. Und ganz ruhig. Und Meer! Nicht aufregen!“

Tjaden zeigte auf die Bücher, die er auf dem Schreibtisch aufgebaut hatte. „Die muss ich dann wohl in der Sonne ganz ruhig lesen.“

„Ich auch viel gelesen. Zu Hause, in Sowjetunion. Hier die Kinder und immer nur Arbeit, Arbeit.“

„Wie viele haben Sie denn?“

„Fünf.“

„Mein lieber Mann!“, sagte Tjaden.

„Ich auch noch putzen im Anbau. Bei Personal.“ Anna wischte mit dem Staubtuch über die Schreibtischplatte. „Da ist nicht so sauber wie hier. Ich mache immer Küche sauber. Viel Schmutz.“ Sie warf die gebrauchten Handtücher auf ihren Wagen. „Jetzt muss ich Boden wischen.“

„Schönen Tag noch", wünschte Tjaden ihr und verzog sich auf den Flur.

Ein todsicherer Tipp

An diesem Morgen fanden alle Patienten in ihrem Postfach, aus dem sie jeden Tag ihren persönlichen Fahrplan zu entnehmen hatten, zusätzlich einen Brief des Klinikdirektors, worin er sie um Verständnis bat für alle Unannehmlichkeiten, mit denen sie jenes tragischen Ereignisses wegen in der Klinik konfrontiert worden seien. Letztendlich seien weitere polizeiliche Ermittlungen nötig geworden, und er bitte alle Patienten um Mithilfe. Es folgte ein Aufruf, den Kriminalhauptkommissar Remmers unterzeichnet hatte. Jeder Patient möge sich fragen, ob er irgendwelche Beobachtungen gemacht habe, die zur Aufklärung des Todes der Schwester Silvia Inzinger beitragen könnten.

Extra war skeptisch. „Ob das was bringt?"

„Abwarten", sagte Remmers.

Und die Patienten strömten. Alle wollten helfen, alle wollten der öden Routine des Inhalierens, Bestrahlens, Wassertretens wenigstens für eine Viertelstunde entfliehen. Eine echte Vernehmung! Durch einen leibhaftigen Kriminalhauptkommissar! Das hatte doch was. Sozusagen Tatort live! Die wachsamen Patienten gaben einander unablässig die Klinke der Wäschekammer in die Hand. Es blieb kaum Zeit für eine Kaffeepause.

Nervös sei die Schwester gewesen, hieß es, höchst unkonzentriert. Sie habe den Blutdruck falsch gemessen, nämlich den höheren und den niedrigen Wert vertauscht, es müsse doch zum Beispiel „160 zu 100“ heißen, statt umgekehrt, und einmal habe beim Blutabnehmen das Telefon geläutet, und das junge Ding habe überhaupt nicht reagiert, aber gezittert, dass ihr die Nadel verrutscht sei. „Schauen Sie mal diesen Bluterguss, das ist doch unmöglich!“ Die Patientin, eine Frau Hebestreit, rollte ihren Ärmel hoch und entblößte ihre dunkel verfärbte Armbeuge als Corpus Delicti. Nee, die Silvia war völlig von der Rolle gewesen, gab auch ein junger Mann aus dem Ruhrpott zu Protokoll.

Und in der betreffenden Nacht, hatte es da Beobachtungen gegeben? Ja, das hatte es. Ärzte waren mit wehenden Kitteln durch die Flure gehastet, der Fahrstuhl hatte gebollert und gerumpelt bis in den Morgen hinein, wer weiß, wer da alles unterwegs war und warum, und eine Patientin mit hennaroter Kurzhaarfrisur behauptete steif und fest, dass sie nach Mitternacht unter ihrem Fenster Stimmen, sogar Schreie gehört habe. Ihr Zimmer lag allerdings im fünften Stock, ziemlich weit weg vom Pool, dem Schauplatz des schrecklichen Geschehens. Das Fenster ging auf den Innenhof hinaus.

Und dann hatte Studienrat Wichter seinen Auftritt. Er habe eine wichtige Aussage zu machen, verkündete er. *Nomen est omen,* dachte Remmers. Er habe nämlich etwas wahrgenommen, das ihm doch sehr zu denken gebe. Im Zimmer nebenan sei jemand gewesen, jemand, der da nicht hingehörte. Er habe nämlich ganz deutlich zwei Stimmen gehört in der fraglichen Nacht, die eines Mannes und die einer Frau. Der Zimmernachbar sei ein Mann, angeblich Bäcker von Beruf. Also er meine nicht seinen Nachbarn zur Linken, diesen Herrn Niederhuber aus Bayern, der übrigens auch einen sehr dubiosen Eindruck mache, aber den meine er nicht, sondern den Zimmernachbarn rechts von ihm. Der Studienrat fingerte an seinem Pulloverausschnitt herum, wo ihm offenbar die Krawatte fehlte. Diesen Bäcker müssten sie sich mal vornehmen. Er glaube zwar nicht an Verbrecherphysiognomien, aber in einer dunklen Gasse möchte er dem nicht begegnen.

Er halte den hiermit zu Protokoll gegebenen Vorfall für ungleich ernster - im Kontext jenes anderen Ereignisses zumal - als wenn jemand sich ein paar Brötchen mit auf die Strandpromenade mit hinausnehme. Das nämlich gelte in diesem Hause schon als Verbrechen. Und im übrigen habe er sehr mit sich gerungen, ob er diese Information weitergeben solle, aber er habe es als seine Pflicht angesehen und angesichts eines Verbrechens der Art, mit dem man es jetzt zu tun habe, müssten persönliche Erwägungen hintanstehen. Er bitte allerdings sehr darum, dass die Polizei im Gegenzug äußerste Diskretion walten lasse und dass sein Name aus der ganzen Angelegenheit herausgehalten werde.

Remmers stand auf, wohl um dem Studienrat zu bedeuten, dass alles Wichtige gesagt sei, öffnete ihm die Tür und sagte: „Ich danke Ihnen, Herr Studienrat. Aber eins noch: Von Verbrechen sollten wir doch noch nicht sprechen. Die bisherigen Ermittlungen lassen einen solchen Schluss - bis jetzt jedenfalls - noch nicht zu."

Nun war der Bäcker dran. Ein Herr Tukötter, ein freundlicher Mensch aus dem Münsterland. Ihm war offenbar unbehaglich zumute, wie er da vor Remmers hockte, und er lief rot an, als dieser ihm auf den Kopf zusagte: „In der Nacht, in der Schwester Silvia ums Leben kam, hatten Sie also Damenbesuch, Herr Tukötter? Klären Sie uns mal auf!"

Tukötter war das Ganze unsagbar peinlich. Nein, der Mann war alles andere als abgebrüht. Er druckste lange herum. Ja, gab er dann endlich zu, er habe jemanden kennen gelernt, eine Dame, die auch zur Kur auf Norderney sei, aber nicht in diesem Haus, sondern woanders, chronische Bronchitis, man sei sich beim Boulespiel auf dem Ebbsand nähergekommen, und bis gegen ein Uhr habe man sich noch unterhalten, man harmoniere auch geistig-seelisch sehr und überhaupt ...

„Na wunderbar, Herr Tukötter. Aber wie ist die Dame denn wieder aus dem Haus gelangt? Mitten in der Nacht. Hier ist doch um zehn Uhr Zapfenstreich. Sie können mir ruhig alles sagen, wir ermitteln nicht in Sachen Kurschatten."

„Raus kann man jederzeit, nur rein kann niemand mehr." Er habe seine Bekannte in ihre Klinik gleich hinter dem Kurpark begleitet, und dann sei er wieder zurückgegangen.

„Da waren Sie nun gerade in der Zeit unterwegs, die für uns besonders wichtig ist."

Der Bäcker erbleichte.

„Ihnen ist aber gar nichts aufgefallen?"

Tukötter schüttelte den Kopf, und Remmers wollte ihn gerade entlassen, als Extra sagte: „Herr Kollege, entschuldigen Sie mal, da haben wir aber noch etwas Wichtiges vergessen. Herr Tukötter, wie sind Sie denn wieder reingekommen? Da war doch alles zu!"

Tukötter trat die Flucht nach vorn an. „Herrgott noch mal, ich hatte einen Schlüssel!"

„Einen Schlüssel? Wie das denn!?"

„Das möchte ich nicht sagen."

„Also nun mal los, so geht das nicht", ermahnte ihn Remmers. „Das hier ist eine polizeiliche Ermittlung. Also bitte!"

Tukötter griff in seine Jackentasche und legte einen Sicherheitsschlüssel auf den Tisch. „Hier bitte. Den hat mir die Schwester gegeben."

„Welche Schwester?"

„Na die eben!", platzte Tukötter heraus. „Die aus dem Pool."

„Mann, und das sagen Sie uns erst jetzt! Also noch mal fürs Protokoll: Den Schlüssel hatten Sie von Silvia Inzinger, von der Toten. Was hatte die denn mit Schlüsseln zu tun?"

„Sie hat die verliehen. Das wusste doch jeder hier. Das war so eine Art Flüsterpropaganda, das hat man mir schon gleich gesteckt, als ich hier ankam. Ich hatte noch nicht die Koffer ausgepackt, da wusste ich das schon. Wer nachts raus wollte oder Besuch haben wollte – kein Thema! *Schwester Silvia, Station 5.* Todsicherer Tipp."

Remmers griff nach einer Akte und begann, darin zu blättern. Hatten die Kollegen von der Spurensuche nicht irgendwelche Schlüssel sichergestellt? Da war doch was in ihrer Schublade gewesen, im Stationszimmer ...

„Und das machte sie aus Nächstenliebe?", schaltete sich Extra ein.

„Nee, das nicht. Zehn Euro hat sie genommen", antwortete Tukötter.

„Für ein Mal? Ganz schön happig."

„Wenn man mehrere Nächte wollte, gab's Rabatt."

Das Geschäft hatte offenbar floriert. War die Frau geldgierig gewesen? Oder wurde sie vielleicht erpresst?

„Könnte es nicht so gewesen sein", sagte Extra bedächtig, während sich die Tür hinter dem Bäcker schloss, „dass diese Silvia auch jemandem einen Schlüssel gegeben hat, der gar kein Patient war."

„Das hab' ich schon im Kopf, ich bin nach allen Seiten offen."

„Außer den Computern soll ja auch aus den Zimmern 'ne Menge Bargeld verschwunden sein. Und der – oder besser vielleicht die hatten sicher auch Zugang zum Pool. Ich geh' mal davon aus, dass das ein Passepartout war, das müssen wir klären."

„Geben Sie mir doch noch mal die Personalakte der Toten", sagte Remmers leicht gereizt. „Vielleicht haben wir doch irgendwas übersehen."

Er blätterte darin herum. „Aha, hier. Geboren und aufgewachsen. Blablabla. Sechsundzwanzig? Auch kein Alter. Niederbayern. Was hat die denn nach Norderney verschlagen? Ausbildung in der Krankenpflegeschule in Straubing ..."

Es klopfte. Unwillig rief Remmers: „Herein!"

Eine Schwester stand vor der Tür. Eine, die sie noch nie gesehen hatten. Groß und nicht mehr jung, sie hielt sich sehr gerade. Der fehlte jetzt nur die gefältelte Haube auf dem Dutt, und sie wäre glatt als Diakonisse durchgegangen. So streng und protestantisch. Die traf bestimmt jede Rollvene auf Anhieb. In diese Art von Klinik passte die doch gar nicht. Silvia ja, aber so eine doch nicht. Ziemlich bunt gemischtes Team schienen die hier zu haben.

„Entschuldigen Sie, aber der Herr Doktor hat jetzt gerade einen Moment Zeit."

„Wer bitte?" Wie sollte man bei diesem Geschwader von Weißkitteln noch die Übersicht behalten?

„Herr Doktor Schirf von Station 2. Den wollten Sie doch sprechen."

„Ach ja richtig. Soll kommen."

Die Schwester zögerte. Warum ging die nicht endlich? Es musste vorangehen. Diese ganze Routinearbeit war unvermeidlich. „Haben Sie die Tote gekannt, in welchem Verhältnis standen Sie zu ihr, wann haben Sie sie zuletzt gesehen ..." Aber viel war noch nicht dabei herausgekommen. Ergeben klappte er den Schnellhefter zu. Silvia musste warten, der Herr Doktor war dran.

Herrensahne

Auch der Chef, Professor Hartmut Schulte-Brosius, zeigte sich in der Wäschekammer. Er kam unangemeldet, als wollte er die Kriminalbeamten schon vor ihrem offiziellen Besuch in seiner Suite abfangen. Kurz, ganz kurz wolle er es machen, jedes Aufsehen vermeiden, raunte er ihnen zu. Was nicht heiße, dass er nicht für jede Auskunft bereitstehe. Selbstverständlich. Wenn er denn etwas wisse, das für die

Kripo interessant sein könnte. Es sei ja höchst bedauerlich, dass hier, in seiner Klinik, in einer solch tragischen Sache ermittelt werden müsse. Schrecklich. Es sei wirklich schmerzlich, wenn solch ein junger Mensch keinen anderen Ausweg gesehen habe, als sich hier im Solebad zu ertränken! Ausgerechnet in seiner Klinik! Das sei verheerend fürs Image seines Hauses!

Von dem Verdacht, Silvia sei ermordet worden, wollte er überhaupt nichts hören. Fremdeinwirkung, ach was!

Ein wirklicher Herr war das, der Herr Professor. Im Freizeitlook, aber phantastisches Outfit, nur die besten Labels, dachte Extra und sah wehmütig an seinen ausgebeulten Cordhosen herab. Ein dezenter Herrenduft umgab den Professor, seine Fingernägel waren perfekt manikürt, und ein blauer Siegelring rundete die vornehme Erscheinung ab. First class!

Er könne ihnen praktisch nichts sagen. Er habe die Tote gar nicht gekannt. Für das subalterne Personal sei der Klinikdirektor zuständig. Bei den Ärzten, da suche er selbstverständlich die Kollegen aus, die er für qualifiziert halte. Nein, mit dem Namen der Toten verbinde er gar nichts. Sein Namensgedächtnis sei schon miserabel. Altersgemäß allerdings, könne man sagen.

Wie der mit seinem Alter kokettierte! Dabei sah er unverschämt vital aus.

Professor Hartmut Schulte-Brosius, gebräunt und dynamisch, ließ ganz nebenbei einfließen, er sei auf dem Sprung zum Golfspielen. Nein, nicht auf der Insel, obwohl er natürlich Mitglied im hiesigen Club sei, und der Platz sei ja auch sehr angenehm, sehr gepflegt, nein, er fliege für ein verlängertes Wochenende zum Golfspielen nach Karelien. Nach Nurmi. Schon mal gehört? Ein phantastischer Platz! Im Sommer spiele man Golf, im Winter gehe man dort auf die Elchjagd. Bären gebe es dort oben übrigens auch. Gelegentlich sogar Wölfe. Natürlich nur im Winter. Die Klinik sei bei seiner Oberärztin Frau Dr. Pustell in den besten Händen. So wunderbar Norderney auch sei, wer hier arbeite, der müsse auch mal runter von der Insel. Die Verantwortung, die man als Leiter einer solchen Einrichtung habe! Die zahllosen Schicksale, die einem in die Hände gelegt seien! Und niemals abschalten können, die ganze Woche nicht. Und rechnen müsse sich das Ganze auch, die Kurkliniken hätten es, weiß Gott, nicht leicht.

Als Remmers ihm das Foto der Toten zeigte, erkannte er sie immerhin wieder. Ja, eine gut aussehende junge Frau sei sie gewesen, jetzt erinnere er sich. Ach, da habe wohl das Ausbooten vor Helgoland sie einmal zusammengeführt. Aber eigentlich wisse er über sie gar nichts.

Als der Lift mit dem Professor Richtung Erdgeschoss rumpelte, feixte Extra: „Haben Sie gesehen, welches Muster sein Halstuch hatte?"

„Wieso? Sollte ich?"

„Lauter kleine Äskulapstäbe, in Rot auf Schwarz! Als ob der unbedingt allen zeigen muss, dass er ein Helfer der Menschheit ist. Beim Golfspielen in seiner Tundra da oben könnte ja einer sein, der das noch nicht weiß. Irgend so ein Elch aus dem Hinterwald."

„Und der lässt es dann an Ehrerbietung fehlen. Wissen Sie, dass der Arzt von allen Berufen immer noch das höchste Prestige genießt? Das alte Medizinmann-Image, vermutlich."

„Und wir Kriminalbeamten?"

„Weit abgeschlagen, Chef! Ganz unten! Ich hol' Ihnen am besten erst mal eine Sanddornvitaminspritze von der Saftbar, damit Sie von diesem Schlag wieder auf die Beine kommen!"

Remmers seufzte, als sei er der Sisyphos von Norderney. Immer nur das Vergebliche tun. Und immer wieder von vorn anfangen ...

Hinter dem Wasserturm war gerade ein kleines Privatflugzeug aufgestiegen und bog zum Festland hinüber. Noch saß Professor Schulte-Brosius nicht am Steuerknüppel. Und vorher würde er auf der Flughafenterrasse noch ein opulentes Stück Herrentorte genießen. Erste Sahne! Man gönnte sich ja sonst nichts.

Extras Auftrag

„Und wen knöpfen wir uns jetzt vor?“, fragte Remmers.

„Den Hausmeister“, sagte Extra. „Brandes. Uwe Brandes. Der wartet schon draußen.“

Der Mann war Mitte vierzig, untersetzt und wirkte irgendwie schmuddelig. Vernachlässigt. Er hätte ein frisches Hemd gebrauchen können, und an seinem grauen Arbeitskittel fehlte ein Knopf. Seine Vernehmung schleppte sich hin. Entweder war der Mann von Natur maulfaul, oder er steckte gerade in einem seelischen Tief. Nichts Handfestes war aus ihm herauszuholen.

Geschlafen habe er an dem Morgen, als die Tote gefunden wurde. Einfach geschlafen.

Ob er denn immer so lange im Bett liege, wollte Remmers wissen, und Brandes antwortete, er habe verschlafen, weil er total fertig gewesen sei. Ja, er sei spät ins Bett gegangen. Auf die Frage, wann genau, blieb er eine klare Antwort schuldig. So gegen Mitternacht könne es gewesen sein. Nein, Zeugen habe er dafür nicht.

Ja, verheiratet sei er. Seine Frau? Die sei nicht zu Hause, sondern bei ihrer Schwester in Emden. Seit zwei, nein, seit drei Wochen schon.

„Und Sie waren an dem Donnerstagabend wo?“, wollte Remmers wissen.

Brandes zögerte. „In der Stadt", antwortete er schließlich. „Wo man so hingeht, wenn man sich einen löten will."

„Genauer, bitte!"

„Naja, im *Möpken* war ich, und ..." Aber mehr fiel ihm schon nicht mehr ein.

Ob ihn denn jemand gesehen habe?

Ja sicher, eine ganze Menge Leute.

Und wer genau?

Da könne er nichts zu sagen.

Herrgott noch mal, fehlte nur noch, dass er auch nicht mehr ganz sicher war, wie er hieß.

„Haben Sie die Tote gekannt?"

Brandes zuckte mit den Schultern und fasste sich an die Nase. „Na ja, was heißt gekannt – ich wusste schon, wer das war. So viele Angestellte hat die Klinik ja nun auch nicht."

„Persönlich gekannt, meine ich!"

Wieder fasste er sich an die Nase. „Nein, das kann man nicht sagen. Persönlich, nö."

Körpersprache, dachte Remmers. Wer sich an die Nase fasst, lügt oder hat zumindest etwas zu verbergen. Bei dem berühmten Verhör des Präsidenten Bill Clinton, das auf Video der Polizeischule als Anschauungsmaterial diente, hatten Psychologen gezählt, wie oft der sich an die Nase fasste. Und das war auffällig oft. Pinocchio Clinton, Pinocchio Brandes?

„Haben Sie denn an jenem Abend, als Sie, wie Sie sagten, gegen Mitternacht nach Hause kamen, irgendwelche Beobachtungen gemacht? Hier in der Klinik oder in der Umgebung?"

Brandes schüttelte den Kopf. „Ich war doch duhn." Er lächelte dümmlich.

Man werde seine Aussage überprüfen.

„Irgendwie 'ne bedauernswerte Gestalt", sagte Remmers, als der Hausmeister die Wäschekammer verlassen hatte. „Haben Sie gesehen, dass dem ein Knopf am Kittel fehlte?"

„Dem fehlt die Mutti", bemerkte Extra.

Remmers summte vor sich hin. Sein junger Kollege beäugte ihn misstrauisch. Wenn der so summte, hatte er eine Theorie - was nicht bedeutete, dass sie auch nur einen Schritt weiterkamen. Der meinte doch wohl nicht, dass er diesen Knopf suchen sollte? Den Knopf im Sandhaufen? Hercule Poirot würde ihn so ganz zufällig aus irgendeiner Ritze angeln, Sherlock Holmes aber würde die Lupe zücken und feststellen, dass er unsachgemäß angenäht worden war, was unmittelbar zur Lösung des Falles führen würde. Deduktion! Leider waren sie beide echte Polizisten.

„Stellen Sie fest, wo der Mann wirklich gesoffen hat und wie lange", unterbrach Remmers seine Gedanken. „Mal sehen, ob das alles so stimmt, was der sagt."

Na wunderbar! Extra schwang sich aufs Fahrrad und radelte am Fuß der Dünen entlang zum Nordbad hinunter und weiter Richtung Stadt. Das *Möpken* in der Poststraße - die Kneipe mit Musik und allem - wollte er schon immer einmal kennen lernen. Und dann würde man weitersehen. Am liebsten hätte er in Erfüllung seiner dienstlichen Pflichten einen richtigen Zug durch die Gemeinde gemacht, aber das ging ja wohl nicht.

Die brünette Bedienung konnte sich leider an niemanden erinnern, auf den die Beschreibung passte. „Bei dem Andrang hier, wissen Sie ..." Zwar hatte Extra sich im Halbdunkel der Theke ein Pils genehmigt, obwohl er im Dienst war, doch ansonsten Fehlanzeige.

Vom *Möpken* aus stieg er die Treppe hinunter und ging durch die Passage zwischen den Läden zurück in die sonnenhelle Poststraße. Das Backsteinrot des alten Postamts leuchtete herüber. Imposantes Gebäude, wilhelminisch prächtig, bestimmt unter Denkmalschutz.

Er schlenderte weiter, Richtung Kurpark. Wo war die nächste Kneipe? Ob er sich da vielleicht noch ein Pils erlauben konnte?

Am Ende des Dienstgangs war Extra ziemlich erschöpft und leicht angetütert. Aber herausgefunden hatte er gar nichts. Auf dem gepflasterten Rondell neben *Seifen-Platz* wimmelte es von Kindern. Mütter saßen auf den Bänken in der Sonne, während ihre Sprösslinge, ein Eis in der Hand oder den Schnuller im Mund, auf den bronzenen Seehunden herumturnten. An der Idylle strömten die Urlauber vorbei. Auf einer Bank stillte eine junge Frau ihr Baby. Und noch jemand saß da. Extra blieb stehen. Der war ihm doch schon in der Klinik aufgefallen. Richtig, im Fahrstuhl hatte er neben ihm gestanden. Ein Patient, sehr mager, fast magersüchtig sah der aus. Auch einer von Silvias Station im fünften Stock. Mal sehen, was der so machte. Extra pirschte sich an das Rondell heran, wobei er das Angebot von Luftmatratzen, Strandmatten und anderem Urlaubszubehör, das vor dem Geschäft nebenan aufgebaut war, so gut es ging, als Deckung benutzte.

Derangiert sah der Mann aus, total fertig. Neben ihm auf der Bank lag ein Flachmann. Was war denn mit dem los? Schnaps am hellerlichten Tag, mitten in Norderneys Fußgängerzone? Der Mann hatte Probleme, das war unüberhörbar. Er schrie so laut in sein Handy, dass sogar die junge Mutter, die eigentlich nur Augen für das Kind an ihrer Brust hatte, ihm einen befremdeten Blick zuwarf. Und dass er aus Bayern kam, war auch unüberhörbar.

Extra schob sich näher heran. „Ach geh“, hörte er. „Ich weiß, was ist. Hör auf damit!“

Beziehungsprobleme? Redete der mit einer Frau oder einem Mann?

„Warum kannst du nicht ...“

Er brach ab. War der Akku leer? Der Magere griff nach der Flasche und verstaute sie mit zittriger Hand in der Tasche seines Anoraks. Das Handy glitt ihm aus der Hand und prallte aufs Pflaster. Mühsam bückte er sich. Der konnte sich ja kaum noch auf den Beinen halten.

Neben Extra sagte eine Frau pikiert: „Entschuldigen Sie bitte!“ Was wuselte dieser Mann denn auch mitten im Strandangebot herum. „Ich muss mal an die Luftmatratze!“

Extra trat zur Seite. Als er wieder zum Rondell hinüberschaute, war die Bank, wo eben noch der Magere gesessen hatte, leer. Er sah noch, dass er sich mit schlotterndem Hosenboden in Richtung Kirche aufgemacht hatte.

Hoppla! Extra schwang sich wieder aufs Rad. Zurück zur Klinik!

Er wollte an der Seeseite zurückfahren, deshalb bog er in die Heinrichstraße ein. Das Meer war doch das Schönste an der Insel! Was war das da drüben für ein merkwürdiges Gebäude, backsteinrot wie die alte Post, aber niedriger und mit Zinnen auf dem Dach? *Alt-Bayern*, eine Speisegaststätte. Auf einem Werbeständer vorm Eingang war, von blauweißen Rauten umrahmt, das Tagesangebot in großen Lettern zu lesen: Haxe mit Sauerkraut. Dazu bayerisches Bier.

Bayern. Wo sonst war ihm Bayrisches auf Norderney schon begegnet? Richtig, dieser Patient da eben, der kam von dort. Und die Silvia Inzinger auch. In Straubing hatte sie die Krankenpflege gelernt ... Diese Schlüsselgeschichte war ja übel, und auf jeden Fall hatte sie mehr als einen Liebhaber gehabt.

Er bog auf die Kaiserstraße ein. Zwischen Minigolfspielern und Strandkörben hindurch schob er das Rad über die Wiese, und dann auf die Promenade, den Seewind im Rücken – hoppla, das ging ab. Der Anblick des Meeres, das heute leichte Schaumkronen trug, ließ Extra für kurze Zeit seinen Auftrag vergessen.

Massage, Bestrahlen, Inhalieren, Wassergymnastik, Rückenschwimmen, alles wie am Fließband. Tjadens Haut blieb unbeeindruckt. Aber da war ja noch die „psychische Schiene“, zu der ihm Dr. Johannsen so eindringlich geraten hatte.

Im Behandlungszimmer des Diplompsychologen Siegmar Freund roch es nach kaltem Rauch. Er reichte Tjaden eine schlaffe Hand, die er sofort zurückzog, als scheute er den direkten körperlichen Kontakt mit seinen Patienten. Er war ein nicht sehr großer, schmaler Mann, mittelblond, mit unauffälligen Gesichtszügen, seine persönliche Note war einzig ein keineswegs üppig sprießender Schnurrbart. Im Aschenbecher auf seinem Schreibtisch häuften sich Zigarillostummel. Doch so unauffällig dieser Mann auch schien, eine Macke hatte er auf jeden Fall, das erkannte Tjaden auf den ersten Blick. Der hatte es mit teuren Schuhen. Das Paar, das er an diesem Nachmittag trug, war aus feinem hellbraunen Leder, das an der Spitze durchbrochen war. Die Absätze waren deutlich überhöht. *„Ruckedigu, Blut ist im Schuh!“*, ging es Tjaden durch den Kopf. Plötzlich waren ihm seine Plastiklatschen, mit denen er hier von Anwendung zu Anwendung schlurfte, peinlich. Er nahm sich vor, mal nachzuschlagen, was es bedeutete, von Schuhen zu träumen.

Kaum waren Tjadens Personalien erfragt, versiegte das Gespräch, ehe es begonnen hatte. Die Stille dehnte sich. Tjaden rutschte verkrampft auf seinem Stuhl herum, während der Psychologe aus dem Fenster schaute, hinaus auf den Strand Richtung Osten. War Ebbe, war Flut? Ganz unvermittelt sagte er: „Bitte legen Sie sich auf die Couch, vielleicht mögen Sie reden, wenn Sie entspannter sind.“ Der sollte sich erst mal selber entspannen! Tjaden schlurfte zur Liege hinüber. Am Fußende war das grünblaue Schottenmuster mit einer Plastikmatte abgedeckt. Er fand das irgendwie eklig. Die irritierenden Schuhe des Psychologen hatte er nun aus den Augen verloren, geblieben war die Stimme, ruhig und von professioneller Sanftheit: „Sie haben also Hautprobleme, Herr Tjaden. Was fällt Ihnen denn ein, wenn Sie das Wort *Haut* hören?"

„Haut den Lukas!", stieß Tjaden hervor.

Herr Freund räusperte sich. „Hmhm."

Minutenlang war es still, bis Herr Freund ein leichtes Hüsteln hören ließ. Der sollte weniger rauchen, dachte Tjaden.

„Denken Sie mal an die Haut als Teil Ihres Körpers, Herr Tjaden!" Klang das leicht vorwurfsvoll?

Tjaden stand seine Mutter vor Augen. Darüber würde sich Herr Freund bestimmt freuen, die Mutter war immer ergiebig, wenn einer auf der Couch lag.

„Meine Mutter hat immer zu mir gesagt, dass ich zu dünnhäutig bin", sagte er. *„Junge, du musst dir mal eine dickere Haut zulegen!"*

Herr Freund hüllte sich in Schweigen. Draußen schrie keine Möwe, kein Taxi schnurrte die Kaiserstraße entlang. Herrgott, was fiel ihm denn noch zu „Haut" ein? Dass er manchmal am liebsten aus der Haut fahren würde, wenn Kriminalrat Ebbo Geerken ihm immer wieder neue Akten auf den Schreibtisch packte, oder ...

„Sie hatte ihre Haut verdeckt", sagte er spontan. „Dick gepudert. Als ob sie etwas zu verbergen hatte."

„Sie? Wer? Ihre Mutter?"

„Die Stationsschwester. Die man tot im Pool gefunden hat."

„Suizid", sagte Freund. „Akute Depression wahrscheinlich."

Eine sehr professionelle Bemerkung war das nicht.

Wieder diese lähmende Stille.

„Woran denken Sie?", erkundigte sich Herr Freund endlich. „Wenn wir produktiv miteinander arbeiten wollen, müssen Sie mir schon mitteilen, was Ihnen durch den Kopf geht."

Tjadens rechter Daumen war ihm eingeschlafen. Immer wenn er auf dem Rücken lag, schlief ihm was ein. Immer.

„Mein rechter Daumen ist eingeschlafen", sagte er.

„Das sollten Sie doch eher Ihrem Masseur sagen", beschied ihm Herr Freund. „Mir scheint, Sie weichen dem therapeutischen Gespräch aus. Was Sie denken, was Sie fühlen, Herr Tjaden, wollen wir herausfinden."

Tjadens rechter Badelatschen war ihm vom Fuß gerutscht. Er spürte die eklige Plastikmatte unter dem nackten Hacken. „Ich kann Plastik an der Haut nicht ertragen", murmelte er.

„Dann gehen Sie zum Allergietest, Herr Kommissar."

Der Mann wollte Psychologe sein, Diplompsychologe? Tjaden hatte einmal bei Ermittlungen mit einem Heilpraktiker zu tun gehabt, der sich seinen Professorentitel in Ecuador besorgt hatte. Wenn er seinen Namen und Titel aufschrieb, musste er allerdings in Klammern immer *Ec.* hinzusetzen. Aber das waren Gedanken, die er dem Psychologen nun wirklich nicht offenbaren konnte.

„Ihre Haut, Herr Tjaden. Zurück zur Haut", mahnte die Stimme hinter seinem Kopf.

Nun gut, er würde es laufen lassen. Nun legte Tjaden los. „Die überpuderte Haut. Die Frau war stark geschminkt. Das war so was wie Kriegsbemalung, eine Maske. Die spielte eine Rolle. Und nicht ohne Grund. Das war kein Typ, der sich umbringt. Die hatte durchaus etwas Ruhiges, fast Phlegmatisches, die war kein Nervenbündel."

Jetzt war Herr Freund an der Reihe, doch der schwieg.

Erst nach einer Weile sagte er: „Ich verstehe das so, Herr Tjaden, dass Sie sich über sich selbst nicht äußern möchten."

„Offen gesagt, ich wüsste gern, was die polizeiliche Untersuchung ergeben hat. Die Todesursache muss doch inzwischen feststehen." Das konnte Tjaden sich nun nicht mehr verkneifen.

„Sie können schlecht abschalten, wie?" Jetzt klang die Stimme befriedigt. Herr Freund hatte es eben immer schon gewusst. „Sie sind hier nicht im Dienst, Herr Kriminalkommissar, Sie sind hier zur Kur!", mahnte er. „Wie soll Ihre Haut wieder in Ordnung kommen, wenn Sie das nicht begreifen? Die Haut ist der Spiegel der Seele!" Das klang salbungsvoll. Na endlich, die Seele. Hoffentlich war die Gesprächszeit bald um. Verstohlen schielte Tjaden auf seine Uhr.

„Sie dürfen sich nicht zum Sklaven der Uhr machen. Termine über Termine, von früh bis spät! Da muss sich Ihr Körper doch wehren."

Aha.

„Ich empfehle Ihnen Autogenes Training bei Frau Meiners. Das ist eine sensible junge Kollegin."

„Wenn das noch in meinen Terminplan passt", seufzte Tjaden und erhob sich. Der Mann am Kopfende der Liege hatte sich auch erhoben, seine Ledersohlen schabten quietschend über den Kunststoffboden. Tjaden sträubten sich ganz leicht die Haare.

„Ich stehe Ihnen gern zu weiteren Gesprächen zur Verfügung, wenn Sie bereit sind."

Kein Händedruck diesmal. Die beiden erlesenen braunen Schuhe verharrten ordentlich nebeneinander am Schreibtisch und rührten sich nicht. Als Tjaden gerade die Tür öffnen wollte, klopfte es forsch. „Bitte!", sagte Herr Freund.

Eine Frau im weißen Kittel, die dennoch grau wirkte, mausgrau. Ein Hauch von Kampfer umgab sie.

Wortlos ging sie an Tjaden vorbei. Die Nächste, bitte!

Das Kurprogramm für diesen Tag war abgespult – was nun? Tjaden machte sich auf den Weg zum Kurhaus, er wollte in den Lesesaal. Dort konnte man unter Kronleuchtern bequem auf Plüsch sitzen, alle Zeitungen des Landes hingen am Haken, sogar Lesezirkelmappen waren noch ausgelegt. Tjaden schätzte diese Atmosphäre. An diesem Ort waren die Lesehungrigen unter sich, es herrschte Stille.

Am Ausgang der Klinik standen seine Mitpatienten und rauchten. Der Platz neben den Glascontainern war übersät mit Kippen. Ihr armen Süchtigen, dachte er. Aber dann tauchte er in die pastellfarbene Menge der mittelalten Kurgäste der Nachsaison ein. Mit Stirnband und Anorak ausgerüstet trotzte man dem Seewind, der heute auf Windstärke 6 aufgefrischt hatte und von Südwesten kam. Auch die steinerne Möwe auf dem Klamottendenkmal stemmte sich mit weit ausgebreiteten Flügeln gegen den Wind. Ihr Vorgänger war eine Bronzebüste Kaiser Wilhelms des Ersten gewesen. Zu Beginn des Ersten Weltkriegs war sie eingeschmolzen worden. Möwen waren zeitlos und immer politisch korrekt. Nur noch Lokalkolorit, nichts mehr von nationalem Größenwahn. Eine Möwe ist eine Möwe ist eine Möwe.

In der Stadt war es wieder viel ruhiger als am Wochenende; die Kegelschwestern und Doppelkopfbrüder waren von ihren Jahresausflügen wieder nach Hause gefahren. Die Poststraße, wo sich sonst die Menschen drängten, sah beinahe so aus wie die Fußgängerzone von Wittmund. Nüchtern und normal.

Die Kastanie vor dem Inselhotel König, die Blätter an ihren Ästen waren schon braun und zerfleddert, wurde heftig vom Wind gezaust. Die weißen Plastikstühle vor dem Pavillon, wo sonst die Kurkapelle spielte, drängten sich aneinander, als ob sie frören. Kalt war es eigentlich nicht, aber doch schon etwas ungemütlich. Es wurde Herbst auf Norderney.

Spielbank stand auf einem Wegweiser vorm Kurhaus. Gab es die denn überhaupt noch auf Norderney? Wo war sie denn? Früher einmal, da war es ein gesellschaftliches Ereignis gewesen, im großen Kursaal im langen Abendkleid oder im Frack am Roulettetisch zu weilen und gebannt an den Lippen des Croupiers zu hängen. *Rouge ou noir? Rien ne va plus!* Mit zitternden Fingern hatte man die Chips über den grünen Tisch geschoben, hin und her, das Champagnerglas in der Hand. Tjaden kannte das allerdings auch nur aus Filmen.

Er konnte die Spielbank nicht finden, wohin war sie verbannt worden? Die Front des Kurhauses, wo unter der Uhr einmal in großen Lettern *Spielbank* geprangt hatte, schwieg sich darüber aus. Hoch oben auf dem Dach wehte die schwarz-rot-goldene Fahne mit dem springenden Niedersachsenpferd darin, irgendwie abgerutscht, hing sie fast auf halbmast. Ein schlechtes Omen?

Ach da! Zum Spielcasino führte nur noch ein unscheinbarer Seiteneingang, und davor waren etliche Fahrräder abgestellt. Per Fahrrad zum Roulette!

Plötzlich entdeckte Tjaden in seiner Nähe jemanden, den er kannte. Der strebte auf den Eingang des Casinos zu: Dr. Johannsen, sein Stationsarzt! Im Trenchcoat, den Kragen hochgeschlagen, verschwand er hinter der Tür zu dem Etablissement, das Tjaden nun auch unbedingt kennen lernen wollte. Wenn sogar sein Arzt zu den Gästen zählte! Er folgte ihm. Der Lesesaal lief ihm nicht davon. Ja, er war neugierig. Nein, er würde nicht selber zocken, natürlich wusste er, dass man dabei nur verlieren konnte. Ein Schild zur Warnung, ehe man wirklich eintreten durfte: *Nur für Erwachsene*. Irgendwie plüschig war's hier unten immer noch. Im Vorraum plätscherte Wasser, ein Pseudospringbrunnen mit Grünzeug sollte den Besucher wohl einstimmen. Dunkelblauer Teppichboden, Neonbeleuchtung, aber geraffte weiße Gardinen vor hohen Fenstern. Und sonst? Tjaden mochte seinen Augen kaum trauen. Automaten über Automaten, einer neben dem andren, Fruit Machines, Slot Machines, Jackpot und Poker und was es an einarmigen Banditen sonst noch gab, drängte sich auf engem Raum. Woanders hieß das *Spielothek* oder *Spielsalon* und galt nicht gerade als erste Adresse. Auch so ein erstklassiges Seebad wie Norderney musste wohl gewisse Zugeständnisse an den Massengeschmack machen. Früher einmal königliche Residenz ... Tjaden stellte sich den blinden König Georg vor, wie er mit Frack und Zylinder an den Fruit Machines herumfingerte.

Das Publikum bestand überwiegend aus Herrschaften im Rentenalter, aber auch ein paar junge Chinesen arbeiteten starren Blicks an den Automaten. Jeder hatte hier ein margarinefarbenes Plastikgefäß in der Hand, das wirklich ein ausrangierter Margarinebecher hätte sein können, wäre es nicht nett mit Blümchen verziert gewesen und hätte es nicht die Aufschrift getragen: *Oh, das iss alles meins!* Dieses *Alles* war meistens nicht gerade viel, der Inhalt der Becher nahm rapide ab.

Dr. Johannsen saß auf einem Hocker in einer Ecke, er war kaum zu sehen. Unablässig und wie in Trance fütterte er einen einarmigen Banditen, aber das rasselnde Staccato fallender Münzen blieb aus. „Aber Herr Doktor", hätte Tjaden ihn am liebsten ganz locker und ironisch von der Seite angesprochen, „Herr Doktor, Sie hier?!" Und dann rauchte der Kerl auch noch, als wäre es das letzte Mal unter der Guillotine. „Was sollen denn Ihre Patienten sagen, wenn die Sie hier so sehen? In der Klinik den Leuten Raucherentwöhnungskurse aufschwatzen, und sich selber, kaum aus dem Haus, voll das Gift reinziehen ... Da hilft Ihnen der hochgestellte Kragen auch nichts, Doktor, Sie sind entlarvt!" Hatte man es hier mit seinem anderen Ich, seiner dunklen Seite zu tun? War er ein Getriebener? Spielsüchtig vielleicht?

Nun mach mal halblang, sagte Tjaden zu sich selbst. Vielleicht braucht der nur mal das ganz andere. Wär' ja kein Wunder, wenn er sich in der Klinik zu Tode langweilt.

Im nächsten Augenblick warf er selber einem dieser Dinger Münze um Münze in den Rachen. Alle 50-Cent-Stücke, die er hastig aus seinem Portemonnaie herausfingerte, und dann die Euros noch dazu. Es passierte jedes Mal das Gleiche: Die Walzen des Automaten setzten sich in Bewegung – und standen schon Sekunden später wieder still. Die lächerlichen Bildchen passten überhaupt nicht zusammen. Ein Geldsack, ein Apfel und das Wort *Bar*. Flop! Das Geld war weg. Und noch ein Euro, auf ein Neues! Geldsack, Birne und ein undefinierbares Gebilde. Und das Geld war wieder weg. War das alles? Gab es denn nicht irgendeinen Hebel oder eine Taste, mit der man diese Walzen anhalten, also irgendwie eingreifen konnte? Musste den Spielern nicht wenigstens vorgegaukelt werden, dass es hier auch ein bisschen auf ihre Geschicklichkeit ankam? Entmündigt war man hier! Für dumm verkauft!

Und doch schob er wie unter Zwang Münzen nach. Er ging sogar zur Kasse und wechselte einen nagelneuen Fünfzig-Euro-Schein in lauter Geldstücke um. Verrückt! War das schon der Kurkoller? Mein Gott, wenn das Maria wüsste!

Plötzlich ratterte neben ihm einer der Kästen los. Es klingelte und prasselte und wollte gar nicht mehr aufhören. Nein, nicht bei Dr. Johannsen, der stierte weiter seinen Banditen an, er schien sogar – die Zigarette im Mundwinkel – gleich zwei auf einmal zu bedienen, nein, die Glückliche war eine grauhaarige Frau, die Tjaden immer Oma genannt hätte, wenn das nicht so unhöflich gewesen wäre. Sie kam ihm vage bekannt vor. Hatte sie nicht auch bei Gaby Mogena in der Schlange gesessen? Schaufelnd neigte sie sich dem Geprassel entgegen, ihr weißliches Stirnband war in der Eile verrutscht und ein paar gelbgraue Strähnen standen zu Berge, „Oh, das iss alles meins!“, mochte sie denken, als der stürzende Geldfall endlich stoppte. Jetzt nur nicht aufhören, jetzt wo sie die Glückssträhne hatte.

Tatsächlich, sie machte weiter.

Tjaden glaubte zu spüren, dass ihn jemand anstarrte. Er sah auf. Dr. Johannsen wandte sich ab.

So, nun war's aber genug. Tjaden suchte das Weite. Unter den Bäumen der Bülowallee atmete er tief durch. Wahnsinn!

Schlaftrunk

Tjaden lag im Bett und las einen Krimi von P. D. James. Auf Englisch. *Shroud for a nightingale.* Er wollte verhindern, dass sein Schulenglisch ganz verkam.

Der Krimi spielte in einer englischen Klinik mit angegliederter Schwesternschule. Die Schülerinnen hießen *nightingales*, nach Florence Nightingale, dem Vorbild aller englischen Krankenschwestern. Diese Silvia allerdings konnte er sich schwer als eine solche Nachtigall vorstellen. Bauchfrei und mit Nasensticker ...? Eine Schwesternschülerin im Krimi war schon bei einer Demonstration von künstlicher Ernährung per Magensonde ums Leben gebracht worden. Eine scheußliche Prozedur. Anstatt einer Ladung Milch hatte man ihr eine weiße Giftbrühe in den Magen gefüllt. Und jetzt hatte sich die nächste Schwesternschülerin gerade mit ihrem üblichen Schlaftrunk – Whisky mit Honig – ins Bett zurückgezogen, und der Leser ahnte, dass der Mörder schon vor der Tür wartete, um das Gift zu platzieren. Der Mörder kam um Mitternacht ... Tjadens Schlaftrunk war nur ein Glas Mineralwasser neben ihm auf dem Nachttisch. Nach einer Weile, er wusste schon nicht mehr, ob er noch las oder schon schlief, klopfte es. An seiner Tür, nicht im Buch. Da war jemand an seiner Tür! Tjaden spürte seinen Herzschlag. Es klopfte wieder.

„Wer ist denn da?"

Die Antwort war unverständlich.

„Also herein, wenn's denn sein muss!"

„Guten Abend!" Dr. Johannsen, der Stationsarzt, trat ein. „So, da wäre ich. Haben Sie schon geschlafen? Sie sind doch informiert?"

„Informiert? Worüber?"

„Wir hatten Sie doch benachrichtigt, dass Sie heute für das Schlaflabor verkabelt werden." Lächelte der Zocker etwa süffisant? „Sie stehen noch auf unserer Liste, Herr Tjaden. Wegen des Schnarchens. So was vergessen wir nicht!"

„Ich? Keine Ahnung."

„Ach, das tut mir Leid. Da hat es wohl ein Kommunikationsproblem gegeben."

Er stellte einen schwarzen Koffer neben Tjadens Schreibtisch ab. „Ich, äh, habe Sie übrigens heute Nacht schnarchen hören. Sie wissen ja, mein Zimmer ist gleich gegenüber, und da konnte ich nicht umhin ..."

Was fiel dem denn ein? Spionierte der etwa nachts in der Klinik herum? Noch nicht einmal schnarchen durfte man hier ungestört.

„Ich werde Sie also für heute Nacht verkabeln. Wir können dann erkennen, ob es bei Ihnen nachts zu einer Schlafapnoe – einem punktuellen Atem- und Herzstillstand – kommt."

„Das meinen Sie doch wohl nicht ernst?"

Mit solch einer Apnoe sei nicht zu spaßen, betonte Dr. Johannsen, während er den Schreibtischsessel ans Bett zog und darauf Platz nahm. Er klappte den schwarzen Koffer, in dem ein Messgerät steckte, auf, zog einen Draht heraus und befestigte ihn an Tjadens rechtem Zeigefinger.

„Ich denke, das stört Sie nicht beim Schlafen. Morgen früh können Sie das Ding abnehmen und den Koffer bei Schwester Silvia, äh, Schwester Nicole abgeben."

Bisschen zerstreut, der Mann. Der war wohl auf Schlafentzug. Tjaden fühlte sich an die Kette gelegt, blödes Gefühl. Was denn jetzt noch? Wo war eigentlich sein Schlaftrunk?

Dr. Johannsen war aufgestanden, wandte Tjaden den Rücken zu und sah aus dem Fenster. „Das gibt Sturm heute Nacht", sagte er. Warum ging dieser Kerl nicht endlich? Er verstaute etwas in seiner Kitteltasche. „Sagen Sie mal, wie ist denn eigentlich dieser Kritiker, dieser, äh, Bogatzki, zu Tode gekommen?", fragte er wie beiläufig.

„Zyankali", antwortete Tjaden knapp. „Beim Signieren seiner Bücher bei einer Lesung. Auf Langeoog."

„Na, dann gute Nacht, Herr Tjaden." Sein Ohrring blinkte. Der gestärkte Kittel raschelte.

Tjaden griff nach seinem Schlaftrunk. Das Glas kippte um. Verdammt, dieser blöde verkabelte Finger, richtig behindert war er damit. Das Wasser tropfte auf den Fußboden. War vielleicht besser so. Hatte es nicht merkwürdig trüb ausgesehen? Als wenn damit irgendwas nicht stimmte ...

Ich glaub, ich spinne, murmelte er. Er griff wieder nach seinem Buch, doch schon nach zwei Sätzen verstand er kein Wort mehr und knipste das Licht aus.

La Paloma ohé, einmal muss es vorbei sein!

8 Uhr 30: Inhalieren war angesagt. Tjaden hatte schlecht geschlafen mit diesem Messgerät am Finger und fühlte sich zerschlagen. Aber der Klinikdirektor erwartete, dass jeder

seine Pflicht tat. Tjaden reihte sich bei den Wartenden unten im Keller ein. Man saß sich im kahlen Gang gegenüber und starrte in die Luft. Gaby Mogena, die Unermüdliche, spulte schon wieder ihr Programm ab: „... Frau Hundgeburth, Frau Hebestreit, Herr Niederhuber, Herr Tukötter, Frau Brüggenthies-Burke, Herr Tjaden, Herr Freund!"

Nanu, hatte er richtig gehört? Tatsächlich, die edlen braunen Schuhe da drüben gehörten dem Hauspsychologen. Vielleicht hatte er Probleme mit den Stimmbändern – kein Wunder bei der Raucherei – und brauchte daher auch die heilenden Kräfte der Natur, die von Gaby Mogena, der patenten Blondine, verwaltet wurden. Oder war Siegmar Freund etwa ein Hypochonder, der all die Krankheiten, die ihm seine Patienten auf der Couch unterbreiteten, sogleich am eigenen Leibe spürte? Bloß gut, dass Tjaden ihn nicht schon eher bemerkt hatte. Die Vorstellung, mit dem Psychologen hier auf dem Flur zwangsweise in Blickkontakt zu geraten, war ihm entsetzlich. Zum Glück war der ihm ein paar Schritte voraus und schon behände im Inhalationsraum verschwunden, als Tjaden sich noch um den Tresen herumtasten musste, wo die Mogena und eine blasse, streng blickende Frau mit graumelierter Innenrolle – seit wann hatte Superfrau Gaby denn eine Assistentin? – das Geschehen überwachten. Die Grauhaarige hantierte im Hintergrund mit irgendwelchen Gerätschaften, während Frau Mogena, springlebendig und die Effizienz in Person, jedem Patienten sein eigenes Töpfchen mit dem lächerlich obszönen rosa Plastikfortsatz in die Hand drückte und ihn auf den Weg schickte. Man setzte sich, wo Platz war, und los ging's. Die Zeit lief! Einatmen, Ausatmen, Einatmen, Ausatmen, Ausspucken, auch das musste ab und zu sein, Einatmen, Ausatmen ... Im Hintergrund jodelte es, als wäre man im Musikantenstadel, na ja, warum nicht, wenn's der Entspannung diente, Einatmen, Ausatmen, Einatmen, Ausspucken, und jetzt Lieder von der Waterkant, *La Paloma ohé, einmal muss es vorbei sein ...*

Da röchelte einer! Und so penetrant, dass es sogar den rauen Sprechgesang des blonden Hans übertönte. Dann ein dumpfer Fall. Jemand schrie auf. Tjaden löste sich abrupt von seinem Plastikmundstück und drehte sich um. Nahe am Fenster lag eine Gestalt am Boden, gekrümmt, zuckend. Die Schuhe, exquisite Schuhe mit Lochmuster, klopften einen irren Takt.

„Siggi?! Was hast du?!", gellte es durch den Raum. Das war Gaby Mogena! „Los, los! Einen Arzt! Egal wer, schnell!"

Der Inhalationsraum war plötzlich ein Hexenkessel. Ein weißer Kittel stürzte herbei. Man löste den Schlips des Psychologen, öffnete ihm den Kragen, tastete nach der Schlagader, rollte ihn schließlich hinaus. Gaby Mogena wich nicht von seiner Seite.

Ratlos und in heller Aufregung blieben die Patienten zurück.

„Mein Gott, was alles passieren kann! Das war doch der Psychologe!", rief Frau Brüggenthies-Burke hysterisch, und Herr Tukötter sagte: „Das war's dann wohl."

Und nach einer Weile war Gaby Mogenas Reich leer und still.

Ein Kommissar kommt zu Potte

„Was ist denn nun davon zu halten?" Hauptkommissar Remmers sah ratlos aus dem Fenster zum Wasserturm hinüber. Hinterm Watt war das Festland zu ahnen. Norddeich, die Armee der Windräder und darüber viele dunkle Wolken. Der September gab sich trist.

„Wie geht's denn dem Mann?", fragte Extra.

„Sein Zustand soll stabil sein. Es war aber kritisch!" Remmers griff sich einen blauen Aktendeckel und schrieb in großen geraden Buchstaben *Freund, Siegmar, Dipl. Psych.* darauf. „Der Inhalierpott ist umgekippt, als der Mann zusammenbrach, der hat im Fallen den ganzen Kladderadatsch 'runtergerissen. Na, und irgendein Übereifriger hat auch sofort alles weggewischt. Deshalb können wir im Moment noch nichts sagen. Aber für das Zentrallabor dürfte das kein Problem sein. Auch wenn nur noch mikroskopische Spuren in dem Pott sein sollten."

„Meinen Sie denn wirklich, da war auch noch was drin, was da nicht reingehörte, Chef? Ich meine, außer Fichtennadel, Kampfer und dem ganzen Zeug?"

„Man hat schon Pferde kotzen sehen!"

„Wenn Sie da Recht haben, dann ist hier ja einiges los. Dann muss dieser Dippelpsüch Silvias Mörder gekannt haben. Oder können Sie sich ein anderes Motiv vorstellen? Wenn da was dran ist und er bleibt uns erhalten, dann müssen wir den aber mal gehörig auf die Couch legen."

Extras Augen leuchteten extra hell. Endlich ging hier was ab in dieser Klinik. Die Tote im Pool, schön und gut, aber mit der kamen sie nicht recht weiter, die Leute mauerten doch alle, niemand wollte irgendwas gewusst haben – jetzt aber, quasi vor ihren Augen, war endlich etwas passiert, und der Jagdeifer hatte ihn gepackt. Auf die Aussage des Psychologen konnte man jedenfalls gespannt sein.

Remmers dämpfte sofort seinen Enthusiasmus. „Schicken Sie mir erst mal diese Blonde rein, diese patente Walküre. Und da soll auch noch 'ne Zweite sein, die da unten arbeitet. Die will ich auch sehen. Und alle Patienten, die heute morgen dabei waren!" Remmers blickte auf seinen Zettel und las vor: „Frau Hundgeburth, Herr Tukötter, Herr Niederhuber, Herr Wichter, Frau Brüggenthies-Burke, Frau Hebestreit, Frau Buxbaum, Frau Müller-Fartmann, Herr Freund – ach nein, den müssen wir uns leider schenken –, aber der hier noch: Herr Tjaden!" Er stutzte. „Wie, der Tjaden war auch dabei? Ganz zufällig wieder am Tatort? Mein Gott, der soll sich mal zurückhalten. Der kommt einem ja auf Schritt und Tritt in die Quere!" Er schüttelte den Kopf, als könne er es überhaupt nicht fassen, ließ den Zettel auf den Wäschetisch fallen und blaffte: „Na egal, die will ich alle hier sehen, verstanden? Aber vorher holen Sie noch mal Kaffee, so früh am Morgen komme ich sonst überhaupt nicht zu Potte!"

Zu Potte? Extra grinste.

Aus Gaby Mogena war überhaupt nichts herauszubekommen, sie war total aufgelöst. Dr. Johannsen bescheinigte ihr auf der Stelle Arbeitsunfähigkeit. Schockzustand! Und natürlich sei sie auch nicht vernehmungsfähig und könne in diesem Zustand keinerlei gerichtsfeste Aussagen machen. Strikte Schonung sei angesagt. Das könne noch Wochen dauern, bis die wieder auf die Beine komme.

Anders sah es aus mit Ilona Peters, ihrer Assistentin. Der Frau im Hintergrund. Frau Peters war so unauffällig, dass man sie eigentlich immer übersehen musste. Ende vierzig, das Haar mausgrau, untersetzt, mit dunkel geränderter Brille. Frau Peters war mehr als bereit, alles zu sagen, was sie wusste, doch eigentlich wusste sie gar nichts. War diese Bereitschaft nur gespielt und sie hatte etwas zu verbergen, oder wusste sie wirklich nichts?

Nein, sie habe von der ganzen Sache nichts mitbekommen, da sie im Vorraum beschäftigt gewesen sei.

Womit?

Die Gefäße zu reinigen und neu zu füllen.

Womit?

Mit der üblichen Mischung. Fichtennadel, Kampfer und so weiter. Sie könne dem Kommissar gleich den Beipackzettel zu dem Medikament bringen, das sie dort benutzten. Schon ewig! Und noch nie sei etwas Ähnliches passiert. Seit neun Jahren arbeite sie in der Klinik, und seit sechs Jahren unten in der Inhalierabteilung. Ja, das Arbeitsklima sei gut, sie könne sich nicht beklagen.

Was denn jetzt ihre Aufgabe sei, nachdem Frau Mogena ausgefallen war?

Jetzt müsse sie natürlich Frau Mogena ersetzen, erklärte Frau Peters, und ein Funken blitzte in ihren Mäuseaugen auf. Hatte sie erreicht, wonach sie schon seit Jahren gestrebt hatte?

Herr Freund? Nein, Herrn Freund kenne sie nicht. Nicht näher, fügte sie rasch hinzu.

Also doch irgendwie, hakte Remmers nach.

Na ja, wie man sich hier an der Klinik eben kenne. Man treffe sich auf dem Flur oder ...

„Und privat niemals?", unterbrach er sie.

Natürlich nicht. Schließlich gab sie widerstrebend zu, sie habe ihn einmal konsultiert.

Und warum?

Das sei absolut privat, betonte die Mausgraue, das gehöre zu ihrer Intimsphäre und habe mit der ganzen Sache nichts zu tun. Und im übrigen finde sie es empörend, in welchem Stil sie hier verhört werde.

Remmers schlug sofort einen anderen Ton an. „Aber liebe Frau Peters, Sie dürfen das nicht überinterpretieren! Sie machen doch nur eine Zeugenaussage und werden in gar keiner Weise irgendwie verdächtigt."

Aber sein taktischer Schachzug blieb ohne Erfolg. Was Siegmar Freund betraf, war kein Wort mehr aus ihr herauszubringen. Remmers sah sie nachdenklich an, während die Peters demonstrativ auf ihre Armbanduhr schaute. „Kann ich jetzt gehen? Meine Patienten warten!"

„Ja das war's."

„Fenster auf!", stöhnte Remmers, als sich die Tür hinter der Frau geschlossen hatte. „Wie die nach Kampfer gestunken hat!"

Tjaden war noch lange nicht dran. Auf dem Gang vor der Wäschekammer saß er neben Franz-Josef Niederhuber, der ihm im Halbdunkel des Stationsflurs noch zerbrechlicher, noch schattenhafter vorkam als sonst bei den täglichen Mahlzeiten im Speisesaal.

„Wer schüttet denn jemandem Gift in den Inhalierpott? Das kann doch nur ein Verrückter tun!“, rief Frau Hebestreit aus, eine Mittfünfzigerin im grell pinkfarbenen Jogginganzug, der quer über der Brust den Aufdruck *ZICKE* trug.

„Nicht die Verrückten sind verrückt, sondern die Gesellschaft, die sie dazu macht“, murmelte Herr Niederhuber vor sich hin. Als Stationspfleger auf einer Geschlossenen kannte er sich offenbar aus.

„Das hätte doch jeden von uns treffen können!“, jammerte Frau Hebestreit. „Die Pötte wurden doch wahllos verteilt. Oder etwa nicht? Hier ist man ja seines Lebens nicht mehr sicher.“

„Wie kommen Sie denn darauf, dass das ein Mordanschlag war? Kreislaufkollaps - wie wär's denn damit?“ Herr Tukötter gab sich bodenständig nüchtern.

Aber Frau Hebestreit ließ sich nicht beruhigen. „Ich fahre sofort ab. Ich breche meine Kur ab. Auf der Stelle!“

„Ich kann das gar nicht“, sagte Herr Niederhuber bedrückt. „Ich brauche die Kur für meine Verrentung.“ Er zog seinen Laufzettel aus der Tasche und schaute ihn missmutig an. „Wer attestiert mir denn jetzt, dass ich heute inhaliert habe?“

Ganz schön zerknittert wirkte der Kollege aus Wittmund. Noch hatte die sauerstoffreiche Nordseeluft seinem Teint nicht aufhelfen können. Und dann kam er auch noch im Jogginganzug. Für Remmers war korrekte Kleidung wichtig. Er pflegte gut geschnittene Jacketts zu tragen, die nicht auf seinen Beruf schließen ließen. Für diesen Tag hatte er ein blauweiß gestreiftes Hemd samt dunkelblauem Seidenschlips gewählt. Es klang ein wenig herablassend, als er Tjaden fragte: „Na, Kollege, wie beurteilen Sie denn die Lage?"

Der sah ihm in die Augen. „Ich beneide Sie nicht", sagte er trocken.

„Haben Sie denn eine Theorie, Tjaden?"

„Ich bin kein Theoretiker, ich bin Polizist. 'ne Theorie, die was taugt, braucht erst mal Basisfakten."

„Keine Sorge, Herr Kollege, die Fakten kriegen wir. Warten Sie mal, bis wir die Analyse auf dem Tisch haben, was in dem Inhalationsbehälter war. Wir gehen natürlich jetzt schon davon aus, dass da was drin war, ansonsten war der Mann nämlich kerngesund. Aber wenn wir genau wissen, was es war, dann werden wir den Täterkreis schon mal eingrenzen, indem wir feststellen, wer hier in der Klinik oder auf der Insel Zugang hatte zu dem Zeug. Und natürlich werden wir alle Inselapotheken abchecken und die auf dem Festland. Und nicht zu vergessen die in den Heimatorten der verdächtigen Patienten."

„Was haben Sie denn schon an Fakten? Ist denn hundertprozentig klar, dass das Gift wirklich für Herrn Freund und niemand anders bestimmt war?"

„Nein, da gibt es noch andere Möglichkeiten", schaltete sich Extra ein. „Dieser Niederhuber zum Beispiel, der könnte auch gemeint gewesen sein. Der ist Pfleger in der Psychiatrie, war gerade eben hier. Der hat direkt neben dem Freund gesessen. Wissen Sie übrigens, wo der herkommt? Aus Straubing!"

„Ja und?"

„Tja, in Straubing hat die Tote, diese Silvia, ihre Schwesternausbildung gemacht, und der hat sie eine Zeitlang sogar unterrichtet."

„Dass er nun hier ist, kann reiner Zufall sein", sagte Tjaden. „Oder auch nicht."

„Der behauptet steif und fest, er habe sie gar nicht wiedererkannt. Das müssen wir erst mal so stehen lassen."

„Was für ein Motiv sollte jemand haben, diesen Niederhuber aus dem Weg zu räumen?", bemerkte Remmers. „Ist der vielleicht ein Sadist, und jemand wollte sich an ihm rächen?"

„Auch 'ne schöne Theorie, aber eben doch sehr theoretisch. Sie haben doch selbst gesehen, was das für'n Hänfling ist. Dem würde ich nicht mal zutrauen, jemandem die Zwangsjacke zuzubinden."

„Seelische Grausamkeit. Die gibt's doch auch. Dafür braucht man keine Körperkraft."

„Theoretisch nicht. Aber wie wär's denn mit folgender Überlegung? Wenn ich Sie richtig verstanden habe, hat der Niederhuber großen Wert darauf gelegt, mit dieser Silvia absolut nichts zu tun gehabt zu haben, sie nicht mal wiedererkannt zu haben. Nicht auszuschließen, dass das Gegenteil der Fall war und er sich gerade deshalb so gebärdet hat."

„Und worauf wollen Sie denn nun hinaus, Tjaden?"

„Na, dass, wenn er mit ihr Kontakt hatte, er vielleicht etwas wusste, das Silvias Mörder unter der Decke halten wollte. Mordversuch zur Verdeckung einer Straftat. Ist doch theoretisch möglich. Und nicht ganz ohne faktischen Hintergrund, oder?"

„Doll!", sagte Remmers.

„Und falls da wirklich jemand unterwegs ist, der Mitwisser ausschaltet, könnte es demnächst auch noch eine Leiche geben", gab Tjaden zu bedenken.. „Übrigens, ich saß auch ganz nahe an dem fraglichen Inhalierpott. Vielleicht sollte ich das Mordopfer sein. Haben Sie 'ne Ahnung, warum?"

„Sie wissen zuviel", bemerkte Remmers missmutig. „Das war schon auf der Polizeischule so. Ich erinnere mich gut, Herr Kollege. Alle Schulaufgaben immer hundertfuffzichprozentig gemacht. Übereifrig! Und nie abschalten können. Immer im Dienst, was? Ich wette, deshalb sind Sie auch hier."

„Das sagt mein Psychologe auch", grinste Tjaden. „Der heißt übrigens Freund. Interessant, was?"

Remmers musterte Tjadens schrundige Hände. „Ihre Haut ist zu dünn, die ist ja schon richtig durchgescheuert!" In seiner Stimme schwang Häme mit.

„Reden wir nicht von mir. Was ist denn mit der Mogena?"

Remmers zuckte die Achseln. „Die ist ein Nervenbündel, weil ihr das passiert ist. Auf ihrer Station! Für sie war das wie ein Anschlag auf sie selbst und ihren Lebenssinn. Seit über zehn Jahren herrscht sie da unten, ohne Fehl und Tadel – und dann so was!"

„Sie wissen, wie das Ganze da unten abläuft?"

Remmers nickte. „Die Gefäße werden von Frau Mogena gefüllt und auf die einzelnen Plätze verteilt. Wenn er fertig ist und geht, setzt jeder Patient seins auf ein Tablett nahe der Tür. Die Assistentin, eine Frau Peters, säubert sie, die Mogena füllt sie wieder, und weiter geht's."

„Also hätte doch auch die Assistentin die Möglichkeit gehabt, einen Pott zu manipulieren. Niederhuber, Freund und ich waren nämlich nicht gleich beim ersten Durchgang dran."

„Sehr klar, Herr Kollege. Aber wissen Sie, wer da unten alles Zugang hatte zum Tatort und eventuell an diese Gefäße herankommen konnte? Nicht nur Frau Mogena und diese Peters. Da unten ging's doch zu wie im Taubenschlag. Da konnte praktisch jeder hinterm Tresen auftauchen, einschließlich der Patienten. Frau Mogena soll eine sehr kommunikationsfreudige Person sein."

„Ich beneide Sie wirklich nicht, Remmers. Übrigens, was ich noch sagen wollte – feste Plätze gibt's da unten auch nicht. Man setzt sich hin, wo es einem gerade passt."

„Der Freund hatte den Fensterplatz, ist das richtig?"

„Nein, den hatte diesmal ich. Schöne Aussicht. Wenn man schon hier auf der Insel ist – dieses herrliche Panorama, der Nordstrand, die Dünen ..."

„Also die Peters", sagte Remmers ungeduldig, „die muss ich mir auf jeden Fall noch mal vorknöpfen. Die hat da unten jetzt das Sagen. Frau Mogena ist bis auf weiteres krank geschrieben."

„Frau Peters", sagte Tjaden. „Soso. Sie hat jedenfalls von der ganzen Sache profitiert. Da hätte sie doch ein Motiv gehabt. Vielleicht sollten Sie in dieser Richtung mal ermitteln, Herr Kollege."

Was dem einfiel, dachte Remmers. Immer von oben herab.

Tjaden verabschiedete sich, er müsse noch zum Autogenen Training.

„Na, das hat der aber auch nötig", sagte Remmers, als Tjaden gegangen war.

Bei mir tut sich gar nichts!

„Ganz locker lassen, locker!", kommandierte im oberen Saal, mit Blick auf die offene See, Mechthild Meiners ihre Schar. Frau Meiners war blond und rundum sympathisch, wirklich ganz süß, dachte Tjaden, der auf seiner roten Gummimatte auf dem Rücken ausgestreckt lag und ihrer Stimme lauschte, die sich anstrengte, monoton zu sein. Diese Mechthild war in Wirklichkeit bestimmt viel lebendiger, als sie es hier zeigen durfte. Hier musste sie eine Schlaftablette ersetzen: Mechthild statt Rohypnol. Nicht sehr schmeichelhaft, dafür segensreich. Wenn's denn klappte. „Mein rechter Arm wird schwer ... Mein rechtes Bein wird schwer ... Mein linkes Bein wird ganz, ganz schwer ..."

Neben ihm war es verdächtig still. Totenstill. War da etwa schon jemand eingeschlafen? Tjaden selbst war weit davon entfernt ... In seinem Kopf tauchten Bilder auf. Ein Frauenkörper, auf dem Wasser ausgestreckt, ein Fuß, der diesem Körper einen Tritt gibt ... „Mein rechtes Bein wird ganz schwer ..." Ein nackter Fuß mit starken, brutal wirkenden Zehennägeln. An diesem Fuß Birkenstocksandalen. Rotblonde Härchen sogar auf den Zehen.

„Bei mir tut sich nichts. Überhaupt nichts!", platzte eine Stimme in das meditative Schweigen. „So'n Killefitt! Ich kann dat überhaupt nich! Ich werd' immer nur noch fickriger!"

Frau Meiners musste zu dem Frustrierten gehen und seinen hilflosen Protest auffangen. Sie musste ja wissen, wie mit so etwas „umzugehen" war.

„Sie erwarten zuviel", teilte sie ihm halblaut mit. „Lassen Sie alles auf sich zukommen, machen Sie sich frei von Gedanken, lassen Sie einfach alles los!"

„Haut bei mir nich hin! Wie soll dat überhaupt funktionieren?"

Mechthild Meiners bemühte sich, den Ungläubigen wenigstens ruhig zu stellen. Der brachte ihr ja alles durcheinander. „Sie stören die anderen", wies sie ihn schließlich zurecht.

„Mir wird schlecht, wenn ich so auf dem Rücken liege!" Das war, ganz kläglich, Karla Buxbaum, ein auf rotem Gummi gestrandeter weiblicher Wal.

Auch bei Tjaden tat sich nichts mehr, es hatte keinen Sinn. Er setzte sich auf. Hinter der riesigen Fensterfront lag die See. Das Schiff, das er schon am ersten Tag gesehen hatte, ein Schiff mit schwarzem Bug, gelbem Schornstein und einem Rettungsboot in grellem Orange zog in Strandnähe an der Insel vorbei. Jetzt wendete es und fuhr wieder zurück.

„Wat issen dat für 'n Schiff?", erkundigte sich der Ungläubige.

„Nun seien Sie doch bitte still!", versuchte die Leiterin, den Frager abzufertigen.

Vermutlich wusste sie genau Bescheid. Aber die Patienten sollten nicht erfahren, was für ein Schiff das war. Es hätte sie vermutlich aufgeregt. Tjaden wusste es natürlich. Es war der Seebestatter, der von der Konjunktur profitierte. Eine saubere Lösung; ein Grab auf See braucht keine Pflege.

Ergeben legte Tjaden sich wieder zurück auf die rote Matte, die penetrant nach Gummi roch.

„Mein linkes Bein wird ganz schwer ..."

Jetzt zog das schwarze Schiff an seinem inneren Auge vorbei. Ein Geisterschiff. Niemand an Bord? Ein Totenschiff ... Diesmal klappte es. Sein Körper schien schwer durch salziges Wasser auf den Boden der Nordsee zu sinken.

Erst das Kommando „Aufwachen! Wir sind wieder da!", brachte ihn wieder nach oben und in die Wirklichkeit zurück.

Das Schiff war verschwunden.

„Ich frage mich, ob dieser Anschlag etwas mit dem Tod der Schwester zu tun hat. Da muss es doch einen Zusammenhang geben. Das kann doch wohl kein Zufall sein, dass in dieser Klinik so schnell hintereinander solche Dinge passieren!“

Maria hörte geduldig zu, was Tjaden ihr am Telefon erzählte. „Man denkt natürlich sofort“, meinte sie, „dass es da eine Verbindung gibt. Muss aber eigentlich nicht sein, oder? Vielleicht hat die Sache mit Silvia jemanden erst auf den Gedanken gebracht, selbst tätig zu werden? So ein – wie nennt ihr das – Trittbrettfahrer, so ein Anschlusstäter?“

„Nein, Trittbrettfahrer gibt es nur, wenn die Medien einen Fall richtig ausschlachten.“

„Ich seh' schon, ihr tappt noch ganz schön im Dunkeln.“

„Was heißt denn *ihr*? Dienstlich habe ich mit der Sache doch überhaupt nichts zu tun.“

„Pass bloß auf dich auf, Onno, so lange das Ganze nicht geklärt ist. Du hast doch genau daneben gesessen ... Aber jetzt hör mal – Onno junior will dich unbedingt sprechen. Der reißt mir schon ...“

„Papa?“, piepste es in Tjadens Ohr. „Papa iss?“ Fragewörter konnte sein Sohn noch nicht. Und noch einmal, dringlicher: „Pappa iss?“

„Papa ist auf Norderney“, antwortete sein Vater.

„Papa nei, Papa nei!“, juchzte es an seinem Ohr. Tjaden war gerührt.

Dann war Maria wieder dran.

„Alles nei macht Norderney“, sagte er. „Ich hoffe, der Papa kommt auch als neuer Mensch zurück.“

„Och, der alte Onno ist doch auch nicht so schlecht.“ Maria lachte. „Was macht die Haut?“

„Na ja. Geht so.“ Sofort fingen seine Hände an zu jucken.

„Du kannst aber auch überhaupt nicht abschalten!"

„Fang du nicht auch noch an. Was glaubst du, wie oft ich das hier schon gehört habe. Abschalten? Auf Knopfdruck? Ich bin doch keine Maschine! Du redest schon wie unser Stationsarzt. Dr. Christoph Johannsen. So 'n junger Schnösel mit Ohrring. Weißt du, woran man merkt, dass man alt wird? Wenn die Ärzte immer jünger werden!"

„Dr. Christoph Johannsen? Das kann doch wohl nicht wahr sein. Klingt exakt wie aus dem Arztroman. Habt ihr noch mehr solche Exemplare?"

„Meine Oberärztin heißt Dr. Wera Pustell, das klingt schon realistischer, oder?"

„Nomen est omen", triumphierte Maria. „Die kommt in meine Sammlung."

Da hatte sie schon einen Chirurgen Rohfleisch, einen Friseur Schupp und einen Versicherungsvertreter, der Karl Heinz Beule hieß. Alle echt, mitten aus dem Leben gegriffen.

Frau Dr. Pustell. Dass sie auf der Pickelranch landen würde, war ihr also schon in die Wiege gelegt worden. Oder hatte sie einen Herrn Pustell geheiratet?

„Du, ich muss unbedingt noch mal an die Luft und ans Wasser. Also, einen dicken Kuss. Und für den Junior natürlich auch."

„Down by the banks of the Ohio ..."

Musik schallte über die Promenade, *Folk*, von einer kräftigen, warmen Frauenstimme gesungen. Tjaden folgte den Klängen. *Music live* auf der Terrasse der Milchbar!

Die Sängerin – der irische Typ mit dunklen Locken, doch blassem Teint – begleitete sich selbst am Keyboard. Dicht gedrängt saßen die Urlauber und lauschten. Sanftes Sonnenlicht, dazu Softeis oder Rotwein, perfekt.

Tjaden besorgte sich am Tresen seinen Milchkaffee und schaute sich suchend um. Wo war noch ein Platz frei? Schließlich klemmte er sich neben ein älteres Paar auf eine Bank an der Hauswand.

I asked my love to take a walk, / to take a walk, just a little walk...

Die schwermütige Ballade kümmerte die Inselspatzen nicht, die emsig unter den Tischen herumhüpften und Kuchenkrümel aufpickten.

Jetzt erkannte Tjaden, wer ihm schräg gegenüber saß: die Ernährungsberaterin aus der Klinik, Beate Kunze. Den weißen Kittel hatte sie abgelegt, eine dunkle Sonnenbrille verbarg ihre Augen. Aus dem schmalen Glas vor ihr ragte ein Strohhalm. Sie klopfte mit dem Mittelfinger der rechten Hand den Takt. Auch die Vielbeschäftigte, Höchstmotivierte brauchte offenbar eine Atempause, auch bei ihr musste der Akku wieder aufgeladen werden.

Down beside where the waters flow, / down by the banks of the Ohio... Die warme Frauenstimme schwebte über die Zuhörer hinweg, hinaus aufs Meer. Nicht von der Nordsee sang diese Stimme, sondern von einem fremden amerikanischen Strom, Tausende von Kilometern entfernt, hinter dem Horizont. Sie sang von verschmähter Liebe, Eifersucht und Schmerz.

And only say that you'll be mine, / in no other's arms entwine, / down beside where the waters flow, / down by the banks of the Ohio...

Beate Kunzes Hände lagen jetzt unbewegt auf dem Tisch. Sie starrte in den Himmel, wo sehr hoch oben ein Düsenjet Richtung Osten zog. Seine Kondensspur zerfaserte im Wind.

She cried, Oh Willie, don't murder me, / I'm not prepared for eternity...

Und wieder der melancholisch getragene Refrain: *And only say that you'll be mine, / in no other's arms entwine...*

Der letzte Ton verhallte, man klatschte Beifall – die Sängerin hatte es verdient, tolle Stimme – und holte sich an der Bar, die ins Freie verlegt war, das nächste Glas. Der junge Ober mit der langen weißen Schürze vorm Bauch war umlagert. Rotwein, Weißwein, Bier, er kam kaum nach.

„Thank you", rief die Sängerin ins Mikro. „Danke schön!"

Schräg gegenüber von Tjaden war ein Platz frei geworden. Auf dem Tisch stand noch ein Glas Milch mit einem Strohhalm darin. Halb voll.

Ein Albtraum, der betroffen macht

Die Disco im *Pasadena* oder im *Strandkorb*, wohin es ganze Heerscharen seiner Mitpatienten zog, war nichts für Tjaden. Bei den heutigen Tänzen wusste er nie, wohin mit den Händen, und die nötigen Unterleibszuckungen gelangen ihm auch nur schlecht. Früher, bei der Tanzstunde in Esens, war das ganz anders gewesen. Er hatte nicht gewusst, wohin mit den Füßen. Die Schritte beherrschte er jetzt, und wenn er schon tanzte, dann wollte er seine Partnerin auch anfassen. Und führen! Wie er's gelernt hatte: Drei Schritte vor, einer zurück. Cha-cha-cha. Schoko-Schoko-la-de, Keks, Keks, Keks!

Die anderen Patienten aber vertauschten abends ihre Jogginganzüge mit Jeans, schmierten sich Gel ins Haar, nur der Nackenspoiler verzichtete darauf, die Locken sollten fliegen. So was von mega-out! Die Damen zwängten sich in scharfe Tops, die Absätze wuchsen in die Höhe, man zeigte Bauch, und dann ging es los. Zuerst aber noch eine Zigarette an den Glascontainern vor dem Klinikgelände. Da türmten sich die Kippen, ekelhaft!

Wenn seine Haut in Ordnung kommen sollte, musste er positiv denken! Das war's! Wie war doch die Seeluft so wunderbar erquickend! Umhüllte nicht das heilende Aerosol, salzig und frisch, seine Rachenmandeln und Stimmbänder und alles, worauf es ankam? Die Sonne war doch auch an diesem Morgen strahlend hinter Baltrum aufgegangen, und würde sie nicht heute Abend wieder ein Stück westlich von Juist in roter Glorie ins Meer tauchen?

Ja sicher, aber schon der Nordseedichter Heine hatte die Schwärmerei eines weiblichen Kurgasts angesichts dieses eigentlich doch banalen Vorgangs so kommentiert: Mein *Fräulein, sei'n Sie munter! / Das ist ein altes Stück; / Hier vorne geht sie unter / Und kehrt von hinten zurück.* Kein Grund, sich emotional zu verausgaben. Aber munter sein, das wollte Tjaden nun. Schließlich ging es um den Kurerfolg.

Ins Theater! Das war die Lösung. Immerhin war Norderney die einzige Ostfriesische Insel, die ihr eigenes Theater besaß, ganz im Stil einer königlichen Residenz. Doch selbst wenn es Georg V. von Hannover vergönnt gewesen wäre, die Einweihung noch mitzuerleben, hätte er sich doch nur akustisch unterhalten lassen können. Keine Show mehr für ihn und auch keine dramatischen Sonnenuntergänge. Wer hatte nur die Idee gehabt, dem Blinden zu Ehren ausgerechnet den Aussichtspunkt auf der Düne an der Kaiserstraße *Georgshöhe* zu nennen?

Die Wilhelmshavener Landesbühne würde ein Gastspiel geben; Shakespeares *Sommernachtstraum* stand auf dem Programm. Karla Buxbaum hatte Tjaden zum Kartenkauf begleitet. Das Theater sei eine ihrer großen Lieben, gestand sie, und kalorienfrei sei es ja auch. Tjaden hatte dröge bemerkt, das habe die Liebe so an sich. Nur die unerwiderte Liebe könne kalorienträchtig sein.

Sofort hatte er sich geniert. War er jetzt zu weit gegangen?

Leider war die Aufführung schon fast ausverkauft, nur noch im 2. Rang waren Karten zu haben.

„Da oben?" Frau Buxbaum schüttelte sich entsetzt. „Nee, kommt nicht in Frage! Ich hab' Höhenangst. Parkett oder gar nicht!"

Jetzt hatte er sie wohl doch verärgert. Schade. Allein im Theater, das war öde. Mit wem sollte man in der Pause flanieren und sich über das Gebotene austauschen, mit wem so richtig ablästern? „Kommt nicht in Frage", wiederholte Frau Buxbaum störrisch. „Das ist mir viel zu hoch!"

Der 2. Rang war wirklich schwindelerregend, und außerdem war es da oben eng. Nichts für Klaustrophobe mit Höhenangst. Aber sein roter Plüschsessel war herrlich weich. Tjaden beugte sich vor, um die Aussicht zu genießen. Roter Plüsch, weißer Stuck und Gold. *Das* war für ihn Theater.

Erwartungsvolles Summen, kein einziger freier Platz mehr. Gerade wollte sich Tjaden entspannt zurücklehnen, als er stutzte. Da unten, war das nicht ein bekanntes Gesicht? Er griff nach seinem Taschenfernglas, das er immer bei sich trug. Zwei bekannte Gesichter: Dr. Christoph Johannsen - der schon wieder - und neben ihm die Oberärztin Dr. Pustell. Sie saßen ganz vorn in der zweiten Reihe, dicht nebeneinander. Frau Doktor, in festlichem Schwarz, zeigte einen sanften weißen Brustansatz, während ihr junger Kollege ein dunkles Jackett trug, dazu ein rosafarbenes Hemd und einen rot-schwarz gemusterten Schlips.

Die beiden schien mehr zu verbinden als nur Krankenakten und das Wissen um die menschliche Haut. Seine Hand hielt ihren nackten Ellenbogen. Der Arzt musste einige Jahre jünger sein als seine Kollegin. Gehörte er zu den Männern, die gern zu Frauen aufschauten, oder zu denen, welche die Bedürfnisse reiferer Jahrgänge auszunutzen verstanden? Abgeneigt war sie ihm offenbar nicht. Gerade flüsterte sie ihm etwas ins Ohr.

Das Licht ging aus, und der schwere rote Vorhang teilte sich. Was Tjaden zu sehen bekam, war nicht, was er erwartet hatte. Offenbar eine sehr eigenwillige Inszenierung. Der ganz andere Sommernachtstraum! Wahrscheinlich bestürzend aktuell. Die Schauspieler agierten auf schräg gestellten, kahlen Ebenen, die je nachdem den Zauberwald bei Athen, den Hof des Theseus oder die Weltkugel darstellten. Geliebt, geschlafen und geträumt wurde ganz unten, auf der tiefsten Ebene. Die da unten entzogen sich Tjadens Blicken. Nur Pumphosen mit Rüschen und Schnallenschuhe ragten unter den Aufbauten hervor. Das hätte man hinterher diskutieren müssen, diesen augenfälligen Kontrast zwischen moderner Abstraktion und historischen Kostümen. Wirklich schade, dass die Buxbaum nicht dabei war. Und Puck war hier kein zeitloser Bruder Leichtfuß, sondern eher dämonisch angelegt. Er trug die schwarze Lederkluft eines Rockers und sprang mit Neonazistiefeln auf und ab, dass die Bretter ächzten.

Als es zur Pause klingelte, strömte alles nach draußen in die frische Abendluft. Man bewunderte den halben Mond, das Sektglas in der Hand. Dr. Johannsen legte seiner Dame eine weiße Stola um die Schultern und geleitete sie hinüber zum Heine-Denkmal. Tjaden folgte unauffällig, aus reiner Neugier.

Harry Heine wirkte extrem kopflastig und schmalhüftig, wie ein Mann fast ganz ohne Unterleib, dafür waren Schulterpartie und Profil stark ausgebildet. In der Hand hielt er ein kleines Buch, sein *Buch der Lieder*?

„Gefällt's dir?", fragte Dr. Johannsen. Jedenfalls war man schon per Du.

„Sehr!", hauchte die Pustell. Und dann entschieden: „Man kann ja vom Breker halten, was man will, aber als Bildhauer war er schon irgendwie großartig!" Sie hielt noch Abstand von ihrem Begleiter. Dr. Johannsen rückte näher und legte den Arm um sie: „Ich meinte eigentlich diesen Abend."

„Ich liebe das Meer wie meine Seele", las sie laut vom Sockel des Denkmals ab.

Das schien ihn zu ermutigen, mit den Lippen ihre Wange zu berühren. Ein zarter Kuss für eine Seelenfreundin? Jedenfalls schien er entwicklungsfähig. Wenn auch nicht hier, unter Heines starrem Bronzeblick.

Das Ende des Spektakels hatte es in sich. Tjaden wusste, dass nach allerlei Verstörung und Zauberei sich bei Shakespeare vier glückliche Paare präsentierten, in einer harmonischen Hochzeitsfeier vereint. Doch hier fehlte ein Paar! Dafür schwenkte Puck, der Lederrocker, abgeschlagene Köpfe, aus denen tote Augen starrten. Blutige Halsstümpfe unterm Zottelhaar. Vielleicht doch gut, dass die Buxbaum nicht mitgekommen war. Aber mit dem Regisseur hätte Tjaden gern darüber geredet. Immerhin begriff er jetzt, warum im Programmheft stand: *„Ein Albtraum, der betroffen macht."*

Und tschüss!

„Herrgott, ist denn die Analyse von dem Inhalierpott immer noch nicht da?" Remmers blätterte hektisch in den Papieren, die sich auf dem Bügelbrett stapelten. Der Wäschetisch reichte schon nicht mehr aus. „Ohne die kommen wir nicht weiter."

„Ist gerade eingetrudelt." Extra reichte ihm ein Blatt. „Ergebnis gleich null. Keine Spur von irgendeiner Substanz, die nicht in den Pott reingehört hätte."

Dann war dieser Typ entweder ein Hysteriker – immerhin war er Psychologe – oder hochallergisch gegen das Zeug, das sie normalerweise in die Pötte tun. Also weder ein Anschlag, noch menschliches Versagen. Alles total normal.

Extra gähnte. Mein Gott, wogegen man alles allergisch sein konnte! Und mit welchen Folgen! Er habe mal von einer Frau gehört, die auf ihren Mann allergisch reagierte. Immer wenn er ihr nahe kam, kriegte sie Ausschlag. Die mussten sich glatt scheiden lassen.

„Es reicht, Extra. Legen Sie die Akte Freund erst mal weg."

Missmutig starrte er auf die gestapelten Toilettenrollen zu seiner Rechten, die Pappcontainer mit Waschpulver zur Linken. Der Wasserturm kam ihm heute besonders grau vor, grau und seelenlos. Über dem Festland hing eine Wolkendecke, und auch der Himmel über der Insel war nicht viel heller. Also zurück zu Silvia Inzinger. Dutzende von Mitarbeitern der Klinik waren bereits verhört worden - ohne Ergebnis. Ja, Schwester Silvia war recht flott gewesen, aber Genaues über ihre Männerbekanntschaften wollte keiner gewusst haben. Ja, es konnte schon sein, dass Schwestern und andere Klinikmitarbeiter nachts am Pool Party gemacht hatten, aber man selber war natürlich nie dabei gewesen. Ob aber nun tatsächlich in jener Nacht jemand bei Silvia war und wer das gewesen sein könnte - keine Ahnung. Die Letzte, die sie lebend gesehen hatte, war ihre Zimmernachbarin Ilona Peters. Kurz nach neun Uhr war das gewesen. Aber für die Zeit danach hatte die Frau ein unantastbares Alibi, denn sie hatte die Nacht bei ihrer Freundin in einem Hotel in der Bismarckstraße verbracht.

„Der Kaffee taugt hier auch nichts", mäkelte Remmers. Er schlug mit der flachen Hand auf den Aktenstapel vor sich. „Einer hat sie gewaltsam ins Wasser befördert! Aber wer?"

„Wie wär's mit einem Gemüsecocktail? Den gibt's unten an der Saftbar. Für alle, die abnehmen wollen."

„Haben Sie mich vorhin nicht verstanden, Extra? Es reicht!" Remmers schaute an sich herunter, wo sich tatsächlich mehr wölbte, als ihm lieb war.

„Sorry, Chef", wiegelte Extra ab. Das fehlte ihm gerade noch, dass sein Chef jetzt auch noch einen Koller kriegte. Er war ohnehin schon schwer zu ertragen, wenn es nicht so lief, wie er sich das vorstellte. Da half dann kein Seeklima und keine Brandung.

Remmers blätterte zum x-ten Male die Akten durch. Was war das, was die Norderneyer Kollegen im Papierkorb gefunden hatten? Papierfetzen, irgendein zerrissenes Geschreibsel.

So mache ich nicht noch bereuen dass du weiter

Womit wollte sie nicht weitermachen? War das ein Abschiedsbrief – oder eine Drohung? Die Handschrift sah aus wie die von Silvia Inzinger, das hatten die Kollegen noch ermittelt, aber auch das wäre zu überprüfen. Was war noch im Papierkorb gewesen? Eine Rotweinflasche und eine Wodkaflasche, beide leer – genug für eine Alkoholvergiftung, wenn man nicht gerade Alkoholiker war. Zum Einschlafen hätte es allemal gereicht, wozu brauchte sie dann noch Rohypnol? Wenn sie's denn freiwillig genommen hatte. Essensreste in der Küche? Keine. Ein benutztes Glas stand noch auf dem Wohnzimmertisch, alles übrige Geschirr befand sich sauber gespült im Schrank. Die Tote hatte tatsächlich nach Ibiza fahren wollen, die Reiseunterlagen hatte man sichergestellt. Und dann füllt sie sich mit Rotwein, Schnaps und Tabletten ab und geht ins Wasser? Unwahrscheinlich, doch nicht unmöglich. Aber die Griffspuren an den Oberarmen und der Schlag in die Nierengegend! Es blieb ihm nichts anderes übrig, er musste stur und systematisch weitermachen. Alle Namen auf Extras Liste mussten abgearbeitet werden. Wo waren die Herrschaften alle zur Tatzeit gewesen? Was hatten die denn eigentlich so getrieben an jenem Donnerstagabend?

Der nächste auf der Liste war Edo Rass, der Bademeister und Masseur. Schon Dr. Johannsen hatte ihn ins Spiel gebracht, was auch ein Ablenkungsmanöver gewesen sein konnte.

Remmers griff nach dem Telefon. Fehlanzeige. Edo Rass war nicht in der Klinik, er hatte seinen freien Tag. Remmers riss an dem Fensterhebel. „Großer Gott", seufzte er. Das Fenster ließ sich nicht öffnen, nur kippen. Er musste hier raus. Er würde den Mann zu Hause befragen, in seiner ureigenen Umgebung. Zeige mir, wie du wohnst, und ich sage dir, wer du bist!

Dem *Haus Theda* in der Luisenstraße war die übliche verglaste Veranda vorgebaut. Hier frühstückten die Pensionsgäste. Die neben der Tür angebrachte Hausmarke der Familie - das individuelle Erkennungszeichen eines Ur-Norderneyers, mit dem er auch Schriftstücke signierte - war einer Kogge nachempfunden. Ob dieser Rass von Seeräubern abstammte? Remmers dachte an Störtebeker. Wie trinkfest war der Rass? Die Pension, vermutlich sein Elternhaus, lag ganz zentral, hinter der *Welle*, dem Wellenbad.

Remmers klingelte. Eine Frau in weißer Kittelschürze, das Haar sorgfältig gelegt, öffnete. Eingerahmt war sie von zwei großen Trockensträußen in Bodenvasen. Eine Plastikgans mit quittegelbem Schnabel hockte daneben und glotzte ihn feindlich an.

„Guten Morgen. Ich bin Hauptkommissar Remmers von der Kriminalpolizei Norden." Er zückte seinen Ausweis. „Könnte ich Herrn Edo Rass sprechen?"

Die Frau rief nach oben: „Edo, Besuch für dich!"

Es dauerte eine Weile, bis der Bademeister die Treppe herunterkam. Er trug Schlappen und ausgebeulte Jogginghosen und blinzelte Remmers an, als hätte der ihn gerade aus dem Schlaf geholt. „Kommen Sie hoch", sagte er mürrisch. „Ich wohne oben."

Der Flur war spärlich erleuchtet. Irgendwo schien ein Fernseher auf Hochtouren zu laufen. Ein Kind schrie. Remmers musste eine steile schmale Treppe nach oben steigen, Rass ging ihm voraus. Halsbrecherisch, diese Stiege. Rauf ging's ja noch, aber runter? Um sich in so einem Inselhäuschen eines unliebsamen Zeitgenossen zu entledigen, reichte ein leichter Schubs. Halswirbelbruch. Unglücklich gestürzt. Wer weiß, wie viele arglose Badeärzte auf dem Totenschein schon einen Unfall mit Todesfolge attestiert hatten? Ach Quatsch, doch nicht auf Norderney!

Edo Rass öffnete ihm die Tür zu seinem Reich: ein Mini-Apartment mit Blick auf das Wellenbad. Vermutlich war er deshalb Bademeister geworden. Rass nahm in einem Minisessel Platz. War das nun Retrolook oder ein echter Cocktailsessel aus den fünfziger Jahren? Fehlte nur noch der Nierentisch.

Auf dem Bildschirm eines riesigen Fernsehers, der in einer Ecke thronte, fand gerade eine Autojagd statt. Mit quietschenden Bremsen bog ein amerikanischer Schlitten um die Ecke, das nächste Auto klebte ihm hautnah am hinteren Kotflügel. Scheinwerfer zuckten durch die Nacht. Jetzt verlöschte das Bild schlagartig, Rass knallte die Fernbedienung auf den Tisch. „Also, was gibt's?"

„Gehört das Haus Ihrer Mutter?"

„Ja, und?"

„Und Sie haben wo Ihre Ausbildung gemacht?"

„Können Sie mir mal erklären, was das hier soll?"

„Herr Rass, das ist strenge Routine, das fragen wir jeden. Und schon aus ermittlungstaktischen Gründen werde ich Ihnen nicht erklären, warum ich Sie was frage. Sie sind gehalten, mir wahrheitsgemäß zu antworten, ist das klar? Also noch mal: Wo haben Sie Ihre Ausbildung gemacht?"

Rass wies mit dem Kopf zum Fenster. „Da drüben in der *Welle*. Und dann noch die Zusatzausbildung zum Physiotherapeuten in der Kurklinik. Eigentlich wollte ich nach Bad Nauheim oder wenigstens nach Bad Salzschlirf, aber meine Mutter war dagegen."

„So Herr Rass, nun ein paar Fragen an Sie, Schwester Silvia betreffend. Ihre Kollegin. Es liegen Aussagen vor, dass der Pool noch abends oder sogar nachts benutzt wurde. Was übrigens streng verboten war. Waren das nur Mitarbeiter der Klinik oder auch Patienten?"

Rass bewegte sich unruhig auf seinem Cocktailsessel, viel Spielraum hatte er nicht. „Ja, schon", sagte er endlich. „Das kam schon mal vor. Aber Patienten waren nicht dabei. Wenn das der Pötting erfährt, bin ich meinen Job los!"

„Ich will mal nicht von Orgien sprechen, Herr Rass", Remmers fixierte ihn streng, „aber da ging es hoch her, oder etwa nicht? Haben Sie das auch gewusst?"

„Nein, so direkt nicht."

„Was heißt das denn: So direkt nicht. Sie wollen mir doch nicht weismachen, Sie wären selber nie mit dabei gewesen! Also, wie oft haben Sie mitgemacht?"

„Ein- oder zweimal", murmelte Rass.

„Oder auch öfter, was? Tagsüber der strenge Bademeister, und nachts gehen Sie über Tisch und Bänke! Wer waren die Frauen?"

„Herrgott, das waren keine Orgien! Nicht mehrere Frauen auf einmal! Da hätte der Hausmeister nicht mitgespielt, der hat doch den Pool jederzeit im Blick. Aber wenn man so gefeiert hat, so zu zweit, meine ich, dann ..."

„Dann ist es natürlich auch zu Geschlechtsverkehr gekommen! Im Nebenraum, auf den Massageliegen, bietet sich ja an, was? Und schließlich eine nette kleine Abkühlung und Spielchen im Pool. High Life, was?"

Rass nickte verlegen. Remmers hatte ihm die Luft rausgelassen. Komischer Kerl, dieser Edo. Sah aus wie Störtebekers Urenkel und wohnte im Hotel Mama.

Es klopfte, Mama stand draußen. „Kann ich Ihnen etwas anbieten, Herr Kommissar? Eine Tasse Tee vielleicht?"

Aha. Frau Theda passte genau auf, die hatte alles mitbekommen. Remmers lehnte höflich ab. Frau Theda zog sich mit beleidigter Miene zurück. Wahrscheinlich lauschte sie hinter der Tür. Kaum war die Tür wieder ins Schloss gefallen, fragte Remmers den geschrumpften Hünen: „Und mit Schwester Silvia haben Sie auch mal, Herr Rass?"

Rass zuckte zusammen und tastete nach seiner Packung Marlboro, fingerte hilflos daran herum, und es dauerte eine Weile, bis er sich eine herausgeklaubt und zwischen die Lippen geschoben hatte. Aber das Feuerzeug wollte nicht anspringen, Remmers gab ihm großzügig Feuer, Edo inhalierte tief.

„Wir kannten uns", sagte er schließlich.

„Sie meinen, Sie kannten sich intim!"

Edo Rass schwieg beharrlich, schließlich stand Mama hinter der Tür.

„Na, das ist auch eine Antwort!" Remmers straffte sich in seinem Sesselchen. „Herr Rass! Wie lange ging das Verhältnis mit der Toten?"

Der Mann starrte ihn an. „Was heißt Verhältnis? Ich hab' gedacht, wir lieben uns! Aber die war ja so berechnend", stieß er hervor.

„Und im Pool waren Sie auch mit ihr!"

Plötzlich stand die Mutter wieder im Zimmer. „Sag nichts, Edo!", rief sie schrill. „Der darf dich gar nicht verhören, nicht so! Sag nichts ohne Anwalt, kein Wort! Ich ruf' gleich den Dr. Röttger in Norden an, bevor der nicht da ist, sagst du gar nichts mehr!"

„Dies ist kein Verhör, technisch gesehen jedenfalls nicht. Wenn Ihr Sohn natürlich einen Anwalt wünscht – bitte sehr, das ist sein gutes Recht. Dann wird's aber amtlich. Und dann muss unser Gespräch mindestens auf der Polizeiwache stattfinden. Mit Protokoll und allem, was sonst noch dazugehört. Das macht mehr Aufsehen, als wenn ich mich hier mal ein bisschen mit ihm unterhalte. Wenn's das ist, was Sie beunruhigt. Aber ich bin sowieso fürs Erste fertig." Remmers erhob sich.

„Ich – ich kann Ihnen alles sagen“, stammelte Rass. „Wie das war, mit Silvia und mir.“

„Edo!“, schrie die Mutter. Schwer zu sagen, worüber sie entsetzter war: dass ihr Sohn etwas mit *so einer* gehabt hatte oder dass er es zugab.

„Leider war ich nicht der Einzige.“

„Was soll das heißen? Wen meinen Sie? Namen, bitte!“

„Na ja, also die Namen – so genau weiß ich das auch nicht.“

„Ich will die Namen!“

Aber Rass blieb verstockt.

„Herr Rass, wo waren Sie am Donnerstagabend beziehungsweise in der Nacht von Donnerstag auf Freitag?“ Remmers fragte das sehr ruhig, beängstigend ruhig.

„Hier war er, hier bei uns!“, rief seine Mutter. „Wo denn sonst? Er hatte doch Feierabend!“

„Das wollte ich eigentlich von Ihrem Sohn hören, Frau Rass.“

Der Mann stieß die erst halb gerauchte Zigarette mit solchem Druck in den winzigen Aschenbecher, dass das gläserne Ding über den Tisch rutschte, und presste zwischen den Zähnen hervor: „Ja, das stimmt. Ich war hier.“

Remmers machte einen Schritt zur Tür. „Also, wenn das wirklich stimmt, dann sind Sie ja fürs Erste aus dem Schneider. Mit der Aussage von Familienmitgliedern vor Gericht ist das allerdings so eine Sache“, sagte er. „Kann sonst noch jemand bezeugen, dass Sie den ganzen Abend hier waren? Ein Pensionsgast vielleicht?“

Rass schüttelte den Kopf. „Um die Gäste kümmere ich mich nicht. Ich hab' mein eigenes Apartment hier oben. Mit Küchenblock und allem. Ich koche nämlich gern. Nicht, Mama? Das schmeckt doch, was ich koche?“

„Ja, mein Junge.“

Ihr Junge starrte nach draußen zur *Welle* hinüber. Dieser Schnüffler sollte endlich weggehen! „Ich war den ganzen

Abend hier und hab' ferngesehen. Dann bin ich ins Bett."

„Und was lief im Fernsehen?", fragte Remmers prompt.

„Das weiß ich echt nicht mehr."

„Wie, das wissen Sie nicht mehr?" Remmers tat so, als könnte er das überhaupt nicht begreifen.

Die Mutter schaltete sich wieder ein. „Können *Sie* mir denn sagen, was Sie vor vier, fünf Tagen zu Mittag gegessen haben? Das können Sie nicht? Na bitte!"

Die Türklinke schon in der Hand, sagte Remmers: „Wie auch immer, Sie halten sich zu unserer Verfügung. Also bitte keine plötzliche Urlaubsreise in die DomRep oder nach Ibiza oder sonst wohin!"

Hatte es bei dem Wort *Ibiza* in Edos Gesicht gezuckt?

„Und wenn Ihnen etwas einfällt, was Sie der Polizei mitteilen möchten – Sie wissen ja, wo Sie mich erreichen."

Schritt für Schritt tastete sich Remmers die steile Treppe nach unten, Rass kam ihm nach. Verdammt gefährlich, dachte Remmers. Dass das baupolizeilich erlaubt war!

„Und tschüss!", rief Edos Mutter, ehe die Haustür ins Schloss fiel.

Wo man singt, da lass dich ruhig nieder ...

„Frau Kunze wartet schon", sagte Extra, als Remmers wieder in der Klinik eintraf.

„Ach, die Oecotropodingsda!"

Extra grinste. „So Chef, jetzt sprechen Sie mir mal ganz langsam nach: Oe-co-tro-pho-lo-gin!"

„Nun werden Sie mal nicht frech, Extra! Ich muss die ja auch nicht mit allen Orden und Ehrenzeichen anreden. Frau

Kunze, das reicht doch. Was ist das überhaupt – ist die 'ne Diätköchin oder was?"

„Das ist eine Ernährungsexpertin, von der können Sie sich auch mal beraten lassen."

Remmers sah an sich herunter und brummte: „Ich hab' doch gesagt, Sie sollen nicht frech werden! Also, soll reinkommen!"

Beate Kunze – blendend weißer, gestärkter Kittel, weiße Hosen, weiße Birkenstöcker – musterte Remmers sehr kühl. Ihr Gesicht war perfekt geschminkt. Bisschen maskenhaft, die Dame, dachte Remmers. Sehr herb, aber er fand sie keineswegs unattraktiv, obwohl sie für seinen Geschmack ein bisschen zu flachbrüstig war. Da wogte gar nichts.

Wenn sie ihrerseits etwas registrierte, was seine Figur betraf, so ließ sie sich das jedenfalls nicht anmerken.

„Sie kannten Silvia Inzinger, Frau Kunze. Davon gehe ich aus."

„Natürlich kannte ich sie", antwortete sie ruhig. „Wir waren Kollegen hier an der Klinik. Sie ist – sie war Krankenschwester, ich arbeite als Oecotrophologin." Wunderbar glatt ging ihr das von den Lippen.

„Und wo wohnen Sie?"

„Im Personaltrakt der Klinik."

„Also da, wo auch Schwester Silvia gewohnt hat?"

„Ich wohne im ersten Stock. Frau Inzinger hatte ihr Apartment im Erdgeschoss."

Die Frau wirkte absolut vernünftig. Da sie nichts zu verbergen hatte – gab sie Remmers zu verstehen –, konnte sie es sich leisten, bereitwillig alles mitzuteilen, was sie wusste.

„Waren Sie befreundet?"

„Nein. Das kann man nicht sagen."

„Was haben Sie am Donnerstagabend gemacht – also an dem Abend, als Ihre Kollegin im Pool ertrank?"

Frau Kunze zögerte keine Sekunde mit der Antwort. Sie war sogar mit einem gewissen Eifer dabei. „Ich war zu Hause. Ich hatte mir gerade eine neue CD gekauft, die habe ich mir angehört und ein Glas Wein getrunken, und gegen elf Uhr bin ich ins Bett gegangen."

„Kann das jemand bezeugen?"

„Natürlich nicht. Ich war allein. Aber warum fragen Sie mich das? Verdächtigen Sie mich etwa, dass ich mit Silvias Tod etwas zu tun habe? Sie hat sich doch das Leben genommen!" Als müsste sie sich gegen Remmers' prüfenden Blick wehren, rief sie: „Das ist schrecklich, aber was habe ich damit zu tun?"

„Das war eine reine Routinefrage, Frau Kunze. Möglicherweise war es ein Unfall, möglicherweise ein Selbstmord, möglicherweise auch keins von beidem."

Extra schaltete sich ein. „Was war denn das für eine CD, die Sie sich gekauft haben?"

Beate Kunze stutzte. Dann sagte sie rasch: „Der Sommernachtstraum. Von Mendelssohn-Bartholdy."

„Hmm, sehr schön!", sagte Extra, und Remmers dachte: „Der Angeber hat doch keine Ahnung."

„Und es kann wirklich niemand bezeugen, dass Sie zu Hause waren? Hat jemand bei Ihnen reingeschaut – die Nachbarin hat sich vielleicht Salz geborgt –, oder haben Sie einen Anruf bekommen?"

„Ach ja, natürlich! Einen Anruf hatte ich."

„Wann und von wem?"

„So gegen neun. Es ging um eine Probe des Kirchenchors, die verschoben werden musste. Unser Dirigent ist krank."

Die kühle Dunkle mit den roten Strähnchen sang also im Kirchenchor. Interessant.

„Sie singen Alt?", fragte Extra.

„Natürlich."

Klar, dachte Remmers. Die hatte ja eine Stimme wie Zarah Leander.

Als sie draußen war, brummte Remmers die Melodie von *Ich weiß, es wird einmal ein Wunder geschehn.*

„Könnten wir jetzt echt gebrauchen, Chef."

Nanu, verstand der doch was von Musik?

„Oder sollen wir uns doch noch mal mit dem Tjaden zusammensetzen? Der hält bestimmt auch die Augen offen."

Das fehlte gerade noch.

Wie im Stummfilm

Die Sonne schien, doch es wehte ein kräftiger Wind. Zwischen Massage und Mittagessen machte Tjaden einen Spaziergang. Die weißen Prachtbauten der Hotels an der Kaiserstraße strahlten in der Sonne. Leuchtend grün, mit den bunten Tupfern der Strandkörbe darauf, lag die Kaiserwiese vor ihm, Flaggen knatterten im Wind. Er ging an der Marienhöhe vorbei. Dort oben auf der Düne, lange bevor es das Café gab, hatte Heine gesessen. *Das Meer erglänzte weit hinaus / im letzten Abendscheine, / wir saßen am einsamen Fischerhaus, / wir saßen still und alleine* ... Tjaden ließ sich auf dem Wandelgang im Strom der anderen Wandelnden treiben.

War es schon Zeit fürs Mittagessen? Er drehte um. Für einen Kaffee in der Milchbar am Damenpfad würde es noch reichen. Am Büfett holte er sich ein großes Glas aufgeschäumten Milchkaffee und steuerte seinen Lieblingsplatz auf der Terrasse an – auf der Bank im Windschatten. Na, das war ja interessant! Genau da, wo es ihn immer hinzog, saßen schon zwei: Siegmar Freund und Gaby Mogena, der dem Tode knapp entronnene Psychologe und die patente Inhalierfee. Gemeinsam atmeten sie das heilsame Salz ein, gemeinsam arbeiteten sie wohl auf, was geschehen war. Beide konnten einander helfen, wieder arbeitsfähig zu werden. Zum

Glück waren Herrn Freunds Schuhe unter dem Tisch nicht zu erkennen.

Tjaden ging zurück ins Café und suchte sich einen Platz hinter der Scheibe, von wo aus er die beiden sehen konnte, ohne selbst gesehen zu werden. Diese beiden also ein Paar? Jedenfalls waren beide krank geschrieben und hatten Zeit füreinander.

Verstehen konnte er nichts. Aber er stellte sich vor, was die beiden sprachen. So könnte es gewesen sein. Und er genoss diesen Stummfilm vor der Kulisse des schaumgekrönten Meeres.

Kann es sein, dass du Angst davor hast, tief einzuatmen, Siggi?

Ja, Gabriele.

Und was fällt dir dazu ein?

Letzter Atemzug. Ich kann das nicht ertragen, wie beim Inhalieren auf der digitalen Anzeige vor mir die Zeit verrinnt. Sekunde um Sekunde sichtbar. Als wär' am Ende Schluss mit Atmen. Countdown in den Tod.

Gaby Mogena nahm ihm einen unsichtbaren Fussel vom Ärmel. *Und was assoziierst du zu tiefem Atmen noch?*

Herr Freund lächelte schwach. *Tief atmen, Siggi! Das hat mir meine Mutter immer gesagt. Tief einatmen! Wenn ich erkältet war. Da wurde ich vor ein Gefäß mit kochend heißem Wasser und Kamillenblüten drin gesetzt, ein großes Handtuch kam über den Kopf, und dann musste ich tiiiiief einatmen. Fürchterlich!*

Eine Kamillenphobie? Oder ganz allgemein eine Inhalierphobie!

Herr Freund nickte jetzt, mehrmals. Nachdenklich, sehr nachdenklich. *Ich habe immer gedacht, ich verbrenne und ersticke. Beides zugleich. Verbrennen und ersticken.*

Aber wenn du bei mir inhalierst – sie sah ihn liebevoll an – *bei mir ist es doch überhaupt nicht heiß. Du verbrennst nicht. Und du musst nicht ersticken.*

Er legte seine Hand auf die ihre. Ein wenig zögernd noch, doch immerhin. Jetzt atmeten beide im Takt. Beide hielten ihre Gesichter mit geschlossenen Augen der späten Morgensonne entgegen.

Unterm Tisch streckte Freund exquisite Schuhe hervor. Die See rauschte.

Was für ein Idyll, dachte Tjaden, stand auf und ging.

Wo ist Maria?

Gegen Abend hatte er am Strand gejoggt. Die Sonne ging unter, ein imposanter Anblick. Die Flut rollte heran, überspülte die steinernen Buhnen, die Wellen schienen nach der Promenade zu greifen. Schaumkronen tanzten auf dem Meer. Dunkelrot war die Sonne in einer Wolkenbank am Horizont verschwunden, was Regen versprach. Aber das war Tjaden egal, an der Nordsee war ihm jedes Wetter recht. Schließlich war er auf Langeoog geboren, wo sein Großvater Vormann im Rettungsboot gewesen war. Vormann sein, davon träumte Onno manchmal. Das war leicht zu deuten, dafür brauchte er keinen Psychologen. „Immer vorneweg", sagte seine Mutter immer. Die Kleinen wollen immer die Größten sein und das Sagen haben – Napoleon-Syndrom.

Er stieg die Treppen zu seinem Zimmer hoch, den Lift wollte er nicht mehr nehmen. Treppensteigen hielt fit. Schließlich stand er nicht zur Verrentung an, er doch nicht! Auf der Station war es still, der enge Flur schwach beleuchtet. Hinter der Tür der Wäschekammer rührte sich nichts. Seine Kollegen hatten längst Feierabend gemacht und genossen vielleicht im Inselhotel am Herrenpfad *in der Haut ge-*

bratenes Zanderfilet auf Mosaik vom jahreszeitlichen Gemüsegarten oder den *hausgebeizten Fjord-Lachs in Cognac gezogen an Dill-Senfsauce.* Tjaden studierte gern im Vorübergehen die beneidenswert kreativen Speisekarten der Restaurants, die mit all ihren Wortschöpfungen Auserlesenes verhießen. Eigentlich eine alberne Angewohnheit, aber er entschuldigte sich damit, dass einer wie er ja immer die Augen offen halten müsse. Er fühlte sich dann animiert, das, was bei ihm zu Hause auf den Tisch kam, auch in die Sprache der feinen Gastronomie zu übersetzen, zum Beispiel: *Spätsommerliche Gemüsekomposition mit Kraftbouillon von normannischem Jungrind*, gemeinhin *Bohneneintopf.*

Sein Stationsarzt war offenbar noch da, hinter dessen Tür war eine wütende Frauenstimme zu hören. Tjaden verstand nicht alles, doch da war ein handfester Streit im Gange. Die Männerstimme klang nicht weniger wütend. Man schrie einander an. Na ja, auch Ärzte waren Menschen. Und dass dieser Dr. Johannsen kein Zombie war, sondern ein Mensch aus Fleisch und Blut, war durchaus beruhigend. Tjaden kramte in den Tiefen seines Ostfriesennerzes nach dem Zimmerschlüssel - verdammt, wo war der bloß, immer diese Sucherei - als hinter der Tür des Arztes, ihm schräg gegenüber, ein Name fiel: „Silvia". *Silvia*? Die Tote im Pool! Da machte offenbar jemand dem flotten Jungarzt die Hölle heiß. Und noch ein Name: „Pustell"! War da jemand eifersüchtig? Tjaden erinnerte sich an die fürsorgliche Geste, mit der Dr. Johannsen seiner Begleiterin im Foyer des Theaters die Stola um die Schultern gelegt hatte ... Endlich, da war der Schlüssel! Tjaden öffnete die Tür, trat ins Zimmer, machte jedoch kein Licht, ließ die Tür angelehnt und lauschte.

Ein paar Minuten später flog gegenüber die Tür auf.

Die Frau rief: „Das wirst du bereuen!"

„Um Gottes willen, schrei doch nicht so laut!"

Sehen konnte er nicht, wer da zornentbrannt aus dem Sprechzimmer des Doktors rauschte, aber jetzt erkannte er ihre Stimme. Das war Beate Kunze, die strenge Oecotrophologin.

Wenn solche Emotionen hochkochten, handelte es sich bestimmt nicht um Auseinandersetzungen unter Geschäftspartnern oder Arbeitskollegen. Das war Eifersucht. Dieser Arzt kam offenbar gut an bei den Frauen, und sich festlegen auf eine mochte er nicht.

Tjaden fiel ein, dass er Maria anrufen wollte, noch an diesem Abend, wenn es auch spät war. Aber sie war nicht zu Hause. Jedenfalls ging sie nicht ans Telefon. Mann, wo steckte die denn? Sie konnte doch nicht das Kind allein lassen, das musste längst im Bett sein. Sie hatte immer noch kein Handy, sie wollte keins. Wollte sie vielleicht nicht, dass er sie – überwachte?

Plötzlich sah er einen fremden Mann neben Maria, der ihr den Arm um die Schultern legte. Sie saßen in seinen – Onnos – Sesseln, tranken aus seinen Gläsern, weiter zu denken, wagte Tjaden nicht. Wer war der Kerl? Ihr Exfreund vielleicht, der immer noch hinter ihr herhechelte, obwohl er vor über drei Jahren Schluss gemacht hatte, weil er sich „noch nicht binden konnte", oder besser: nicht wollte. Dieser Beziehungskrüppel! Maria war fasziniert von ihm gewesen. Der ganz andere Mann! So'n verrückter Typ, ein halber Künstler, nicht so ein braver langweiliger Beamter, wie Onno einer war. Geworden war! Oder nicht? Maria und er hatten vieles gemeinsam, immerhin lachten sie über dieselben Witze, und Maria verstand auch fast immer, wenn Onno etwas ironisch meinte. Sollten Paare nicht einander ähnlich sein? Für den gemeinsamen Alltag war das gut. Kämpfen mit dem ganz Anderen musste man sowieso genug draußen im Leben. Aber der Geschmack der Frauen war schon seltsam. Anscheinend wollten sie zwei verschiedene Typen: den tollen Hecht, um mit ihm Kinder zu machen, für die Aufzucht aber am liebsten einen braven Trottel in unkündbarer Stellung. Ausgerechnet dieser Kerl! Wie konnte Maria ihm das antun!

Diese verdammte Eifersucht. Zum ersten Mal fühlte Tjaden so etwas wie Sympathie für die weiße Domina. Um sich abzulenken, stellte er den Fernseher an. Er fühlte sich wie ein Gefangener. Hier konnte man nicht einmal das Fenster so weit öffnen, wie man wollte, noch nicht einmal diese Freiheit hatte man hier, während Maria ...

Auf dem Bildschirm lief ein uralter *Tatort*. Der Bankräuber ließ sich gerade vom Kassierer Geldbündel einpacken und hielt seiner Geisel eine Pistole an den Kopf. Eine überlange Einstellung und nicht diese ständigen Cuts. Das waren die achtziger Jahre, geradezu bedächtig. Nicht diese Hast wie heute. Ja ja, unsere schnelllebige Zeit. Die geht unter die Haut. Kein Wunder, dass die sich schneller und schneller schuppte. Jetzt juckten ihm schon wieder die Ellenbogen. Verdammt, wo steckte Maria?

Das Telefon klingelte. Maria! Sie hörte sich abgehetzt an, als wäre sie gerannt.

„Hallo, Onno? Ich hab' mit dem Kleinen noch 'ne Runde gedreht. Hab' das Telefon noch von weitem klingeln hören. Der wollte doch partout nicht einschlafen. Jetzt hat er's endlich geschafft ... Du sagst ja gar nichts, ist alles in Ordnung?"

„Adele", sagte Kommissar Lutz aus Stuttgart zu seinem jungen Assistenten, der überdimensionale Brillengläser trug und aussah wie eine Sumpfohreule aus den Dünen Norderneys. *Adele*? Das sollte wohl Schwäbisch sein. *Und tschüss*, sagte man hier.

„Hörst du mich?", fragte Maria nach. „Alles klar?"

„Alles klar", sagte Tjaden und ließ mit einer energischen Handbewegung Kommissar und Assistenten vom Bildschirm verschwinden.

„Übrigens, Chef, ich hab' das überprüft", sagte Extra, als er neben Remmers auf einer Bank an der Kaiserwiese in der Sonne saß. Mit Seeblick! Sie hätten sich beide gern in einen der Strandkörbe gesetzt, doch die waren alle mit einem Gitter abgesperrt. Und für die kurze Mittagspause einen zu mieten, lohnte nicht.

„Das mit dem Kirchenchor und dem kranken Dirigenten stimmt. Er hat Mumps, sagt seine Frau. Sie hat alle Mitglieder angerufen an dem Donnerstagabend. Auch die Beate Kunze."

„Na wunderbar. Wenigstens eine, die die Wahrheit sagt. Obwohl es uns überhaupt nicht weiterbringt. Die kann ja noch sonst was unternommen haben an diesem Abend und in der Nacht. Ein Alibi hat die nicht."

Extra blinzelte in die Sonne. „Ich hab' noch gefragt, was die Frau Kunze denn wohl für Musik gehört hat, als die Frau anrief. Und was meinen Sie, was die geantwortet hat?"

„Gar keine", sagte Remmers. „Alles war still."

„Nein, das nicht. Schlager hat sie gehört. Irgend so eine Schnulze, ein Oldie. *Wir wollen niemals auseinandergehn* mit Heidi Brühl. Von wegen Sommernachtstraum von Mendelssohn-Bartholdy ... Ist der nicht überhaupt von Shakespeare?"

„Donnerwetter, melden Sie sich bei Günter Jauch. Und was sagt uns das über die Dame, dass sie Schnulzen hört und vorgibt, Klassik genossen zu haben?"

„Die tut wohl gern kulturbeflissen. Oder möchte was Besseres sein. Akademisch gebildet eben. Wissen Sie, wie die Patienten die nennen? *Frau Dr. Oecotroph*!"

Remmers packte zwei Stück Apfelkuchen aus und gab eins dem Kollegen ab.

Zwei junge Möwen, noch im braunen Federkleid, hüpften lauernd um die beiden herum. Plötzlich flog eine auf und stieß auf Remmers' Kuchenstück herab. „Achtung!", brüllte Extra.

Remmers sprang auf. „Hau ab, du Biest!"

Die Möwe brach ihren Angriff ab. Die zweite äugte tückisch. Extra zog seinen Kuchen hinterm Rücken hervor und biss kräftig ab.

„Na, meine Herren? Probleme?", tönte eine Altstimme hinter ihnen, und Beate Kunze tauchte auf.

„Wenn man vom Teufel spricht", brummte Extra, und Remmers schimpfte laut: „Hier ist man sich ja seines Lebens nicht mehr sicher!"

„Wie wahr!", bestätigte Frau Kunze alias Oecotroph ironisch. „Selber schuld. Sie sollten eben keinen Kuchen essen. Zu viele leere Kalorien, weißes Mehl! Sie brauchen Ballaststoffe, meine Herren! Vollkornprodukte, Müsli, Salat!" Ihr weißer Kittel wehte, als sie mit schwingendem Schritt über die Promenade verschwand, Richtung Strand.

„So 'n Blödsinn. Die Möwen fressen doch alles. Wenn ich eins nicht ertrage, dann sind das Frauen, die es immer besser wissen. Und die einem jeden Spaß verderben." Remmers betrachtete wehmütig den Rest seines Apfelkuchens. „Weißes Mehl!", rief er verächtlich und warf ihn im hohen Bogen den Möwen zu, die sich gierig darauf stürzten.

Gedämpft

Und wieder war Massage angesagt. Tjaden, der sich schon auf der Pritsche ausgestreckt hatte und auf die Pranken des Edo Rass gefasst war, wurde überrascht. Diesmal traktierte ihn dessen Kollege Hans-Martin Warnecke. Schon nach der ersten vorsichtigen Annäherung, der ersten Berührung seines Rückens war Tjaden klar: Dieser Hans-Martin war ein Softie. Ein Weichei.

In seiner therapiefreien Zeit war Tjaden den Bakenpfad entlanggewandert, im Osten der Insel, zwischen der Weißen Düne und dem Golfplatz. Sehr lehrreich! Was für Vogelarten, exotische Insekten und Pilze es auf Norderney gab ... *Sandzärtlinge* sogar. Dieses Wort drängte sich ihm jetzt unter den Händen von Hans-Martin auf. Ein rechter Sandzärtling war er. Ob der auch warm duschte? In seiner Freizeit trug er bestimmt auch sandfarbene handgestrickte Schafwollpullover.

Edo Rass packte brutal zu, Hans-Martin schien ihn nur streicheln zu wollen. Und das konnte bei dicken Muskelverknotungen auch nichts bringen. Hans-Martin streichelte und klopfte also, während Volksmusik aus dem Lautsprecher drang. Nur gedämpft, bei diesem Masseur schien alles gedämpft und maßvoll. Er sprach leise, seine Frisur war gepflegt, der überlange Scheitel exakt gezogen, nur unter der Nase standen ein paar versprengte kräftige Haare. Sogar seine weiße Berufskleidung strahlte weniger grell als die seines Kollegen. Außerdem schien er ein philosophisches Gemüt zu sein.

„Unser Leben ist das Produkt unserer Gedanken“, sagte er, als Tjaden platt wie eine Flunder vor ihm lag. „Das können Sie bei Dale Carnegie nachlesen. Sorge dich nicht – lebe!“ Er strich mit einer Hand behutsam an Tjadens Wirbelsäule herab. „Da stehen auch noch andere lesenswerte Sätze. Zum Beispiel: *Ich brachte mich langsam um, weil ich nicht wusste, wie man entspannt*. Das sollten Sie sich mal zu Herzen nehmen.“

Aber so sanft und philosophisch gesonnen war er auch nicht, als dass er sich den üblichen Kommentar zu Tjadens Beruf verkniffen hätte. „Was halten Sie denn von dem Fall Silvia? Können Sie Ihren Kollegen denn ein Stück weit behilflich sein?“

Ins Laken hinein, auf das sein Kinn gebettet war, murmelte Tjaden, dass er da wenig Möglichkeiten habe. Er versuchte abzutauchen in seine Gedanken, als plötzlich aus dem Mund dieses sanften Menschen über ihm der Satz zischte: „Wie ist es mit Indizien? Nichts?“ Er traute seinen Ohren nicht, doch da war es wieder: „Gibt es Indizien dafür, dass es sich um“ - der Mann goss eine weitere Ladung kaltes Öl auf Tjadens Nierengegend aus - „Suizid handelt? Ich meine, dass sie sich selbst getötet hat?“, fragte er mit rasierklingenscharfer Stimme.

Was war denn in den gefahren? Wollte der ihn anzapfen? Hans-Martin, der Sherlock im Schafspelz?

„Ich bin nicht im Dienst, bedaure“, sagte Tjaden. „Ich kenne den Ermittlungsstand nicht.“ Das fehlte ihm gerade noch, dass er auf der Schlachtbank auch noch als Mann von der Kripo Auskunft geben musste. Wie um Himmels willen sollte er sich denn dabei entspannen?

„Sie sind extrem verspannt“, stellte nun Herr Warnecke prompt fest und bohrte ihm mit so erstaunlichem Druck den Daumen in eine Stelle unterm Schulterblatt, dass Tjaden ächzte. Von wegen Sandzärtling, der konnte auch anders. Wenn er nur wollte. Wenn es aus ihm herausbrach. Wovon der wohl träumte, wenn er träumte?

„Das musste ja so enden“, stieß der Masseur jetzt hervor. „Ich hab' das kommen sehen. Schon lange.“

Tjaden gab sich dümmlich. „Mit wem?“, ächzte er.

Der bohrende Daumen gab keine Ruhe, von Entspannung keine Rede.

„Mit Silvia. Die kam mit den Männern nicht zurecht. Die haben sie alle nur ausgenutzt.“ Plötzlich packte der sanfte Masseur ihm grob in den Nacken, Tjaden krümmte sich auf der Pritsche.

„*Herzilein*“, jubelte es von der Decke herab.

„Wer - *alle*?“, fragte Tjaden, obwohl er sich fest vorgenommen hatte, sich herauszuhalten. Er war Patient. Wenn das so weiterging, konnte er den Kurerfolg endgültig vergessen. Stress konnte er auch zu Hause haben.

„Die Machos, auf die die Frauen fliegen. Die nach der Devise vorgehen: Man muss die Frauen schlecht behandeln, dann fressen sie dir aus der Hand. *Treat them mean to keep them keen*. Kennen Sie das?"

Oh, Englisch spricht der auch noch, dachte Tjaden.

Was Hans-Martin ihm sagen wollte, war doch wohl, dass er deshalb bei dieser Silvia nicht hatte landen können, weil er zu anständig war. Tjaden wollte ihm diesen Glauben nicht rauben. „Was wollen Sie mir eigentlich sagen?", fragte er vorsichtig.

„Vielleicht hat Silvia es nicht gewollt, aber passiert ist es. Aus Kummer. Silvia trank zu viel und nahm auch schon mal Tabletten. Und dann so ein Mitternachtsbad, so was kann schief gehen."

Woher kam dann die stille Erbitterung des Hans-Martin Warnecke, fragte sich Tjaden wider Willen nun doch. Wo der doch so genau wusste, wie es passiert war? Gegen welchen Macho richtete sich seine Aggression, die er gerade an ihm, Tjaden, ausließ? Oder war er nur wütend, weil er selbst kein Macho sein konnte? Er war doch eher der Mann zum Nestbauen und fürs Brutgeschäft. Für die heiße Phase vorher kam er weniger in Frage; wenn es darum ging, übersahen ihn die Frauen. Da nahmen sie andere ins Visier.

Als Tjaden sich von der Pritsche erhob, sah er die rechte Hand des Masseurs. Kurze fleischige Finger. Und sie war auffallend bleich. Der Mann sollte mal wieder in die gute Norderneyer Sonne gehen. Am Ringfinger war eine kleine Einkerbung zu sehen. Dort hatte offenbar noch vor kurzer Zeit ein Ring gesessen. Ein Ehering? Sieh an, dachte Tjaden. Jeder hat sein Päckchen zu tragen.

Voll leer!

Tjaden hatte die Nase voll. Obwohl er nach ausgiebigem Inhalieren zwei weitere Stunden mit Herrn Tukötter, dem Bäcker mit der Mehlallergie, am Strand Boule gespielt und dabei das kostbare Aerosol aus erster Hand eingeatmet hatte - es stank ihm. Es stank ihm alles. Das überhebliche Gesicht Frau Kunzes, die über dem Büfett wachte, und das Gerede des Nackenspoilers und seines Kurschattens am Nachbartisch (Hömma, waaste schonn im Pool heute? Voll leer, sach ich dir!") drückten ihn nieder. Herr Niederhuber, der blicklos vor sich hin brütend seine einzige Scheibe Vollkornbrot zerbiss, als hätte er Styropor zwischen den Zähnen, sagte schon lange kein Wort mehr.

Und das verzweifelte Gekeife von Karla Buxbaum, die in ihrer Dauerfehde mit der Ernährungsberaterin von „Befreiungsschlag" und „Menschenrecht" sprach (Menschenrecht auf Lachs in Buttersauce, oder was?), konnte er jetzt auch nicht ertragen. „Die gönnt mir keinen Bissen! Gucken Sie doch mal, wie die guckt! Als wenn die mich umbringen will! Ich geh' jetzt hin und hol' mir vor ihren Augen einen Nachschlag vom Nudelsalat ..." Studienrat Wichter redete kaum noch, brachte aber seit einiger Zeit eine Kladde und einen gespitzten Bleistift mit zu Tisch und machte sich während des Essens immer wieder Notizen, als sei ihm gerade etwas höchst Wichtiges eingefallen. Vorher schaute er sich jedes Mal misstrauisch um und hielt beim Schreiben die linke Hand so, als müsse er verhindern, dass seine Tischnachbarn abguckten. Der wäre doch in der Psychiatrie besser aufgehoben, den konnte der Niederhuber gleich nach Straubing mitnehmen. Frühpensionierung war aber das Mindeste!

Tjaden rief sich zur Ordnung. Nun mach mal halb lang, Onno! Er spürte, wie gereizt und aggressiv er war. Hatte ihn jetzt doch der Klinikkoller erwischt? Wenn er ehrlich war, ging ihm auch der Fall Silvia im Kopf herum. Er war zum Nichtstun verurteilt, während er sich sonst herausgefordert gefühlt hätte, der Sache auf den Grund zu gehen. Den richtigen Biss hätte er jetzt gehabt. Dieser ganze Betrieb hier ging ihm auf die Nerven, wie ein Hamster fühlte er sich, der sich im Rad abstrampelte, doch nirgendwo ankam. Und das auf dieser wunderbaren Insel! Er hätte sich längst in die Dünen zurückziehen sollen, Sonne und Meerwasser waren heilsam genug.

Und überhaupt. Leute, die zu dick waren, sollten sich zusammenreißen und weniger fressen, verdammt noch mal. Er riss sich schließlich auch zusammen.

Konnte man auch gegen den Klinikbetrieb allergisch sein? Was war bloß los mit ihm? Der Psychologe war ja ein Witz, was konnte so ein Schuhfetischist ihm schon sagen. Außerdem kurierte der ja immer noch seinen Allergieschock aus. Die Selbsthilfegruppe unter der Leitung von Mechthild Meiners war auch ein Schlag ins Wasser gewesen. Nach der allgemeinen Vorstellung reihum - „Also, ich bin der Dieter und muss abnehmen" - „Also, ich bin die Elfi mit der Neurodermitis" - oder knapp: „Wichter, Übergewicht!" - hatten alle beklommen dagesessen, keiner hatte den Mund aufgemacht. Die Spannung war gestiegen, bis Elfi mit Tränen in den Augen stammelte: „Immer wenn ich mich gekratzt habe früher, hat meine Mutter gesagt: Hör auf damit, wie sieht das denn aus! Glaubst du, die Jungs finden das gut?"

Als wollte er zeigen, dass ihm das gar nichts ausmachte, antwortete Dieter: „Mensch, komm doch heute mit ins *Pasadena,* da ist es echt gut!" Die süße Mechthild versuchte, das Gespräch wieder aufs Wesentliche zu bringen, doch alle redeten nur noch davon, wo es auf Norderney „echt gut" war. Sogar ans Bier konnte man günstig kommen. „Im *Plus* kriegste 'ne Dose Holsten für einen Euro. - Das findste auf keiner andern Insel!" Praktische Selbsthilfe war das.

Auch Tjaden hatte sich gehütet, etwas von sich selbst preiszugeben.

Das Kalorienzählen bei diesem Abendessen gab Karla Buxbaum den Rest. Heute Abend würde sie wieder zu einem Befreiungsschlag ausholen. „Im *Le Pirate* gibt's 'ne tolle Edelfischpfanne. Diesmal kommen Sie aber mit", raunte sie Tjaden zu.

Er lehnte ab. Sein Magen rebellierte jetzt schon. Bloß nicht noch mehr essen!

Aber raus musste er hier. Bernhard! Das war die Rettung.

Am Telefon verstand sein Schwager sofort, was los war. „Du hast 'n Klinikkoller? Ich mach' dir einen Vorschlag. Komm rüber zu uns! Bring deine Klamotten für die Nacht mit, du kannst bei mir im Zimmer pennen. Wir trinken ein schönes Pils zusammen, und dann machst du die Nachtwanderung zum Leuchtturm mit. Die steigt nämlich heute Nacht. Wir werfen die Schüler aus den Betten, wenn sie gerade eingeschlafen sind. Spaß muss sein."

Schlafanzug und Zahnbürste, das reichte. Sein neues Traumdeutungsbuch steckte er auch noch ein. Wenn man woanders schlief, sollten Träume besonders ergiebig sein. Bernhard brauchte ja nichts davon zu wissen. Dann machte er sich auf den Weg.

Unter dem Strahlenkranz

Das lang gestreckte Backsteingebäude war vor dem Krieg für die Marine gebaut worden. Es war von Schülern umlagert, die auf den Bänken saßen, Fußball spielten oder sich um eine kleine Band scharten. Mädchen mit Schlaghosen himmelten den Gitarristen und Frontman an, der seine blonde Mähne schüttelte und schon eine Spur herablassend, wie ein Profi, die Bitten um Zugabe gnädig erfüllte.

Schon der Geruch im Haus war völlig anders als in der Klinik. Es roch nach Erbsensuppe, Pfefferminztee und nicht ganz frischem Bratenfett, wie früher in den Jugendherbergen, als Tjaden noch mit der Jungenschaft auf Fahrt gegangen war. Wie hatten sie gesungen? *De Jot Eins Elf mit vielen blauen Jungen / zieht dort die Straße wohl hinan. / Hoia hoia hoia hoia ho di ho , / hoia ho, De Jot Eins Elf voran*! Er kam sich gleich dreißig Jahre jünger vor. Drüben auf der Pickelranch hatte er sich immer so gefühlt, als hätte er gerade mit letzter Kraft die Pensionsgrenze erreicht. Von wegen! *Wir woll'n nicht warten, warten soll'n die Greise, / bis dass der Knochenmann sie holt. / Hoia hoia hoia hoia ho di ho, / hoia ho, De Jot Eins Elf voran!* Das waren noch Zeiten, da war die Haut noch in Ordnung.

Im Kaminzimmer, wo allerdings kein Feuer brannte, saß der Lehrkörper. Die meisten trugen schwarze T-Shirts mit dem Slogan: *Reif für die Insel*! War denen nichts anderes eingefallen? Wo war denn das Lernziel Kreativität geblieben? Bernhard reichte ihm eine Flasche Pils. „Trink erst mal. Wir müssen uns das Bier verkneifen, bis alle Schüler im Bett sind. Sonst sagen die uns nach, dass wir unsere Kontrollgänge durchs Haus volltrunken machen."

„Und die Schüler selber?"

„Strenges Alkoholverbot", schaltete sich der Kollege gegenüber ein, ein drahtiger Typ mit grauem Bürstenschnitt. „Wer erwischt wird, geht ab nach Hause. Auf der Stelle."

„Und was ist mit Rauchen?"

„Hier auf dem Grundstück ist es verboten, ohne Wenn und Aber. Da passt der Herbergsvater auf."

Das hieß, dass die bedauernswerten jungen Nikotinsüchtigen gezwungen waren, das Grundstück zu verlassen und irgendwo an den Rändern ihre Fluppen zu konsumieren. Auf der Pickelranch, von der Tjaden sich schon Lichtjahre entfernt fühlte, funktionierte das ja genauso. Hier wie dort waren Raucher im wörtlichen Sinne Randerscheinungen, in die Dünen und an die Müllcontainer verbannt.

Langsam kehrte im Haus Ruhe ein. „Alles in den Betten?", fragte der mit dem Bürstenschnitt. „Na, dann können wir ja." Er griff sich eine Flasche Bier. „Mäßig, aber regelmäßig."

Bald war es Mitternacht. „Na, dann wollen wir mal."

Der graue Typ tobte auf einen der Flure hinaus und brüllte: „Alaaaarm!"

Jemand rief: „Udo, du hast was vergessen!"

„Ich? Wieso? Was?"

„Du bist schon lange nicht mehr beim Bund!"

Es war stockdunkel draußen. Hin und wieder schaute die Mondsichel hinter den Wolken hervor, die ein kräftiger Wind über den Nachthimmel trieb. Kalt war es nicht, eher lau. Die lange Schülerschlange wand sich den gepflasterten Zuckerpad entlang durch die Dünen, die im Dunkeln nur zu ahnen waren. Ostwärts, Richtung Leuchtturm. Links von ihnen, hinter der Dünenkette, rauschte das Meer. Tjaden trabte einfach mit. Bernhard war irgendwo anders, er musste aufpassen, dass keines seiner Schafe auf der Strecke blieb. Manche ließen sich hängen, vor allem die Mädchen. „Isses noch weit?"

Ihr Ziel hatten alle deutlich vor Augen: das Licht, das in festgelegten Abständen immer wieder die Dunkelheit am Horizont kurz erhellte. Inzwischen hatte es ein wenig aufgeklart, am Horizont war die Wolkendecke aufgebrochen, ein paar Sterne blinkten.

„Eine Sternschnuppe!", schrie ein Mädchen entzückt. „Ich hab' noch nie 'ne Sternschnuppe gesehen, voll geil war die! Total krass! Wie im Fernsehen bei *Armageddon*!", schnatterte sie.

„Haste dir wenigstens was gewünscht?", fragte ein Junge.

„Nee. Geht das jetzt noch?" Gelächter.

Der Weg führte nun durch ein Wäldchen, Birken und niedriges Gehölz, sanft ging es auf und ab. Das Licht des Leuchtturms kam immer näher. Schon waren die einzelnen Riesenstrahlen zu unterscheiden, die den nächtlichen Himmel zerteilten. Und dann, als sie alle den Weg zum Fuß des Leuchtturms hochgestiegen waren, schien die Nacht so schwarz wie nie zuvor. Über ihren Köpfen drehte sich der gewaltige Strahlenkranz.

„Achtzehn Strahlen", sagte jemand.

Der Kontrast zwischen Licht und Dunkelheit war so stark, dass Tjaden wie alle anderen am Fuße des Turms buchstäblich nichts mehr sah und niemanden mehr erkannte. Er konnte nicht einmal mehr unterscheiden, ob das ein Mädchen oder ein Junge neben ihm war. Jemand stieß ihn an und fragte: „Wer bist du denn?", und war schockiert, als er merkte, dass er einen total Unbekannten in den mittleren Jahren angefasst hatte.

Tjaden wollte allein sein. Er ging um den Turm herum, auf die andere Seite, und lehnte sich an den rauen Backstein. An nichts denken. Die grenzenlose Weite des Himmels, der Strahlenkorb, der ihm selbst übergestülpt war, der Wind, der nach Salz schmeckte ...

Aber er war nicht allein. Zu erkennen war niemand, er hörte nur ihre Stimmen.

„Ey, Alex, diese Sache neulich, da war doch was faul, oder?"

„Wobei?"

„Mann, der Kerl hat doch Silvia zu ihr gesagt. Das muss die gewesen sein, die sie abtransportiert haben. Die ertrunken sein soll."

Tjaden rückte näher.

„Wie der Kerl die fertig gemacht hat! Und wie die immer gekeift hat: Das kannste nicht mit mir machen. Ein Wort bei den Behörden, und du bist erledigt! Mein lieber Mann! Die ist doch total ausgeflippt."

„Ich glaub', wir müssen das melden, Nils."

„Melden? Mensch, Schmitt, hör' bloß auf! Willste vielleicht, dass die Pauker uns nach Hause schicken? Was willste denen denn erklären, warum wir ..."

„Halt bloß die Klappe!" Die Jungen zogen ab. Oder war auch ein Mädchen dabei?

Tjaden blieb ihnen auf den Fersen. Weiter unten, als sie wieder den backsteingepflasterten Weg erreicht und sich die Augen an das Halbdunkel gewöhnt hatten, erkannte er, dass einer - war er der Wortführer? - hochgewachsen war und ein Piratentuch um seine dunklen Locken gebunden hatte. War das Alexander? Ein anderer war kleiner, den nannten sie Schmitt. Und das Mädchen ging jetzt Arm in Arm mit Nils, der trug die Baseballkappe, wie es sich gehörte, verkehrt herum. Seine Hand lag auf ihrem Po, sie drückte sich eng an ihn.

Es hatte aufgeklart, das Mondlicht lag hell auf den Dünen.

Tjaden erkannte über sich die Pleiaden, das winzige Sternenhäufchen im Dunkel des Alls, der Große Wagen zeigte, wo Norden war. Und sogar die Gürtelsterne des Orions standen leuchtend am Himmel. „Ey, vorhin die Sternschnuppe, das war vielleicht geil!", rief plötzlich das Mädchen.

Tjaden fröstelte, er sehnte sich nach seinem Bett. Die Schlange dunkler Gestalten zog sich weiter und weiter auseinander. Lichter tanzten auf dem Weg. Das waren die Taschenlampen der besorgten Lehrer, die wie Hirtenhunde ihre Schafe umtanzten. Endlich tauchten die Umrisse des Landschulheims vor ihnen auf. Alles strömte hinein.

„Vollzählig", sagte Bernhard erleichtert. „Man ist immer froh, wenn man alle wieder sicher zu Hause hat."

Als sie todmüde im Bett lagen, fragte Tjaden noch, ehe ihm die Augen zufielen: „Wer ist denn Alexander? Und Nils und Schmitt? Gibt's da eine Clique? Ein Mädchen gehört auch dazu."

„Hast du die auch schon kennen gelernt?", fragte Bernhard. Auf die müsse man ein Auge haben, die seien überall vorneweg, wenn's ums Rauchen gehe, und in punkto Alkohol, da würde er auch nicht seine Hand für sie ins Feuer legen.

War diese Silvia die Tote gewesen? Und was hatte sie angeblich gesagt? „Ein Wort bei den Behörden, und du bist erledigt." Behörden? Was für Behörden konnte die gemeint haben? Behörden, Behörden ging es ihm noch im Kopf herum, als der Schlaf ihn schon übermannte.

Er träumte von einem Turm, auf den er steigen wollte. Aber es gelang ihm einfach nicht, ganz nach oben zu kommen. Die Treppe, die sehr eng war und sich spiralförmig im Turm hochschraubte, nahm kein Ende. Immer wenn er meinte, kurz davor zu sein, sagte eine Stimme: „Das wird gemeldet!" Er wusste im Traum, dass es die Polizeibehörde war, der etwas gemeldet werden sollte, er hatte ein schlechtes Gewissen und wusste nicht warum. Nach oben kam er nie.

Er wachte auf, als auf dem Flur ein Chor engagierter Pädagogen und Pädagoginnen, von einem Schifferklavier begleitet, *Wir lagen vor Madagaskar* intonierte und nach jeder einzelnen Strophe „Guten Morgeeen!" schmetterte. Noch schlaftrunken fragte er sich, was sein Traum wohl zu bedeuten hatte. Bernhard war schon auf und verschwunden. Tjaden tastete nach seinem Traumdeutungsbuch. Aha. „Der Turm ist das Symbol für einen großen Erfolg." Er strebte also nach oben, kam aber nie an. Typisch, dachte er. Man ackert und ackert und landet im Nirgendwo. Ein Phallussymbol war der Turm natürlich auch noch. Darüber brauchte er nicht weiter nachzudenken, Bernhard war hereingekommen und trieb ihn energisch aus dem Bett. Frühstück!

Der Kaffee schmeckte, wie er in Jugendherbergen eben schmeckt. Die Schüler machten ziemlichen Krach und einige Jungs fingen an, sich um die besten Brötchen zu prügeln.

Der Pirat war auch dabei. Der Lehrer mit dem Bürstenschnitt ging energisch dazwischen. Tjaden staunte. Der Futterneid war derselbe geblieben wie früher. Als er so alt war wie diese Jungs, hatten sie bei einer Klassenfahrt auf die Leberwurstbrötchen gespuckt, damit ihnen die niemand mehr wegnahm.

Mit dem Piraten würde er noch sprechen müssen. Drüben am Fenster saß die ganze Clique. Er wartete draußen auf sie.

„Hört mal, ich hab' eine Frage an euch. Kommt ihr mal mit? Komm, Alexander!"

Misstrauisch sah der Junge ihn an. Schmitt postierte sich rechts von ihm, Nils links. Und die Sternschnuppe, über deren vielversprechendem Ausschnitt ein dunkel bemalter Mund schmollte, rief patzig: „Was wollen Sie denn von uns? Wer sind Sie überhaupt?"

Tjaden griff instinktiv nach seinem Ausweis in der Jackentasche, als er merkte, dass er beides nicht bei sich trug. Kein Jackett, kein Ausweis. „Ich bin Kriminalhauptkommissar Tjaden." Das ging wie ein Schock durch die Gruppe. „Kein Grund zur Beunruhigung, ich bin ganz privat hier. Ich bin der Schwager von einem eurer Lehrer, von Herrn Brinkmann, genauer gesagt."

„Der hat Sie wohl auf uns angesetzt", sagte das Mädchen. „Ist doch immer dieselbe Kacke. Wenn was ist, müssen es Alex und seine Clique gewesen sein! Wir haben's nicht nötig zu klauen!"

„Nun mal sachte. Diese armseligen Klauereien interessieren mich überhaupt nicht. Und außerdem bin ich zur Kur auf der Insel. Aber ich war heute Nacht bei der Wanderung zum Leuchtturm dabei und habe zufällig gehört, worüber ihr euch da unterhalten habt. Die Sache mit der Frau aus der Klinik – das ist natürlich schon was anderes."

„Sagt bloß nichts!", rief das Mädchen. „Das issen Trick, der will uns reinlegen!"

„Quatsch", sagte Tjaden. „Ich mach' mir doch keinen Kopf darüber, dass ihr in den Dünen raucht und trinkt. Drogen waren doch hoffentlich nicht dabei!"

Die Clique starrte ihn schweigend an. Bernhard und der graue Typ standen vor der Eingangstür und schauten aufmerksam herüber.

„Ich will gar nicht wissen, was ihr da macht. Wahrscheinlich geht ihr regelmäßig da drüben eine rauchen, und außerdem habt ihr auch ein paar Dosen Bier oder 'ne Flasche Wodka da vergraben."

„Aber wenn das rauskommt, fliegen wir hier raus! Ab nach Hause! Dann müssen wir in die Schule, und die andern haben hier 'nen lauen Lenz!"

„So schlimm wär's auch nicht!", sagte die Sternschnuppe herausfordernd. „Wär' doch geil. Denen haben wir's gezeigt, diese Spießerscheiße machen wir nicht mit. Das ist ja wie im Knast hier!"

Nils drehte sich wortlos um. Auf sein schwarzes T-Shirt (*Reif für die Insel*) hatte er einen Zettel geklebt, auf dem mit roter Schrift stand: *JVA Norderney*.

„Das handelt mit euren Lehrern aus", sagte Tjaden und verkniff sich ein Grinsen. „Mir geht's nur um Folgendes: Ihr habt offenbar etwas mitbekommen, was für die Aufklärung des Todesfalles drüben in der Klinik wichtig sein könnte. Ich werde den Kollegen, der die Sache bearbeitet, informieren, damit ihr eure Aussage machen könnt. Als Zeugen! Da habt ihr vorher noch Gelegenheit, euer Depot in den Dünen aufzulösen. Alle Spuren beseitigen, ist das klar? Und jetzt erzählt ihr mir schon mal genauer, was ihr eigentlich gesehen und gehört habt ..."

Ein Mann macht sich nützlich

„Wer war der Mann?", fragte Maria am Telefon. „Habt ihr das schon geklärt?"

„Es könnte Dr. Johannsen gewesen sein. Die Beschreibung der Schüler passt auf ihn. Sogar der Ohrring war einem von ihnen aufgefallen."

„Den tragen in Norderney aber viele. Nicht nur die Seeleute, die ganzen Berufsinsulaner doch auch, schon aus Lokalpatriotismus. Du weißt doch, dass früher jeder Matrose so etwas im Ohr hatte. Wenn der irgendwo angeschwemmt wurde, konnte man ihn identifizieren, und die Beerdigungskosten waren auch gedeckt."

„Was du alles weißt, Maria!" Sie hatte die Eigenschaft, ihm Dinge zu erklären, die sowieso jeder wusste.

Maria überhörte seine Ironie. „Und welche Behörden hat die Frau gemeint? Die Polizei nicht, das hätte sie anders ausgedrückt."

„Die Gesundheitsbehörde? Wenn's der Arzt war, läge das ja nahe. Dann hätte sie den aus irgendeinem Grund, der mit seinem Beruf zusammenhängt, in der Hand gehabt. Sie hat etwas gewusst über ihn."

Tjaden musste es sich eingestehen, ob er wollte oder nicht: Er hatte Blut geleckt und die Fährte aufgenommen. Das hob seine Stimmung beträchtlich. Zumal das Wetter angenehm war, eine milde Morgensonne lag auf dem seidenglatten Meer. Remmers hatte er schon informiert. Seinen eigenen Ehrgeiz, den Fall nun auch ganz zu lösen, musste er unterdrücken. Aber es tat schon gut, zu erfahren, dass man noch zu etwas anderem nutze war, als sich nur kneten, bestrahlen und füttern zu lassen und wie ein Kleinkind im Wasser herumzuspringen, tagaus, tagein.

Tjaden kam gerade von der Bestrahlung zurück, als sich sein Handy meldete. Maria hatte ihm eine Nachricht hinterlassen. Er rief sofort zurück, noch im Bademantel vorm Fahrstuhl, denn gleich stand die Wassergymnastik an.

„Onno?" Richtig aufgekratzt hörte sie sich an. „Ich hab' da eine Idee. Kann mit den Behörden nicht gemeint sein, dass dieser Doktor einen Kunstfehler gemacht hat, und der ist vertuscht worden? Der Doktor ist dann bei eurem Professor untergeschlüpft, sozusagen, vielleicht hat er seine Approbation verloren, und der Professor nutzt das aus? Da braucht er ihm nicht soviel Gehalt zu zahlen, und vom Eingesparten kann er sich den Hangar für sein Flugzeug leisten."

„Doll", sagte Tjaden. „Du hast ja eine gemeine Phantasie! Du hast wohl zuviel über die Halbgötter in Weiß gelesen. Und dann hat der Johannsen aus lauter Wut die Silvia umgebracht?"

Maria schwieg. Tjaden wartete ab, er kannte seine Frau. Endlich sagte sie: „Es gibt aber noch eine andere Möglichkeit. Der ist überhaupt kein richtiger Arzt!"

Donnerwetter, seiner Frau fiel immer noch was ein! „Was soll er denn sonst sein, deiner Meinung nach?"

„Weiß ich nicht. Irgendwas anderes eben. Da gab's doch mal diesen Postel, das heißt, den gibt's ja immer noch, der tingelt doch durch die Talkshows im Fernsehen, weil er ein Buch über sein Leben geschrieben hat. Und dann erzählt er, wie er die Gesundheitsbehörden getäuscht hat. Eigentlich ist dieser Postel übrigens Briefträger – *nomen est omen*!"

„Und unser Stationsarzt hier, was könnte der sein? Vielleicht Landwirt und als Hobby züchtet er wahrscheinlich Johannisbeeren."

„Wenn Johannsen überhaupt sein richtiger Name ist. Christoph Johannsen – das klingt ja zu schön, um wahr zu sein. Wie aus dem Arztroman! Der Postel hat sich übrigens Dr. Dr. Bartholdy genannt."

„Wie Mendelssohn-Bartholdy? Wie der Komponist?"

„Genau wie der. Wie er darauf gekommen ist, weiß ich nicht. Musikliebhaber, nehme ich an. Und das könnte man immer noch weiterspinnen. Mendelssohn-Bartholdy hat ja auch die Musik zum Sommernachtstraum geschrieben. Das Stück hast du doch neulich im Theater gesehen."

„Richtig. Und jetzt wird's interessant für dich: Da war auch der Dr. Johannsen mit unserer Oberärztin. So hängt alles mit allem zusammen, und alle sind an allem Schuld."

„Aber jetzt mal im Ernst. Man müsste sich seine Papiere anschauen, seine Personalakte, meine ich."

„Na klar, das macht der Remmers natürlich auch."

„Remmers ist aber nicht sein Patient." Maria hörte sich listig an. Er kannte diesen Tonfall, er wusste, jetzt wollte sie etwas von ihm, was nicht ganz astrein war. Eine echte Beamtin wäre nie aus ihr geworden. „Du könntest ihm doch mal ein bisschen auf den Zahn fühlen, Onno ..."

Miese Tricks? Nein, hier ging es um die Aufklärung eines Verbrechens!

Das Matjesbrötchen aus dem Imbiss Ecke Strandstraße/ Luisenstraße war wirklich Extraklasse. Tjaden spülte mit Cola nach und fühlte sich unternehmungslustig wie lange nicht mehr. In der Stadtbibliothek gleich hinterm Rathaus wurde er allerdings nicht fündig. Mit Ferienlektüre waren die Regale gut bestückt, da konnte es auf Norderney ruhig mal regnen, doch wer brauchte im Urlaub schon medizinische Fachliteratur? Den Kleinen Hausarzt hätte er ausleihen können, aber der war ihm zu hausbacken, zu laienhaft. Sollte er vielleicht einen der Badeärzte ins Vertrauen ziehen? Nein, besser nicht. Wenn an der Sache nichts dran war, hatte er am Ende noch einen Prozess wegen Verleumdung am Hals.

Maria! Er tippte ihre Nummer.

„Tjaden, schon wieder Tjaden“, moserte Remmers.

„Lassen Sie ihn doch, Chef“, beschwichtigte ihn Extra. „Der Mann ist nützlich. Jetzt geht's voran, oder? Ist doch sehr interessant, was die Schüler da erzählt haben.“

„Wenn wir denen glauben können“, antwortete Remmers müde. „Vielleicht wollten sich die Jungs nur aufspielen.“

„Das glaub' ich nicht. Die haben wirklich etwas mitbekommen. Diese Silvia hat dem Doktor die Hölle heiß gemacht. Haben Sie den Zettel vergessen, den die geschrieben hat?“

„Natürlich nicht, Extra. Aber ich kann nicht einfach davon ausgehen, dass der an ihn gerichtet war. Merken Sie sich eins: Bei unserer Arbeit gehen Schnellschüsse immer daneben.“

Extra ließ nicht locker. „Die beiden waren ein Paar. Dann hat er sich anderweitig orientiert, und sie hatte etwas gegen ihn in der Hand. Könnte doch sein. Nur was war das?“

„Das müssen wir ihn fragen. Stellen Sie fest, Extra, wo der gerade steckt und ob er abkömmlich ist.“

Extra verschwand auf dem Flur, Remmers griff zum Telefon. „Hallo? Ich muss den Professor sprechen. Wie? Immer noch nicht zurück? Wie lange golft er denn noch da oben in der Tundra? Ach so. Ja. Und ...“, er kratzte sich am Kopf, „äh, ich müsste mal einen Blick in die Personalakte eines Ihrer Mitarbeiter werfen ... Wie – das geht nicht? Kommen Sie mir doch bitte nicht damit, gute Frau! Hören Sie mal, hier spricht die Kriminalpolizei! Wir ermitteln wegen Mordverdachts! ... Durchsuchungsbefehl? Nicht ohne Ihren Chef?!“ Er warf den Hörer hin. „Frustrierte Ziege!“

„Dr. Johannsen hat bis heute Abend dienstfrei und ist telefonisch nicht zu erreichen“, meldete Extra. „Keine Ahnung, wo der steckt. Steht ihm ja frei, die Insel zu verlassen. Sie haben ihn doch nicht dazu verdonnert hier zu bleiben, Chef?"

„Wie denn auch." Remmers blickte missmutig auf die Tischplatte, auf der mehrere Ringe sich zu einem Muster formten. Jede Tasse Kaffee, die er hier an diesem verdammten Wäschetisch getrunken hatte, hatte ihre Spur hinterlassen.

Also abwarten, bis der Herr Doktor wieder zu erscheinen geruhte.

„Wo wohnt der eigentlich?"

„In der Moltkestraße, in einem Apartmenthaus. Geht aber nicht ans Telefon, und sein Handy hat er abgestellt. Sorry, Chef."

Vielleicht absolvierte er seinen wöchentlichen Saunagang am FKK-Strand. Oder er golfte gerade, wie der Professor. Musste er ja, sonst würde er es nie zum Chefarzt bringen. Natürlich war er noch nicht per Flugzeug unterwegs, sondern gab sich noch mit der Insel zufrieden. Dünengolf! Oder probte er gerade mit dem Kirchenchor für das Konzert am Erntedankfest? Könnte ja sein, dass er ebenso sangesfreudig war wie Frau Kunze. Allerdings Tenor. Was wusste er denn schon von dem Herrn? Vielleicht schwärmte er genau wie die Ernährungsberaterin – angeblich – für Mendelssohn-Bartholdy ... Vielleicht, vielleicht, vielleicht. Vielleicht hatte der ja auch Karbid gefressen und war geplatzt.

Bartholdy? Woran erinnerte ihn dieser Name? Remmers stemmte sich aus seinem Stuhl hoch und starrte die Tür an, als könnte ihm von dort die Erleuchtung kommen. Aber da hing nur eine Ankündigung des Kirchenkonzerts. Bartholdy ... Nein, er kam nicht darauf, wo er diesen Namen schon einmal gehört hatte.

Na, es würde ihm schon noch einfallen.

Ein Fall von Migräne

Am späten Nachmittag, vor dem Abendessen, wartete Tjaden in einem der Seepockensitze auf seinen Stationsarzt. Um 18 Uhr hatte er Sprechstunde, so stand es jedenfalls an der Tür. Aber er kam nicht, und auch die Stationsschwester blieb unsichtbar. Endlich, um 18 Uhr 25, traf Dr. Johannsen im Jackett und mit Schlips ein.

„Tut mir Leid, ein Notfall!", rief er Tjaden entgegen, ließ ihn eintreten und schlüpfte geschäftig in seinen weißen Kittel. „Wo fehlt's denn?"

„Kopfschmerzen, zum Verrücktwerden. Und mir ist wahnsinnig schlecht", stöhnte Tjaden. „Migräne! Das habe ich manchmal." Er wischte sich über die Stirn. Kalter Schweiß!

„Legen Sie sich mal da drüben hin."

Der Arzt suchte nach Tjadens Patientenkarte. „Schwester Nicole?" Auch die war nicht aufzufinden. „Migräne, sagen Sie? Haben Sie das bei der Untersuchung zu Kurbeginn angegeben?"

„Ich denke schon." Tjaden rutschte unruhig auf der Liege herum. „Aber einen so schlimmen Anfall hatte ich noch nie."

Der Arzt griff hinter sich ins Regal und schob ihm eine Tablettenschachtel zu. „Nehmen Sie davon zwei, und dann legen Sie sich ins Bett."

Beim Aufstehen sagte Tjaden: „Neulich stand was in der Zeitung über eine ganz neue Therapie, die ein Professor entwickelt hat. Offenbar ein wirklich neuer Ansatz."

Dr. Johannsen schaute ihn ausdruckslos an. „Ja? Ach wissen Sie, was die Medien alles so bringen. Immer wieder etwas Neues. Meistens steckt die Pharmaindustrie dahinter."

„Es ging um eine Erweiterung der Blutgefäße, soweit ich mich erinnere. Dafür soll es jetzt ein Mittel geben, das direkt einwirkt auf die *Vena iliaca*. Das ist wohl die ... äh, Drosselvene? Soll jedenfalls phantastisch helfen."

„Die *Vena iliaca*? Soso." Dr. Johannsen verzog noch immer keine Miene und sah aus dem Fenster.

„Meine Mutter hat mir den Artikel geschickt, sie schneidet immer alles aus, was für mich wichtig sein könnte", fuhr Tjaden fort und erhob sich von der Pritsche.

„Wie, sagten Sie, hieß der Professor?", fragte der Arzt beiläufig, während er aufstand und zur Tür ging.

„Romeo, glaube ich. Oder so ähnlich. Professor Arnaldo Romeo."

„Ach der! Ja, den halten manche in Italien für eine Kapazität."

„Und die Kapazität hier in Deutschland", warf Tjaden ein, „soll ein Professor aus Düsseldorf sein."

„Professor Steins vermutlich", kam es prompt. „Das ist ein Migränespezialist. Ich habe während des Studiums auch bei ihm gehört ... Also, nehmen Sie die Tabletten, legen Sie sich hin, Sie wissen ja, das Zimmer abgedunkelt, und wenn's morgen nicht besser ist, dann stellen Sie sich noch einmal vor."

Er hielt ihm die Tür auf. Tjaden war entlassen.

„Der hat keine Miene verzogen, als ich ihm dieses Latein an den Kopf geworfen habe, diesen Ausdruck, den du mir rausgesucht hast", berichtete Tjaden am Telefon. „Ich sag' dir, der hatte keine Ahnung, dass sich diese *Vena iliaca* nicht im Kopf, sondern im Bauch befindet. Keine Ahnung! So was lernt bestimmt schon ein Medizinstudent in den ersten Semestern."

„Was hat er denn genau gesagt?"

„Eigentlich nur: Die *Vena iliaca*, soso."

„Die Formulierung kann aber auch bedeuten: Du Dummbeutel, du meinst, die wär' im Kopf! Das kann einfach Arroganz sein, das beweist gar nichts", sagte Maria nüchtern.

„Könnte sein. Aber komisch ist es doch. Und was machst du daraus, dass er den Mann deiner Freundin in Taormina zum Professor befördert hat? Der Arnaldo versteht 'ne Menge von sizilianischem Wein, aber von Medizin überhaupt nichts."

„Auch das könnte man noch als Wichtigtuerei abtun. Bloß nicht das Gesicht verlieren!"

„Den Düsseldorfer Professor hat er dann ganz schnell aus dem Hut gezaubert. *Name dropping* macht sich immer gut."

„Ich erkundige mich, ob es in Düsseldorf diese Koryphäe namens Steins wirklich gibt", versprach Maria. „Also, ich bleib' am Ball!"

Er hatte plötzlich Sehnsucht nach ihr. Was hatte er eigentlich in dieser Klinik zu suchen? Seine Haut wurde nicht dicker davon, und ohne Maria waren alle Entspannungsübungen sowieso öde.

„Ach übrigens - eh ich's vergesse" - das war sie noch einmal - „was machen denn deine Kopfschmerzen?"

„Wie weggeblasen", antwortete er und warf die Tablettenschachtel ungeöffnet in den Papierkorb.

Es brennt!

Ein neuer Tag. Auf der Insel strahlender Spätsommer, in der Klinik die alte Routine. An diesem Morgen war Tjaden schon mit einem unheimlichen Gefühl aufgewacht. Am Frühstückstisch herrschte lähmendes Schweigen. Herrn Niederhubers Kiefer mahlten stumm, Studienrat Wichter kritzelte abweisend vor sich hin, und Karla Buxbaum fehlte.

Als Erstes stand Bestrahlung auf dem Programm. Tjaden ging zu den UV-Kabinen in der Badeabteilung. Dort unten war es noch ziemlich leer. Aus dem Pool nebenan waren keine Stimmen zu hören, die Wassergymnastik mit Gina Franzke hatte noch nicht begonnen. Nur Dr. Johannsen war erstaunlicherweise schon anwesend; er kam ihm mit wehendem Kittel auf dem Flur entgegen, grüßte knapp. Wohl Frühschwimmer, der Herr Doktor. Es war fast halb neun, als der graue Vorhang, hinter dem die Patienten massiert und mit Schlamm aus dem Wattenmeer traktiert wurden, sich teilte und Hans-Martin Warnecke erschien. Gedämpft lächelnd und stumm.

Der Masseur nahm Tjadens Behandlungskarte in Empfang, stempelte sie ab und zeigte zu den Kabinen hinüber. „Die Zwei bitte!"

Tjaden, noch ganz benommen, stolperte in die erste Kabine.

„Herr Tjaden, ich sagte doch, die Zwei bitte!"

Tjaden schlurfte in die Zwei. Intensität und Länge der Bestrahlung wurden von Tag zu Tag verstärkt, inzwischen musste er schon bei einigen Minuten angekommen sein, er absolvierte alles wie in Trance. *Wat mutt, mutt.* Er hing Jogginganzug und Unterwäsche auf den Haken, legte die Schutzbrille an und trat nackt in die innere Kabine ein, die sich automatisch hinter ihm schloss. Bläuliches Licht umgab ihn und ein Surren, das unter die Haut ging. Es surrte und surrte und nahm kein Ende. Ihm war unbehaglich, etwas war anders als sonst. Das Licht hatte diese bläuliche Farbe wie immer, kalt und unheimlich, schrecklich künstlich, so kalt und aggressiv wie die neuen Autoscheinwerfer der Drängler auf der Autobahn. Musste er wirklich so lange? Seine Uhr hatte er abgelegt, sein Zeitgefühl hatte ihn verlassen in dieser bläulich surrenden Nebenwelt, eine Minute zuviel konnte schon katastrophal sein. Glühte er? Ja, er glühte, obwohl es nicht heiß war in der Kabine. Ihm brach der Schweiß aus. Er musste hier raus, sofort! Sein Herz stach. Er rüttelte an der Tür, doch die gab nicht nach.

„Aufmachen!“, schrie er und hämmerte gegen die Wand. „Aufmachen!“ Hörte ihn denn niemand? „Aufmachen!“

Endlich schob jemand von außen die Tür auf, Tjaden taumelte heraus, splitternackt, die Schutzbrille noch vor den Augen. Das Herz stach und hämmerte ihm in der Brust.

Jemand legte ihm ein großes weißes Badetuch um und führte ihn zu einem Stuhl. Das kalte Plastik kühlte die Hitze seiner Haut.

Es wurde geflüstert.

Was redeten die da um ihn herum? Wo war Warnecke? Und wo war dieser Doktor? Ach, der hatte von Lichttherapie sowieso keinen blassen Schimmer. Ein Blick auf die Uhr: Inzwischen war es fast neun. Unglaublich!

Plötzlich stand Edo Rass vor ihm.

„Ein Versehen“, sagte der Hüne. „Tut uns Leid. Da stimmte was nicht mit dem Gerät. Mit der Programmierung, verstehen Sie? Ein Systemfehler.“

„Was denn nun?“, fragte Tjaden. „Programmierung falsch oder Systemfehler?“

„Tut uns Leid“, stammelte Rass. „Kommt so gut wie nie vor! Aber es ist ja zum Glück nichts passiert.“

Nichts passiert? Der Mann machte wohl Witze. Tjaden konnte nicht nur fühlen, sondern zusehen, wie sich auf seinem Körper ein Sonnenbrand entwickelte. Nun war ihm wirklich heiß, seine Haut rötete sich zusehends. In ein paar Tagen würde er aussehen wie gekochter Hummer. Nie wieder, schwor er sich. Das war die letzte Bestrahlung, die er sich angetan hatte. Ab heute nur noch echte Norderneyer Sonne oder gar nichts. Sollte er sich beschweren? Wegen Körperverletzung? Aber bei wem denn, bei seinem Stationsarzt vielleicht? Wo war der denn überhaupt abgeblieben, der war doch vorhin auch in der Nähe gewesen. Herumgelungert hatte er hier.

Er versuchte, sich zusammenzureißen. Was würde die süße Mechthild jetzt sagen? „Ich bin ganz ruhig. Mein rechtes Bein wird ganz schwer ..." Aber seine Beine, rechts und links, wurden nicht schwer, auch nicht warm, sondern heiß – sie glühten!

Wer hatte ihm da einen massiven Sonnenbrand verpasst und warum? Oder litt er schon unter Verfolgungswahn?

„Was ist denn mit Ihnen los?" Der hatte ihm gerade noch gefehlt. Studienrat Wichter baute sich vor ihm auf. Im dunkelroten Bademantel war er auf dem Sprung zur nächsten Fangopackung.

„Sie sind ja krebsrot! Sonnenbrand? Du lieber Gott, das ist hochgefährlich, die Haut vergisst nichts!"

Doch ehe Wichter anfangen konnte, ihm einen Vortrag über die Gefahren des Sonnenbrands im Allgemeinen und im Besonderen zu halten, stand Tjaden auf und schleppte sich davon.

Als er gerade die Treppen zu seinem Zimmer hochstieg, diesmal war er froh, dass es ein Geländer gab, ging sein Handy. *Amazing Grace ...*

„Ich habe Neuigkeiten", sagte Maria. „Eine gute und eine schlechte. Welche willst du zuerst hören?"

Tjaden schaute sich um. Konnte er frei sprechen? Am Treppengeländer über ihm leuchtete ein weißer Kittel. Erst als er in seinem Zimmer war und die Tür fest hinter sich geschlossen hatte, teilte er Maria mit, dass er die gute Nachricht zuerst hören wolle. Positiv denken! Was blieb ihm anderes übrig.

„Also: Es gibt tatsächlich einen Professor Steins in Düsseldorf."

„Ach so. Und was ist an der Nachricht gut?"

„Na, für den Doktor ist das gut."

„Dann sind wir auf der falschen Fährte. Also jetzt keine Spielchen, ich bin nicht in der Verfassung."

„Dann ist diese Nachricht eben die gute", triumphierte Maria. „Der Professor ist nämlich Urologe! Und Urologen befassen sich im Allgemeinen nicht mit Migräne."

„Schon besser."

„Du bist ja so einsilbig, Onno. Was ist los?"

„Ich hab' einen Sonnenbrand. Bin zwangsbestrahlt worden. Aber frag nicht wie!"

„Komm nach Hause, Onno!"

„Ich bleibe. Bis ich weiß, was hier gespielt wird."

Ganz persönlich

Endlich lag Dr. Johannsens Personalakte auf dem Tisch. Professor Schulte-Brosius, soeben vom Golfen in Karelien zurück, hatte sie Remmers persönlich ausgehändigt. Der blätterte sie durch. Auf den ersten Blick nichts Auffälliges zu entdecken. Gute Referenzen hatte der junge Mann. Wieso sollten sich die Behörden für ihn interessieren?

„Wie sind Sie denn zu Dr. Johannsen gekommen, Herr Professor?"

„Er hat sich beworben. Und Professor Eckermann aus Kiel, eine Kapazität auf dem Gebiet der Allergologie, hat ihn mir empfohlen. Der Kollege rief mich sogar persönlich an und setzte sich für Dr. Johannsen ein."

„Wie ging das vor sich?"

„Na ja, Dr. Johannsen hatte mir erzählt, dass er bei Professor Eckermann studiert und gearbeitet hat, und dass dieser mir auch gern persönlich seinen Eindruck schildern werde, wenn ich Wert drauf lege. Ein sehr großes Entgegenkommen von Professor Eckermann, in den Genuss kommt bestimmt nicht jeder seiner Schüler und Mitarbeiter."

„Hatten Sie Prof. Eckermann schon vorher einmal persönlich gesprochen?"

Der Chefarzt verneinte.

Remmers stellte sich vor, dass es ein Leichtes gewesen sein musste, als Professor Eckermann bei Professor Schulte-Brosius, dem verehrten Kollegen, anzurufen und einen jungen Mitarbeiter wärmstens zu empfehlen. Kein Problem, man musste noch nicht einmal ein guter Stimmenimitator sein, da die beiden Herren ja noch nie persönlich miteinander zu tun gehabt hatten.

Promoviert worden war Christoph Johannsen laut Urkunde in Münster in Westfalen. Es handelte sich um eine vom Universitätssekretariat der Ruhruniversität Bochum beglaubigte Kopie. Aber das beeindruckte Remmers gar nicht. Er würde nie den Fall jener Frau vergessen, die einen neugeborenen Säugling aus dem Wittmunder Krankenhaus entführt hatte und der es gelungen war, einem Standesbeamten in Aurich eine Geburtsurkunde abzuschwatzen. Das Dokument war echt! Das hatte der Polizei ziemliche Schwierigkeiten gemacht. Wer so etwas vorzuweisen hatte, musste doch eine reine Weste haben. Eine amtlich beglaubigte Kopie war schon eher verdächtig. Für einen gewieften Fälscher war so ein Ding doch gar kein Problem.

„Stellen Sie fest, ob ein Christoph Johannsen 1993 in Münster promoviert wurde!“, schickte er Extra los.

Während sie warteten, lobte Hartmut Schulte-Brosius seinen Mann in den höchsten Tönen: absolut zuverlässig, mit einem Ohr für mitmenschliche Probleme, von ausgeprägtem sozialen Talent und hohem Fachwissen! Unverzichtbar für seine Klinik! Außerdem habe er Rückgrat, wenn es darauf ankomme. Ein erfreulich harter Bursche, mit einem wirklich harten Kern. Sehr schätzenswert in unserer heutigen Zeit. Aber nun müsse er sich leider verabschieden, seine Sprechstunde fange an.

In der Promotionsliste der Westfälischen Wilhelms-Universität Münster gab es keinen Christoph Johannsen. Nicht im Jahr 1993 und auch in keinem anderen Jahr.„Ein Hochstapler“, sagte Remmers hochgestimmt. „Der ist jetzt dran.“

„Aber wer schuld ist am Tod von Silvia Inzinger, wissen wir deshalb immer noch nicht, Chef“, bremste Extra seine Begeisterung.

„Abwarten, Extra! Zwar morden Hochstapler nicht, jedenfalls im Allgemeinen nicht. Aber es hat auch schon Ausnahmen gegeben. Oder er hängt sonst irgendwie mit drin.“

Johannsen war wieder einmal abgetaucht, auch Hochstapler hatten ein Recht auf Privatleben und geregelte Freizeit. Die beiden suchten ihn überall.

Erst Gina Franzke gab ihnen den Tipp, dass der Doktor wohl bei Frau Kunze zu finden sei. „Sie hat ihn zum Essen eingeladen.“ Gina war gerade dabei, eine Ladung grellbunter Poolnudeln aus dem Becken zu fischen. „Das hab' ich zufällig heute Mittag mitgekriegt. Die Kunze demonstriert gern ihre Kochkünste. Vielleicht will sie ihm auch nur was ganz Leckeres machen, weiß man ja nicht. Im Kochen ist sie ja Expertin.“

„Sind die beiden befreundet?“

Gina warf sich mit Schwung eine ganze Ladung der bunten Plastikschlangen über die robuste Schulter und lächelte den Kommissar an: „Könnte man sagen. Zumindest waren sie das.“

„Und jetzt nicht mehr? Gibt's Meinungsverschiedenheiten? Eine Krise?“

„Na ja, was man so hört. Er lässt ja wohl nichts anbrennen. Die Kunze zelebriert ein Versöhnungsessen, denk' ich mal.“

„Liebe geht durch den Magen, wie?“, Remmers versuchte, sich locker zu geben. Ganz locker, ganz jugendlich cool.

Prompt zwinkerte ihm Gina zu.

Eigentlich ein patentes Mädchen. Er mochte es, wenn Frauen kräftigen Haarwuchs hatten, auch an den Beinen. Je mehr, desto besser. Und der sogenannte Damenbart schreckte ihn auch nicht.

Wenn Liebe durch den Magen geht

Beate Kunze, Oecotrophologin stand auf dem Türschild. Messing, in nostalgischer Schreibschrift, sehr gediegen. Remmers drückte auf den Klingelknopf, Extra wartete im Hintergrund.

„Nicht gleich mit der Tür ins Haus fallen", hatte Remmers ihm eingeschärft. „Erst mal sehen, was da abläuft zwischen den beiden."

Nett wohnte das Klinikpersonal hier, richtig idyllisch. Gleich hinter den Dünen. Heckenrosen überall, rot und prall leuchteten die Hagebutten. Karnickel hoppelten über die kurz geschorenen Rasenflächen. Die Sonne färbte den Abendhimmel rot. Das gute Wetter würde sich wohl nicht halten.

Beate Kunze öffnete die Tür.

Ihr Gesicht war gerötet, nicht nur von der Abendsonne. Diesmal trug sie keinen weißen Kittel, sondern ein enges schwarzes Top mit Spaghettiträgern, allerdings mit einer Schürze darüber, auf der zu lesen war: *Hier kocht der Chef.*

„Nanu?", sagte sie. „Was wollen Sie denn? Ich habe gerade Besuch. Aber bitte, kommen Sie herein."

Remmers putzte sich intensiv die Schuhe auf der Fußmatte ab. „Entschuldigen Sie, Frau Kunze, dass wir Sie privat belästigen. Aber Dr. Johannsen ist bei Ihnen, und den müssen wir doch noch eben etwas fragen. Wir kommen sonst mit unseren Ermittlungen nicht weiter."

Drinnen, auf dunklem Leder, saß Christoph Johannsen, der Stationsarzt, der keiner war, und blickte ihnen mit Pokerface entgegen. Man war offenbar kurz vor dem Essen. Der Tisch war festlich gedeckt. Wie abgeguckt aus einem Magazin, *Essen und Trinken* oder so. Eine sandfarbene Decke war aufgelegt und ein tiefbraunes Service mit muschelverziertem Rand stand darauf. Auch die ockerfarbenen Servietten trugen Muschelmotive. Sanddornzweige waren als Tischschmuck ausgebreitet, ein Gesteck aus Strandhafer, Hagebutten und einer Silberdistel prangte in der Mitte. Ein gelungenes Arrangement.

Remmers machte auf Konversation. „Wunderbar haben Sie es hier." Er schnupperte. „Hmm, Sie haben offenbar was ganz Leckeres vorbereitet. Pilze?"

„Von mir selbst gesammelt. Leider habe ich nicht so viele gefunden. Ich würde Sie gern zum Essen einladen, aber dafür reicht es nicht. Wir haben nur kleine Portionen heute."

„Um was geht's denn, Herr Kommissar?", fragte Johannsen.

„Gleich", antwortete Remmers und fuhr fort: „Pilze haben zwar keinen hohen Nährwert, sind jedoch voll wertvoller Mineralien und Spurenelemente. Da staunen Sie, was?" Er sah an sich herab. „Bei meinen sporadischen Diätkuren – Sie wissen ja, Jojo-Effekt – da esse ich Berge von Pilzen."

„Haben Sie denn gewusst", fragte Beate Kunze, „dass es auf Norderney eine ganze Reihe von Pilzarten gibt? Vom Riesenschirmpilz über den Schopftintling bis zum Sandzärtling? Der wächst übrigens in den Weißdünen aus dem Sand heraus. Sandzärtling!", wiederholte sie und sah Johannsen zärtlich an. *Du mein Sandzärtling*! „Leider sind die alle ungenießbar", merkte Frau Kunze noch an.

„Und was für Pilze gibt es heute bei Ihnen?", erkundigte sich Extra.

„Champignons, ordinäre Wiesenchampignons." Die Hausfrau machte keine Anstalten, in die Küche zu gehen und aufzutragen. „Kann ich Ihnen etwas zu trinken anbieten?", fragte sie höflich.

Die beiden Herren lehnten dankend ab, sie seien im Dienst. Remmers erkundigte sich jedoch, wie Frau Kunze denn die Pilze serviere. Sautiert? Woraufhin sie erwiderte, sie würden geschmort mit Speck und Zwiebeln und verfeinert mit einem Schuss Sahne, und nun möchten die Herren sie bitte entschuldigen.

Einen Augenblick später brachte sie zwei gefüllte Teller herein, stellte sie auf dem Esstisch ab und zündete die Kerzen an.

Endlich kam Remmers zur Sache. „Können wir denn mit Herrn Johannsen mal kurz unter vier Augen sprechen? Wirklich nur einen Augenblick, dann können Sie ungestört essen."

„Natürlich." Beate Kunze verschwand wieder in der Küche. Herr Johannsen – hatte er registriert, dass der Beamte ihn schon seiner akademischen Würden beraubt hatte? – nahm einen Schluck Bier und lehnte sich zurück. Er gab sich lässig.

„Herr Johannsen, Sie haben in Münster promoviert, ist das richtig?"

„Ja, und?"

„Nun haben wir das Promotionsregister in Münster eingesehen. Muss ich noch deutlicher werden? Also, Sie halten sich von jetzt an ständig zu unserer Verfügung. Morgen früh um acht holen wir Sie in Ihrem Sprechzimmer in der Klinik ab. Und versuchen Sie bitte nicht, die Insel zu verlassen. Wir haben Sorge getragen, dass das nicht möglich ist."

Johannsen nickte. Äußerlich schien er ungerührt. Nur die Hand, die das Bierglas hielt, zitterte kaum merklich, und seine rechte Schuhspitze wippte auf und ab, auf und ab.

„Ja, Herr Johannsen, also dann bis morgen früh!", sagte Remmers laut.

Auf der Diele kam ihnen Beate Kunze aus der Küche entgegen. „Sie wollen schon gehen, meine Herren?" Lächelnd öffnete sie ihnen die Wohnungstür.

„Auf Wiedersehen. Schönen Abend noch!", entgegnete Remmers. „Und recht guten Appetit!"

Alter Zyniker, dachte Extra.

Als sie durch den Vorgarten gingen, an einem Karnickel vorbei, das reglos unter einem Rosenstrauch hockte, sagte Remmers: „Das wird wohl seine Henkersmahlzeit. Als Arzt ist er gestorben, das weiß er jetzt. Und morgen kann er seine Sachen packen."

„Wieso sind Sie eigentlich so sicher, Chef, dass der nicht noch abhauen kann?"

„Gut, dass Sie fragen, Extra. Ziehen Sie sich warm an und postieren Sie sich am Yachthafen. Die Frisia-Leute sind informiert, und vom Flugplatz geht 'ne halbe Stunde nach Sonnenuntergang nichts mehr raus. Der müsste sich schon einen privaten Hubschrauber aufs Klinikdach bestellen."

Extra war sauer. „Wunderbar! Und wer hat denn nun Silvia Inzinger auf dem Gewissen?"

„Abwarten", sagte Remmers.

Einer packt aus

Es war noch einmal ein wunderbar friedlicher Altweibersommertag auf Norderney. Die Kurgäste wandelten unermüdlich an der Seeseite hin und her oder ließen immer noch bunte Drachen am Strand steigen, auf den Buhnen sammelten sich - braun, mit weißer Brust - Scharen von Alpenstrandläufern zum Zug in den Süden, am Himmel zogen Graugänse vorüber, man sonnte sich noch einmal in den Strandkörben, und mitten in den Weißdünen nach Osten hin, auf den Wiesen am Grohdepolderdeich, am Rand des

Golfplatzes oder im Kiefernwäldchen brachen Sandzärtlinge aus dem Boden, entfalteten sich Schopftintlinge, schoben Champignons ihre weißen Kappen aus dem Boden, frech und prall.

Dr. Johannsen sah übernächtigt aus, doch er öffnete ihnen pünktlich die Tür seines Sprechzimmers. Noch trug er seinen weißen Kittel.

„Okay, ich geb's zu", sagte er und ließ sich in seinen Schreibtischsessel fallen.

„Was geben Sie zu?", fragte Remmers.

„Dass ich mir Amt und Titel angemaßt habe." Er starrte den Äskulapstab an, den ein Morgensonnenstrahl vergoldete. „Aber es war die Sache wert. Endlich mal 'n paar Jahre anständig gelebt. Es hat mir Spaß gemacht zu sehen, wie leicht die Leute sich reinlegen lassen."

„Sie haben natürlich auch Professor Schulte-Brosius angerufen und sich selbst empfohlen?"

„Was denn sonst." Johannsen erhob sich, zog seinen Kittel aus und hing ihn sorgfältig auf den Haken an der Wand. Dann nahm er wieder hinter dem Schreibtisch Platz. Ein letztes Mal.

„Im Übrigen war ich gar kein schlechter Arzt. Man muss zuhören können, dann kommt die Heilung von selbst. Fast von selbst", korrigierte er sich.

„Und hier als Klinikarzt konnten Sie wohl auch nicht allzu viel falsch machen, oder?"

Johannsen nickte. Hinter dem Schreibtisch, der ihm schon nicht mehr zustand, gab er sich nun abgeklärt. „Die Patienten brachten ihre genaue Diagnose immer schon mit, vom Amtsarzt oder vom Vertrauensarzt abgesegnet. Und wenn mir wirklich mal einer richtig absackte, hab' ich ihn ins Inselkrankenhaus überwiesen. Beziehungsweise an einen Spezialisten drüben auf dem Festland. Wichtig war sowieso nur eins: dass ich den Kurerfolg attestierte, die Leute arbeitsfähig schrieb! Auf die Erfolgszahlen kam es an. Die kamen in die Akten und waren Voraussetzung dafür, dass die Kassen neue Patienten schickten." Johannsen stand auf. „So, und nun muss ich das noch mit dem Chef regeln. Irgendwie tut's mir Leid, dass das jetzt so dumm gelaufen ist. Ich kann mich nämlich nicht beklagen über ihn."

„Und Sie haben ihm den Rücken freigehalten, damit er Golf spielen oder seine Maschine nach Ibiza pilotieren konnte. Wo dann die Segeljacht wartete?" Remmers schien einen Augenblick zu überlegen. „Übrigens Ibiza. Silvia Inzinger hatte dort in einem teuren Club Luxusferien gebucht. Konnte sie sich das leisten?"

„Wieso denn nicht? Die hat doch verdient und hat in der Klinik gewohnt und gegessen. Die hatte minimale Ausgaben."

Remmers schlug die Akte auf und fingerte eine Klarsichttasche heraus, in der sich die aufgeklebten Bruchstücke von Silvias letzter Botschaft befanden. „Schauen Sie mal, was ich hier habe." Er gab ihm die Klarsichttasche in die Hand.

Johannsen warf einen Blick darauf und ließ sich wieder in den Sessel fallen. Er fingerte an seinem Stethoskop herum, das auf dem Schreibtisch lag.

„Na?", fragte Remmers. „Sieht ein bisschen nach Erpressung aus. Die machte Druck, was? Vielleicht können wir es uns ersparen, Ihr Konto zu überprüfen."

Johannsen trat die Flucht nach vorn an. „Okay, sie hat mich erpresst, und ich hab' ihr Geld gegeben. Sie wusste, dass ich kein Arzt bin. Das hatte sie rausgekriegt, als wir ..." Er zögerte.

„Beim Bettgeflüster, was?"

„Ja okay. Wir hatten 'ne Beziehung. Kurzzeitig", nuschelte Johannsen, als sei es ihm peinlich.

„Kurzzeitig? Was heißt denn das bei Ihnen?"

„Ein paar Wochen oder so. Aber sie hat sich eingebildet, sie könnte mich festnageln – für 'ne Krankenschwester ist ein

Arzt immer noch das Tollste, das können Sie mir glauben! Dass da beziehungsmäßig nichts mehr lief, hat sie am Ende kapiert. Aber dann wollte sie mir die Daumenschrauben anlegen und mich abzocken. Ihr Wissen an die richtige Stelle bringen und so 'n Scheiß. Falls ich mich nicht" - er verzog das Gesicht - „erkenntlich zeigen würde."

„Sie reden von ihr, als hätte sie sich nur abgesetzt. Aber sie ist tot, Herr Johannsen!"

Johannsen starrte nur vor sich hin. Dann sprang er plötzlich auf und schrie: „Mit ihrem Tod habe ich nicht das Geringste zu tun! Das könnte Ihnen so passen, mir das anzuhängen!"

Remmers ging auf ihn zu, so nahe an den blassen Mann heran, dass er seine Vogelnase schon in die Tabuzone schob, in die man bei anderen Menschen nicht ohne Erlaubnis eindringt, und zischte: „Nicht das Geringste, was?" Dann trat er wieder zurück. „Darf ich Sie daran erinnern, dass Sie kein Alibi haben für die Tatnacht? War es nicht so, dass Sie bei ihr waren und ihr Versöhnung und neue Liebe vorgespielt haben? Sie haben ihr reichlich Alkohol eingeschenkt und ihr am späteren Abend dann ein paar Tabletten Rohypnol ins Glas geworfen - für Sie war das gar kein Problem, an das Zeug zu kommen, zu dem Zeitpunkt waren Sie ja noch Arzt. Und dann haben Sie ihr ein romantisches Mitternachtsbad vorgeschlagen und sind mit ihr zum Pool. Trotz ihres Zustands hatte sie plötzlich Angst und wollte nicht ins Wasser. Und da mussten Sie eben etwas nachhelfen. Mit Silvia Inzinger am Halse wären Sie doch Ihres Lebens nicht mehr froh geworden. Haben Sie sie eigentlich getreten oder mit der Faust gestoßen? Lange brauchten Sie ihren Kopf ja wohl nicht unter Wasser zu halten." Zufrieden mit sich nahm Remmers auf dem Patientenstuhl Platz und starrte Johannsen fragend ins Gesicht.

Der schien sich wieder gefasst zu haben. „Also wissen Sie, für 'nen Polizisten haben Sie aber eine überaus üppige

Phantasie! Haben Sie auch Beweise? Ich habe sie nicht umgebracht! Ich bin doch nicht blöd."

„Herr Johannsen, ich verhafte Sie wegen Mordes an Silvia Inzinger."

„Ich will einen Anwalt", forderte Johannsen.

„Den können Sie haben, selbstverständlich. Haben Sie einen bestimmten im Sinn? Hier ist das Telefon. Ich empfehle Ihnen Dr. Röttger in Aurich, der ist, was Tötungsdelikte angeht, sehr beschlagen."

Johannsen sah ihn böse an. Die Ausstrahlung des jungen Doktors, der ein Händchen für Frauen hatte, war wie weggeblasen.

In diesem Augenblick flog die Tür auf und die Oberärztin stürzte herein. „Christoph, was ist los?", rief sie entsetzt. „Wie siehst du denn aus?! Was ist passiert?" Sie trug einen zarten himmelblauen Pullover und streckte die Hände nach dem Kopf des Mannes aus, als wollte sie ihn auf der Stelle tröstend in die wunderbar weiche Wolle über ihrer Brust betten.

„Also gut, sagen Sie's ihr", sagte Remmers. „Wir warten so lange draußen."

Tjaden zapfte sich gerade einen Kräutertee, als sie den Mann, der nicht mehr sein Stationsarzt war, abführten. Ganz unspektakulär. Nicht etwa in Handschellen, sondern betont unauffällig. Remmers und Extra hatten ihn eingerahmt und führten ihn zum Lift. Die Oberärztin, aschfahl im Gesicht, die Hand entsetzt vorm Mund, folgte ihm. Sie würde zu ihm halten, was auch immer geschah. Wie brachte ein solcher Blender es bloß fertig, dass eine so gestandene, hochgebildete Frau für ihn durchs Feuer ging? Es wurde wohl an ihre brach liegende Mütterlichkeit appelliert. Sie musste ihn retten, den bösen Buben.

Eine steht neben sich

In der Klinik brodelte es. Schon beim Frühstück gab es nur ein Gesprächsthema: Der Arzt, der keiner gewesen war. Und der außerdem noch diese Schwester umgebracht hatte. Kein Arzt, sondern ein Mörder?

„Also ich glaube das alles nicht!“, tönte Karla Buxbaum. „Der war doch so fähig, der junge Mann! Endlich mal einer, der sich Zeit genommen und zugehört hat! Bei mir hat der sofort erkannt, dass mein Gewicht in der Tat nur seelische Gründe hat. Das ist psychogen, Frau Buxbaum, hat er gesagt und mir dabei so fein die Hand auf den Bauch gelegt, das fühle ich heute noch, diese Hand auf meinem Bauch ...“ Sie griff nach einem Kürbiskernbrötchen und setzte das Messer an. „Das müssen wir ganzheitlich in den Griff kriegen, hat er gesagt, und deshalb sind Sie ja auch hier! Nein, nie und nimmer ist der ein falscher Arzt, geschweige denn ein Mörder! Da kämen für mich ganz andere Kandidaten in Frage. Was denken Sie denn, Herr Tjaden? Sie sind doch unser Experte hier!“

Tjaden blickte aufs Meer hinaus. Draußen fuhr wieder das ominöse Schiff vorbei. Seebestattung, schwarz-weiß-orange. Er schob den Teller mit dem Rührei beiseite, ihm war heute nicht danach. Aber eine Antwort musste Frau Buxbaum ja haben.

„Dass er ein Hochstapler ist, steht offenbar fest. Er hat nicht die nötigen Prüfungen abgelegt und widerrechtlich den Doktortitel geführt.“ Außerdem ist er ein Frauenheld und spielsüchtig, fügte er in Gedanken hinzu. „Ob er tatsächlich Schuld ist am Tod der Schwester, kann ich nicht sagen, ich kenne den letzten Ermittlungsstand nicht.“ Karla Buxbaum hing andächtig an seinen Lippen. „Unsere Emotionen, Frau Buxbaum, müssen bei der Entscheidung, ob schuldig oder unschuldig, gegenüber der Beweislage zurückstehen.“

Tatsächlich wollte und konnte er nichts weiter sagen. Wenn er auf sein Gefühl hörte, war er sich keineswegs sicher, dass Johannsen der Täter war. Verdächtig oder zumindest zwielichtig waren eine ganze Menge Leute. Edo Rass zum Beispiel, der Mann mit dem brutalen Griff, der auch mal kurzzeitig etwas mit Silvia gehabt hatte. Der brauchte doch nur einmal etwas kräftiger zuzufassen, und schon gab es blaue Flecken.

Oder Hans-Martin Warnecke, das Weichei, das bei ihr nicht hatte landen können. Der enttäuschte Verehrer, der den in seinen Augen gefallenen Engel umbringt. So etwas gab's. Oder jeder andere, der Zugang hatte zum Pool in der Nacht und zu Schwester Silvia. Wen hatte sie denn wohl alles mit Schlüsseln versorgt? Professor Schulte-Brosius persönlich hätte dort auftauchen können. Wie stand es denn um dessen Eheglück? Und der Hausmeister, auch eine dubiose Type mit Zugang zum Pool. Ob der Remmers das alles genau abgecheckt hatte?

Und konnten die beiden Kollegen in den paar Tagen wirklich über zweihundert Patienten durchleuchtet haben? Vielleicht hatte die ja nicht nur für den Schlüsselservice Geld genommen.

Beim Mittagessen ging es schon etwas ruhiger zu. Tjaden kaute unlustig an seinem Hähnchenbrustfilet, Menü II, und starrte gedankenverloren zum Büfett hinüber. Studienrat Wichter stand dort schon auffällig lange. Was machte der denn da? Er schenkte sich wohl gerade Buttermilch ein. Neben ihm nahm sich Franz-Josef Niederhuber ein wenig gemischten Salat. Beide verdeckten Frau Kunze, das wachsame weiße Ausrufezeichen.

Merkwürdig. Sonst ging der Studienrat ihr konsequent aus dem Weg, und heute so ganz auf Tuchfühlung! Desensibilisierungstherapie? Unliebsame Zeitgenossen ertragen lernen? Vielleicht saß ein Ekel neben ihm im Lehrerzimmer, ein Kerl, der alles besser wusste, nach Knoblauch stank und den er bis zu seiner Pensionierung nicht mehr loswerden würde.

Jetzt war der Blick auf Frau Kunze wieder frei. Sie griff nach einem Glas, in dem eine weiße Flüssigkeit war. Und nun hatte sich auch Karla Buxbaum zum Büfett durchgekämpft.

Triumphierend kam sie gleich darauf mit einem überladenen Teller zurück. „Also, ich weiß gar nicht, was mit der Oecotroph heute los ist", rief sie so laut, dass die Köpfe am Nachbartisch sich drehten. „Die steht ja direkt neben sich! Die hat gar nicht mitgekriegt, was ich mir hier alles mitgenommen habe." Sie zeigte stolz auf vier dicke Matjesfilets. „Sehen die nicht gut aus? Ich schwärme für jede Art von Fisch, da könnt' ich mich ..."

„Reinsetzen, ich weiß", brummte Tjaden.

Möglichst unauffällig warf er einen Blick zum Büfett hinüber. Beate Kunze war tatsächlich nur ein Schatten ihrer selbst. Sehr bleich, geradezu gräulich sah sie aus, und der sterile weiße Kittel machte sie noch blasser als sonst. Sie lehnte an der Wand des Speisesaals und starrte apathisch vor sich hin. Plötzlich schwankte sie, suchte vergeblich Halt an dem Pflanzenarrangement neben dem Büfett, ein Glas zerschellte - sie sackte zusammen.

Jemand rief schrill nach einem Arzt. Eine Menschentraube drängte sich vor dem Büfett.

Es schien eine Ewigkeit zu dauern, bis die Oberärztin endlich neben der Frau kniete. Christoph Johannsen war unabkömmlich, wie jeder wusste.

Man schleppte sie in die Küche, wo die Esser nicht gaffen konnten.

„Verdacht auf Vergiftung!", stellte Dr. Pustell fest. Die Lippen der Frau waren fast weiß, sie wandt sich in Krämpfen. „Sofort ins Krankenhaus! Dafür sind wir hier nicht ausgerüstet."

Als sich der Krankenwagen mit Blaulicht und Sirene der Klinik näherte, schlug gerade die Tide um, die Ebbe setzte ein.

Kuckt ja keiner mehr, woll?

„Haste das mitgekriegt?"

„Was denn?"

„Na, wie die da umgekippt ist! Da hat sich manch einer klammheimlich gefreut, dat sach ich dir! Gibt genug Leute, die die nicht ausstehen konnten. Schon allein, wem die alle die Kalorien vorgezählt hat!"

„Was die wohl hat?"

„Vielleicht isse schwanger. So war das doch immer in alten Filmen. Wenn da 'ne Frau umkippte, war sie immer schwanger. Da konnteste Gift drauf nehmen."

„Gift? Mensch, vielleicht isse ja vergiftet worden. Gift inner Buttermilch oder so."

„Quatsch. Wir sind hier doch nicht innem Krimi. Tatort Norderney. O Gott, die Buttermilch war vergiftet, wa? Nee, die kriegt 'n Kind."

„Oder se iss blutarm, total blutarm. Das geht auf 'n Kreislauf. Das kommt von der Abmagerei."

„Bulimie?"

„Wat is dat denn?"

„Wenn sich jemand nach dem Essen sofort den Finger in den Mund steckt, um es wieder loszuwerden."

„Ich hol' mir jetzt auf jeden Fall erst mal 'n ordentlichen Nachschlach. Die Gelegenheit ist günstig. Kuckt ja keiner mehr, woll?"

Das Verhör kam und kam nicht voran. Johannsen saß den beiden Beamten gegenüber und rauchte hektisch, im Aschenbecher häuften sich die Kippen. Schon den ganzen Morgen war er bei seiner Aussage geblieben: Er habe mit dem Tod der Schwester nichts zu tun.

Polizeihauptkommissar Pauly brachte Kaffee, Johannsen stürzte ihn hinunter. Schwarz, ohne Zucker. Die Käsesemmel vom Inselbäcker schräg gegenüber ließ er liegen. Steckte sich sofort wieder eine Zigarette an und leugnete weiter.

Mittagspause. Remmers und Extra ließen sich eine Pizza vom Italiener aus der Poststraße bringen, Johannsen lehnte ab. Doch er bat darum, ein paar Schritte draußen in der Sonne tun zu dürfen.

„Na klar", sagte Remmers, „aber erst nach Ihrem Geständnis. Wir haben Familie, wir wollen auch nach Hause. Und bevor Sie nicht gestanden haben, gehen wir hier nicht raus."

Als er nach über einer Stunde wieder um Auslauf bettelte, schaltete sich sein Anwalt ein. „Ihnen ist doch hoffentlich klar, Herr Remmers, dass ich Ihre Art, die Vernehmung zu führen, vor Gericht verwerten kann?"

„Also gut, 'ne Viertelstunde", knurrte Remmers.

Der Anwalt begleitete Johannsen, und Remmers schickte den Polizeihauptkommissar mit.

So viel Stress, ging es Pauly durch den Kopf, und alles wegen der Weiber! War eigentlich ein Segen, dass er die Corinna los war. Der war auch allerhand zuzutrauen. Da werden Weiber zu Hyänen ...

Sie hatten die Promenade erreicht und setzten sich auf eine Bank, dicht nebeneinander. Johannsen sah hinaus aufs sonnenüberglänzte Meer. Regungslos. Ungerührt. Zum Reden aufgelegt war er nicht gerade.

Da klingelte ein Handy.

Automatisch griff Pauly in seine Jackentasche. „Ja?"

„Ich bin's, Corinna", wisperte es ihm ins Ohr. Sein Herz schlug ihm bis zum Hals.

„Corinna", wiederholte er und fühlte, wie er rot wurde, „ich - ich bin im Dienst."

„Ja okay. Aber ich muss dich unbedingt sehen, ich...", schluchzte die etwa? „Ich, ... ich komme heute Abend rüber, auf die Insel. Ich komme wieder. Mit dem letzten Schiff!"

Die Kehle war ihm zugeschnürt. Johannsen wollte plötzlich aufstehen. Er packte ihn am Ärmel, zog ihn auf die Bank zurück und hielt sich mit der anderen Hand zittrig das Handy ans Ohr.

„Ich will zurück", wisperte es. „Zu dir. Nach Norderney. Und das stimmt wirklich. Hab' ich bloß nicht gewusst. Ich kann mich nicht verkaufen!"

„Heute Abend, letztes Schiff", wiederholte Pauly mechanisch. „Ich hol' dich ab."

„Mir ist kalt", sagte Johannsen. Von mir aus können wir zurückgehen."

„Okay."

Hoffentlich kam der Kerl nun endlich rüber mit seinem Geständnis. Heute Abend wollte er frei sein. Ein Schiff würde kommen, Corinna würde an der Reling stehen, ihm zuwinken ganz wie früher, und hinter ihr würde die Sonne blutrot untergehen ... *Norderney. Ich komme wieder.*

Das Verhör ging in die zweite Runde. Wieder saß Johannsen den beiden Beamten gegenüber. Und wieder beteuerte er beharrlich, er habe mit dem Tod von Silvia Inzinger nichts zu tun, im Wortsinne gar nichts, und ob er jetzt endlich gehen könne.

„Das haben wir nun schon zu oft von Ihnen gehört, das führt uns doch nicht weiter, Johannsen!"

Das Telefon klingelte. Remmers griff nach dem Hörer.

„So ist das", sagte er nach einer Weile. „Das ist ja 'n

Hammer." Er legte den Hörer auf und sah Johannsen scharf an. Wie jemand, der sich im nächsten Augenblick auf sein Opfer stürzen will. Wie einer von den Kormoranen, die starr auf den Pfählen in der Fahrrinne vor Norddeich hockten, sich plötzlich wie Pfeile ins Wasser stürzten und gleich darauf, mit dem Fisch im Hals, schlingend, wieder an die Oberfläche kamen.

„Also, Johannsen, jetzt erklären Sie uns doch mal ganz genau: In welchem Verhältnis stehen Sie denn eigentlich zu Frau Beate Kunze?"

„Beate? Was hat denn das mit Silvia zu tun?"

„Wir stellen hier die Fragen", blaffte der Kommissar.

„Na ja, ich kenne Beate - Frau Kunze gut. Schon ziemlich lange."

„Und? Was heißt das? Haben Sie ein Verhältnis miteinander?"

„Ja. Das heißt, nein. Wir waren eine Zeitlang zusammen, ungefähr zwei Jahre. Und Beate - Frau Kunze hat sich eingebildet, dass ich sie heirate. Die wollte vor allem eins: unbedingt Frau Doktor werden." Johannsen verzog den Mund zu einem schiefen Grinsen, als könne er diesen Wunsch einer Frau ja nun gar nicht verstehen. Wie konnte frau nur so titelgeil sein! „Wenn man selbst kein Doktor werden kann, muss man eben einen heiraten. Sie wollte Prestige, Ansehen, was weiß ich. Und dann ..."

„Fand Schwester Silvia, mit der Sie auch - zwischenzeitlich, kurzzeitig, oder wie muss ich sagen? - ein Verhältnis hatten, heraus, dass Sie gar kein Doktor sind. Aber nun kommt Beate Kunze ins Spiel."

Johannsen nickte ergeben. Jetzt sah er aus wie ein alt gewordener Junge. Der weiße Kittel hatte ihn doch ziemlich aufgewertet. „Darf ich daraus schließen, dass Beate Kunze auch über Ihre Hochstapelei Bescheid wusste?"

„Herrgott, ja! Aber ob die einen echten oder 'n falschen Doktor kriegte, war der doch egal."

„Und die Kunze hat rausgekriegt, dass Sie Silvia Inzinger umgebracht haben, und hat den Druck auf Sie enorm erhöht. Die wären Sie nicht mehr losgeworden. Also musste sie auch sterben."

Johannsen war müde, man sah es ihm an. Würde er aufgeben, sich ins Unvermeidliche schicken? Er griff nach dem Glas Wasser, das Extra ihm hingestellt hatte, und hielt sich daran fest, ohne zu trinken. „Das ist ja völliger Blödsinn, und wenn's sich noch so logisch anhört. Die Silvia war ein absolutes Biest! Und Beate wollte mich schützen. Das lag ja auch total in ihrem Interesse. Der war natürlich klar, dass auch für sie alles aus war, wenn's rauskam. Da hätte sie sich 'nen neuen Doktor suchen müssen."

Johannsen schien jetzt reif, wollte wohl auspacken.

„Überlegen Sie sich genau, was Sie sagen", ermahnte ihn sein Anwalt. „Sie können auch die Aussage verweigern!"

Als hörte er gar nichts mehr, redete Johannsen weiter. „Sie hat Silvia neulich abends besucht."

„Wann war das: neulich? Also Donnerstagabend? Und um welche Uhrzeit genau?", hakte Remmers nach.

„So um halb zehn rum, glaube ich."

„So, glauben Sie. Ja, und weiter?"

„Die beiden haben miteinander getrunken, das heißt, Silvia hat getrunken, 'ne Unmenge, und dann hat Beate ..." Er brach ab.

„Was hat Beate?", fragte Remmers lauernd.

„Dann hat Beate sie zum Pool geschafft." Johannsen nahm einen Schluck aus dem Glas und stellte es sehr behutsam wieder ab. „Den Rest kennen Sie."

„Na also, Sie sind ja ein feines Früchtchen. Sie schrecken aber auch vor gar nichts zurück, wie?"

„Herr Remmers", schaltete sich der Anwalt ein, „ich habe Sie schon vorhin darauf hingewiesen, dass Ihre Art, die Vernehmung zu führen, unzulässig ist. Das grenzt ja an Psychoterror, was Sie hier machen!"

„Also gut, 'tschuldigung, Johannsen. Dann erzählen Sie mir eben Ihre Story."

„Ich ahnte schon, dass Beate irgendetwas vorhatte, aber was Konkretes hat sie mir nie erzählt. Und dann hatten wir diese – ich sag mal, Grundsatzdiskussion. Wegen unserer Beziehung. Da hab' ich ihr gesagt, dass ich mich in Frau Dr. Pustell verliebt habe und dass wir uns verloben würden. Und dann hab' ich ihr noch gesagt, wir beide hätten uns doch gut miteinander beholfen, und jetzt wär's eben vorbei. Also dass wir Freunde bleiben könnten und so. Mein Gott, war die wütend! Der ganze Frust kam raus. Die hat mich bedroht, ich hab' echt Angst bekommen. Das würde ich noch bereuen und so." Johannsen starrte auf seine Kaffeetasse. „Wera – Frau Dr. Pustell – ist eine Frau, die ich bewundere. Verstehen Sie das?" Er hob den Blick, sah Remmers an, seine Augen hellten sich auf, leuchteten geradezu. „Zu ihr kann ich aufschauen. Das habe ich mir immer gewünscht. Sie ist einfach großartig! Von dieser Frau möchte ich meine Kinder haben!"

„Ich bin gerührt. Also weiter. Haben Sie das auch Frau Kunze so gesagt?"

„Ja. Aber erstaunlicherweise hat sie das dann doch ziemlich gut weggesteckt. Hab' ich mir jedenfalls eingebildet. Ich dachte noch, die hat doch Format. Aus der hätte – aus der könnte eine gute Ärztin werden. Ich hab' noch zu ihr gesagt: Egal was war, mach das Abitur nach, und dann studierst du Medizin, wenn dein Herz so daran hängt. Na ja, und dann hat sie mich zu diesem Abschiedsessen eingeladen. Versöhnung und Abschied hat sie es genannt. In aller Freundschaft!"

„Und da saßen Sie nun in trauter Zweisamkeit an diesem gemütlichen Abend, bei Kerzenschein. Und dann hat sie Ihnen so ganz nebenbei erzählt, wie sie Silvia Inzinger ums Leben gebracht hat? Dass sie, Beate Kunze, eine Mörderin ist?"

„Ja. Sie habe es für mich getan, hat sie gesagt."

„Eine Mörderin aus Liebe? Aus Liebe zu Ihnen?“ Remmers schaute ungläubig.

Johannsen hatte wieder sein Pokerface aufgesetzt.

„So.“ Remmers richtete sich drohend auf und stach mit seiner Stimme auf sein Opfer ein. „Das ist also Ihre Version. So soll das angeblich gewesen sein. Frau Kunze war die Täterin. Und das sollen wir Ihnen abnehmen? Sie halten uns wohl für dämlich, oder was?“

Dr. Röttgers räusperte sich warnend und nestelte an seinen bläulichen Manschetten, die ein winziges Stück aus seinem Nadelstreifenanzug herausschauten. *„Bleiben Sie sachlich, Herr Kommissar“*, sollte das wohl heißen.

„Das sollen Sie mir nicht abnehmen und ich halte Sie auch nicht für dämlich, wir haben sogar die Pilze gemeinsam gesucht. Das war irgendwie 'ne nostalgische Sache. Als wir das erste Mal zusammen gegessen haben, hatte Beate – Frau Kunze mir auch ein Pilzgericht vorgesetzt. *Pilzconsommé beata*, hat sie das genannt. Und dass *beata* glücklich hieße, das brauche sie mir als Arzt ja nicht zu sagen. Deshalb hab' ich das behalten. Das erste und das letzte Mal, das gibt doch Sinn, oder?“

Aber Remmers wiederholte, noch schneidender als vorher: „Und das sollen wir Ihnen glauben?“

„Fragen Sie Beate doch!“, rief Johannsen. „Sie wird sich zwar rausreden wie immer, aber fragen Sie sie! Sagen Sie es ihr auf den Kopf zu! Mal sehen, was sie dann sagt. Wenn sie merkt, dass ich ausgepackt habe!“

„Jetzt aber Schluss mit dieser widerlichen Komödie, Herr Johannsen!“

„Herr Remmers, ich muss doch sehr bitten!“, zischte Dr. Röttger.

„Bitten Sie, wen Sie wollen! Der Kerl weiß genau, dass sein Mordanschlag auf Frau Kunze gelungen sein muss. Dass sie höchstwahrscheinlich tot ist.“ Remmers suchte den Blick seines Gegenübers und machte eine Kunstpause. Dann sagte er überdeutlich: „Wissen Sie, was das für ein Anruf vorhin war? Sie können sich gratulieren, es hat geklappt. Frau Kunze ist tot. Gestorben an einer Pilzvergiftung. *Amanita phalloides*, Sie wissen doch, was das ist? Grüner Knollenblätterpilz. Oder auch *Amanita verna*, das ist die weiße Sorte. Genauso giftig."

Der Mann sackte in sich zusammen. Mit zittrigen Fingern tastete er in seiner Jackentasche vergeblich nach einer Zigarette, bis sein Anwalt ihm eine Packung reichte.

„Aber das ist ..., das kann doch nicht ...", stotterte er, aschgrau im Gesicht.

„Was kann doch nicht?", hakte Remmers ein. „Ich frage jetzt Sie, warum Frau Kunze tot ist und Sie leben!"

„Das hat sie selbst ..., sie selbst hat doch die Pilze ...", stammelte Johannsen.

„Sie meinen also tatsächlich, Frau Kunze hat sich und nur sich die Giftpilze selbst zugeführt? Ein Fall von Selbsttötung? Das hatten wir doch schon mal!"

„Bitte bleiben Sie sachlich, Herr Kommissar", griff wiederum Dr. Röttger ein, seine Manschetten ordnend.

„Wahrscheinlich war es ein Versehen", erklärte Johannsen hektisch. „Frau Kunze hatte Champignons gesammelt und wäre nicht die Erste, die sich irrt."

„Der Champignon hat braune Lamellen und keine Knolle am Stamm. Bei sehr jungen Champignons allerdings sind die Lamellen sehr hell, nur ganz schwach rosa. Und genau da ist eben die Verwechslung leicht möglich." Ubbo Extra wollte auch mal wieder zu Wort kommen und zeigen, dass er sich jedenfalls mit Pilzen auskannte. Remmers warf ihm einen vernichtenden Blick zu.

„Also noch mal: Ich frage mich nun allerdings in der Tat, wieso Sie, Herr Johannsen, offenbar gesund und – na ja, relativ munter hier vor mir sitzen. Es war doch *eine* Mahlzeit, von der Sie beide gestern Abend gegessen haben?"

„Vielleicht habe ich einfach Glück gehabt."

„Wie? Glück gehabt? Dass das Blödsinn ist, wissen Sie selber. Sie haben ihr den gehackten Giftpilz auf den Teller geschoben, als die Gelegenheit günstig war“, unterbrach ihn Remmers. „Frau Kunze war ja kurz draußen, kurz bevor wir uns verabschiedeten. Sie kennen sich doch auch mit Pilzen aus, Herr Johannsen? Und Sie wissen doch, wo es die hier auf der Insel gibt? *Amanita phalloides* und so weiter? Oder etwa nicht? Die schmecken übrigens gut, das ist ja das Teuflische. Das Gift schlägt erst nach vielen Stunden durch. Zum Magenauspumpen ist es dann zu spät. Ein schweinisches Zeug ist das. Nur ein Bissen – na, Sie wissen ja Bescheid! In Ihrem Apartment gibt es doch bestimmt auch 'ne Möglichkeit, wo sich ein paar Pilze braten lassen, wie?“

„Die Gelegenheit wäre günstig gewesen“, räumte Johannsen müde ein. „Da haben Sie schon Recht. Aber es war anders, ganz anders, als Sie denken.“

Der sträubte sich immer noch! Wann gab der endlich auf?

„Ich habe nämlich die Teller vertauscht.“

„*Was* haben Sie? Wollen Sie mit dem Stuss, den Sie hier auftischen, unsere Vernunft beleidigen? Sie glauben doch nicht im Ernst, dass Ihnen das irgendjemand abkauft! Ich versteh' ja, dass Sie nach dem letzten Strohhalm greifen, aber es ist aus, Johannsen, kapieren Sie das endlich!

Der Anwalt erhob sich, zog sein Jackett aus und hängte es über die Stuhllehne. Dann blieb er neben dem Stuhl stehen. Wie ein Boxer, der sich für den Kampf rüstet. Dass er Gummibänder um den Bizeps trug, wirkte allerdings etwas lächerlich. Diesmal hat er keine Chance, dachte Remmers.

„Ach, Herr Doktor“, wiegelte er ab. „Wir kennen uns doch. Nicht schon wieder diese Show! Diesmal hilft Ihrem Klienten gar nichts mehr. Nehmen Sie ruhig wieder Platz.“

Aber Dr. Röttger rührte sich nicht.

„Doch, es war so, genauso war es!“, beteuerte Johannsen. Auf seiner hohen Stirn zeigten sich hektische rote Flecken, und er hatte Tränen in den Augen.

„Lassen Sie das Theater. Ich bewundere Ihr Talent, Tränen nach Bedarf zu produzieren, aber das gehört ja wohl zu Ihrem Metier."

„Ich habe unsere Teller vertauscht, weil ich - ich hatte irgendwie ein komisches Gefühl! Ich wollte auf Nummer sicher gehen. Irgendwie hätte es zu ihr gepasst, wenn sie sich das ausgedacht hätte. Sie fühlte sich gedemütigt und wollte Rache - wirklich! Das wär' ein perfekter Racheakt gewesen. Und ich hatte Recht, sehen Sie das denn nicht?! Das Gift, das sie umgebracht hat, war für mich bestimmt! Die Frau verzehrt sich doch vor Ehrgeiz und Eifersucht. Und außerdem war sie süchtig nach Rache. Rache an mir!"

Extra versuchte, den bewährten Part des verständnisvollen, einfühlenden Polizisten zu spielen, während Remmers den Bösen gab. „Aber das war für Sie sicher auch nicht leicht zu verkraften, nicht wahr?"

Johannsen zeigte keine Reaktion.

Wieder schaltete sich Remmers ein. „Und Sie wollen uns also erzählen, Frau Kunze hat von Ihrer Aktion nichts gemerkt?"

„Nein. Die Teller sahen doch exakt gleich aus. Beate hat ihre Portion aufgegessen und mich immer wieder aufgefordert, doch zuzulangen. In Erinnerung an alte Zeiten. Ob's mir denn nicht schmeckte. Aber Sie verstehen vielleicht, dass mir nach Zulangen nicht zumute war. Nach dem Essen war sie dann ziemlich kühl, wie beleidigt, und ich habe mich bald verabschiedet."

„Und nun nennen Sie mir mal *einen* guten Grund, wieso wir Ihnen das glauben sollen!"

„Weil es die Wahrheit ist", schrie Johannsen. „Nichts als die Wahrheit." Und plötzlich, als stünde ihm das Wasser bis zum Hals, keuchte er: „Ich muss an die frische Luft. Mir ist schlecht."

Sofort beantragte sein Anwalt eine Unterbrechung des Verhörs, damit sich sein Klient erholen und sich auch mit ihm besprechen könne. Remmers gab sich großzügig, obwohl es ihm gewaltig gegen den Strich ging. Zähneknirschend verließ er mit Extra den Raum. Er hatte den Mann doch soweit gehabt, der wäre im nächsten Augenblick zusammengeklappt. Obwohl es ihm wunderbar zupass kam, dass die Frau tot war und er ihr alles, auch den Mord an Silvia, in die Schuhe schieben konnte. Teuflisch hatte der das eingefädelt, clever war der.

„Hochstapler morden nicht", unterbrach Extra seine Gedanken. „Haben Sie das im Kopf, Chef?"

„Ausnahmen bestätigen die Regel, Sie Kriminalgenie", schnarrte Remmers grimmig.

„Aber wie wollen Sie ihm nachweisen, dass er eine von den Ausnahmen ist? Ich seh' das noch nicht."

„Den müssen wir weich kloppen auf Deubel komm raus. Der muss gestehen."

Draußen flanierten die Urlauber. Der angrenzende Parkplatz war leer, bis auf weiteres gesperrt. „Aus kurörtlichen Belangen", wie es auf einem Schild hieß. Nur der Bus kam hier noch vorbei und nahm die Kurgäste mit zur Weißen Düne, zum Leuchtturm oder zum Hafen. Der Wind trieb gelbes Laub über die mit dunkelrotem Backstein gepflasterten Wege. Die Silberpappel wandte ihre Blätter der Sonne entgegen.

Da kam ein Mann auf dem Fahrrad eilig die Knyphausenstraße hinunter gestrampelt. Vor der Polizeiwache stieg er ab.

„Der Tjaden kommt!", rief Remmers entgeistert. „Der hat mir gerade noch gefehlt!"

„Moin! Wie sieht's denn aus?" Das klang frisch und bestens aufgelegt, unerträglich.

„Noch kein Geständnis. Aber wir haben's gleich." Extra bemühte sich, Spannkraft und positives Denken auszustrahlen. Der Kollege aus Wittmund sollte auf keinen Fall merken, dass sie in einer Sackgasse steckten.

Tjaden stellte sein Fahrrad an die Mauer der Polizeiwache, genau unter das vom Jugendstil inspirierte Schild, und während er das Rad sorgfältig abschloss, sagte er wie nebenbei: „Es ist wegen der Pilze."

„Welcher Pilze?", fragten Remmers und Extra einstimmig, als wüssten sie von gar nichts.

„Ich war heute dabei, als diese Frau Kunze im Speisesaal umgekippt ist. Und dann begegnete mir auf dem Flur die Putzfrau, Anna Friesen heißt die. Und ich wusste, dass sie auch bei der Kunze im Personaltrakt putzt. Etwas wär' ihr heute morgen aufgefallen, hat sie mir erzählt. Beim Saubermachen in der Küche hätte sie festgestellt, dass die Kunze ein Pilzgericht in zwei verschiedenen Töpfen gekocht hat, obwohl einer von den beiden auch gereicht hätte. Zwei Töpfe im Abwasch, verstehen Sie? Ich nehme mal an, dass bei dem Verhör hier Pilze zur Debatte stehen. Also: Offenbar hatte sie zwei verschiedene Portionen zubereitet. Nicht ohne Grund, nehme ich an." Tjaden verstaute den Fahrradschlüssel in seiner Jackentasche. „Als Oecotrophologin dürfte die von Trennkost eigentlich gar nichts halten."

„Und? Und? Wo sind die Pötte?"

„Ich fürchte, die hat Anna Friesen sorgfältig gespült. Aber möglicherweise lässt sich doch noch was finden."

„Diese Kunze war doch so perfekt. Aber diesen einen Fehler hat sie gemacht." Remmers schüttelte den Kopf. „Sie hätte die beiden Töpfe bloß zu spülen brauchen, und der Kerl hätte keine Chance gehabt! Der wäre dran gewesen." Er hielt Tjaden die Tür zur Wache auf. „Kommen Sie!"

„Tja, Chef. Ich hab's Ihnen ja gleich gesagt", kicherte Extra. „Hochstapler morden nicht!"

„Ach, hören Sie auf. Sie immer mit Ihren Klischees."

Und tschüss!

Tjaden stand an Deck. Es war neblig und kühl, über Nacht war es endgültig Herbst geworden. Um ihn herum lärmten die Schüler, die nach Hause fuhren, die Zeit im Landschulheim war vorbei. Er dagegen hatte seine Kur abgebrochen, auf eigene Faust, hatte seinen Koffer gepackt und den nächsten Bus zum Hafen genommen, ehe ihm noch irgendjemand den Kurerfolg bescheinigen konnte. Karla Buxbaum hatte sich ihm angeschlossen. Keinen Tag länger wollte sie bleiben, keinen einzigen Tag! Im noldeblauen Poncho stand sie neben ihm, halb an die Reling, halb an seine Schulter gelehnt, und fühlte sich angenehm weich an, immer noch. Die Ereignisse hatten sie schwer getroffen und sie schließlich mehr essen lassen als zu Hause, und schlafen konnte sie auch nicht mehr. Ihr sonst so rosiger Teint war an diesem Morgen jämmerlich fahl.„Was für eine Tragödie!", klagte sie und drückte Tjadens Arm. „Und ich hab' noch gesagt, die könnte ich umbringen, erinnern Sie sich? Als sie mir verbieten wollte, die Backpflaume zu essen. Nein, was man so daherredet ... Und plötzlich schlägt das Schicksal zu!"

Das Schicksal?

Sie standen an der Reling und sahen die Insel lautlos zurückbleiben: das Panorama der weißen Hochhäuser und grünen Dächer, Marienhöhe und Giftbude, die Villa Belvedere, einstmals Zentrum der Reichspolitik, aber nur im Sommer, auch der Kanzler von damals hatte im Herbst seine Koffer packen lassen und war abgereist. Harry Heine hatte die Insel schon früher verlassen, fluchtartig sogar. Weil er geschrieben hatte, die Norderneyer Frauen stänken nach Fisch – dabei hatte er nur nicht bei ihnen landen können –, musste er sich, um den aufgebrachten Ehemännern zu entgehen, in einer extra angeheuerten Schaluppe nach Wangerooge absetzen. Und auch Theodor Fontane war wieder nach Berlin zurückgekehrt, in die ferne glänzende Hauptstadt.

Da flog noch ein einsamer blauer Drachen über dem Strand. Wo einst der Seesteg gewesen war, der weit hinausgereicht hatte ins Meer, rollte nun die Flut dunkel ans Ufer.

Tjaden freute sich auf zu Hause. Wenn er auch nicht weiter als bis Wittmund zu fahren hatte, nicht einmal über Ostfriesland hinaus. Jetzt fehlte ihm nur die knackige Bockwurst, die er immer auf dem Schiff aß, wenn er von Langeoog zurück ans Festland fuhr. Oder auch anders herum.

Die Schüler lagerten an Deck. Alexander mit dem Piratentuch grinste ihn an, und Nils hob kaum merklich die Hand, der kleine Schmitt aber hatte nur Augen für das Mädchen, das – Knöpfe in den Ohren – zwischen seinen Beinen sich im Takt der Musik wiegte. Schwager Bernhard stand unten auf dem Autodeck und sah erleichtert aus, dass er die Verantwortung für seine Horde nun bald los war. Er winkte Tjaden zu und rief grinsend: „Na, Kommissar Zufall, wie fühlst du dich?"

„Prima! Das Glück ist mit dem Tüchtigen!"

Tjaden tastete in seiner Anoraktasche nach dem Mitbringsel für Onno junior, einem kleinen Seehund aus Plüsch. In der anderen Tasche steckte ein Seepferdchen, auch aus Plüsch und in allen Regenbogenfarben. Ein Souvenir für Maria. Sie sammelte Seepferdchen, die es in der Nordsee leider nicht mehr gab. Kaum hatte er an sie gedacht, da meldete sich sein Handy.

„Hallo, Onno, wo bist du?"

„Auf der Fähre. Unterwegs zu euch."

Maria klang verzweifelt. „Heute nacht hab' ich kein Auge zugemacht. Ich glaub', der Kleine kriegt Keuchhusten. Oder vielleicht sind's wieder die Zähne?"

„Beim zweiten Kind nimmst du das schon lockerer. Ich bin bald da. Ich hab' Sehnsucht nach dir."

„Das nächste Kind bekommst du", konterte Maria. „Bringst du mir ein Seepferdchen mit?"

Tjaden lenkte ab. „Stell' dir vor, du hattest Recht, was den Namen anging. *Christoph Johannsen* – der Name war wirklich zu schön, um wahr zu sein. Tatsächlich heißt der Mann Mario Ziebsch und ist gelernter Altenpfleger. Geboren in Radebeul. Bis gleich!"

Die Fähre fuhr jetzt den großen Bogen nach Westen, geriet ins Schaukeln dabei, ließ Juist und die Seehunde am Strand rechts liegen und steuerte quer übers Wattenmeer Norddeich an.

Auf einem Pfahl an der Fahrrinne saß ein Kormoran und starrte aufs Wasser.

Jaja, der alte Remmers.

Jemand rief: „Und tschüss!"

Nein, es war nicht Edo Rass. Der jedenfalls war auf der Insel geblieben. Von wegen Bad Salzschlirf oder Bad Nauheim – Norderney und seine Mutter konnten nicht auf ihn verzichten.

Auf dem Festland hatte sich der Nebel gelichtet, die Sonne kam heraus. Tjaden sah noch einmal zurück.

Norderney war verschwunden.

Kriminalromane aus dem Prolibris Verlag

Antje Friedrichs
Letzte Lesung Langeoog
Langeoog Krimi
Paperback, 180 Seiten
ISBN 3-935263-00-7

Auf Langeoog geschehen Dinge, die auf der „Insel fürs Leben" einfach nicht passieren dürfen: Bombenalarm beim Dünensingen, ein Erpresser droht, das Ostfriesenmüsli zu vergiften, aus einer Dusche am Strand fließt plötzlich Blut ... Schon reisen Gäste übereilt ab. Kriminalhauptkommissar Onno Tjaden aus Wittmund soll vor Ort die Vorfälle aufklären und die Idylle wieder in Ordnung bringen. Schon bald nach seiner Ankunft gibt es einen Toten. Das Undenkbare hat sich ereignet: Mord auf Langeoog! Dann verschwindet jemand spurlos. Sind alle Feriengäste harmlos?

Ein ganzer Reigen skurriler Figuren begegnet uns vor der detailgetreu gezeichneten Kulisse Langeoogs: ein tollkühner Schwimmer, eine glatzköpfige Kellnerin, ein herzensbrechender Literaturpapst ... Ob sie mit Baskenmütze oder rosa Leinenhütchen über den Strand laufen, in Leggings oder Jogginganzug durch die Dünen radeln, Verdächtige unter den Gästen und sogar unter den Langeoogern gibt es genug. Der sympathische Hauptkommissar Tjaden stürzt sich in die Ermittlungen ...

Die Autorin

Antje Friedrichs (*1944) wuchs im Norden auf und lebt heute mit Mann und vier Kindern in Paderborn. Seit ihrer Kindheit hat sie immer wieder die Ferien auf Langeoog verbracht. Unter ihrem Ehenamen schreibt die Autorin Kurzgeschichten und Sachbücher. 1998 gehörte sie zu den Preisträgern beim Würth Literaturpreis.

Kriminalromane aus dem Prolibris Verlag

Birgit C. Wolgarten

Und es wurde Nacht

Inselkrimi

2. Auflage 2005

Paperback, 254 Seiten

ISBN 3-935263-24-4

Ein paar Tage ausspannen. Katja Sommer, Kriminalkommissarin aus Köln, fährt zum Inselurlaub an die Ostsee – und wird von ihrem Beruf eingeholt. In einem Strandkorb findet man eine Tote.

Katjas Stralsunder Kollege Sven Widahn bittet um ihre Mithilfe. Ihre Ermittlungen bringen sie schnell zu der exquisiten Seniorenresidenz auf Rügen, in der die Tote einen schicken Bungalow bewohnte. Aber warum musste Wilhelmine sterben?

Das Motiv bleibt im Dunkeln. Doch langsam keimt ein ungeheuerlicher Verdacht in Katja auf, der auf wenig Verständnis bei ihren Kollegen vor Ort trifft. Hartnäckig verfolgt sie ihre Spur und erkennt erst spät, fast zu spät, wohin diese sie führt!

Wieder entwirft die Autorin des viel gelobten Kriminalromans „Land der Mädchen“ ein raffiniertes Psychopuzzle, das Katja Sommer nach und nach zu einem unglaublichen Bild zusammensetzt.

Die Autorin

Birgit C. Wolgarten veröffentlichte im Jahre 2003 mit „Land der Mädchen“ ihr Krimi-Debüt und legt mit diesem Buch ihren zweiten großen Kriminalroman vor. Sie ist Mitglied im «Syndikat», der Autorengruppe deutschsprachiger Kriminalliteratur und lebt mit ihrer Familie und mit Hund und Katze in der Kölner Region.

Kriminalromane aus dem Prolibris Verlag

Birgit Lautenbach · Johann Ebend

Hühnergötter

Inselkrimi

Originalausgabe 2005

Taschenbuch, 144 Seiten

ISBN 3-935263-29-5

Hiddensee hält den Atem an. Die kleine Leonie ist verschwunden. Eine Entführung auf der Insel, wo jeder jeden kennt und nichts verborgen bleibt? Inselpolizisten, Kripo aus Stralsund und eine Polizei-Hundertschaft werden in Bewegung gesetzt. Wie lange kann ein Säugling ohne seine Mutter überleben?

Gespannt und bewegt verfolgt man die dramatische Suche und fiebert mit den Betroffenen. Hier wurden beeindruckend gezeichnete Charaktere geschaffen, die man lange nicht vergisst.

Das Autorenduo Birgit Lautenbach und Johann Ebend erobert auch in seinem neuen Roman die Leser schon auf den ersten Seiten und hält sie bis zum Schluss gefangen.

Trotz großer erzählerischer Dichte bleibt den beiden Inselkennern doch immer wieder Gelegenheit, Inselatmosphäre einzufangen.

Die Autoren

Birgit Lautenbach, 1948 in Hamburg geboren, und Johann Ebend, 1958 in Heidelberg geboren, arbeiten und leben seit zwanzig Jahren in der „Toskana des Nordens" zwischen Braunschweig und Wolfenbüttel. Gleich ihr erster Kriminalroman „Das Kind der Jungfrau" wurde für den begehrten *Friedrich-Glauser-Preis (Debüt) – Krimipreis der Autoren 2005* nominiert.